医療ミステリーアンソロジー

# ドクターM《ミステリー》　ポイズン

浅ノ宮遼　五十嵐貴久　大倉崇裕
海堂 尊　塔山 郁
葉真中顕　連城三紀彦



朝日文庫

本書は文庫オリジナルです。

# 目次

# 医療ミステリーアンソロジー　ドクターM　ポイズン

# 片翼《へんよく》の折鶴

浅ノ宮遼

浅ノ宮遼（あさのみや・りょう）
一九七八年、宮城県仙台市生まれ。新潟大学医学部卒。二〇一四年、「消えた脳病変」でミステリーズ！新人賞を受賞。一六年、同短編を連作化した『片翼の折鶴』を刊行。同作は二〇年、『臨床探偵と消えた脳病変』として改題文庫化された。医師として臨床に携わる傍ら、執筆活動を続けている。

# 1

襖《ふすま》を開けると、そこには予期した通りの光景があった。

飾り気のない八畳の和室、その中央に置かれた卓袱台《ちゃぶだい》の傍《そば》に、女が一人倒れていた。顔は部屋の奥を向いているため、表情は窺《うかが》えない。達也《たつや》は敷居を跨《また》ぎ、彼女の傍まで歩み寄った。

「薬の量が足りなかったか……」

足元に横たわる妻――響子《きょうこ》の顔を覗《のぞ》き込み、独りごちた。

市街地から少し外れた静かな国道沿い。そこから一歩奥まったところに建つ一軒家の二階で、事は起きていた。梅雨の真っ只中《ただなか》、早朝から降り続く雨がトタン屋根を叩《たた》いている。激しい雨滴の音が部屋に響く中、彼女はひっそりと畳の上に臥《が》していた。

白のブラウスに着古したロングスカートは、何日か前にも着ていたいつもの室内着で、三十二歳にしては幾分古めかしく、古風な彼女の性格をよく反映していた。

達也は、彼女の傍《かたわ》らに屈《かが》み込んだ。

袖口から伸びる、白い痩せた手首に指を当てた。規則的な拍動が指の腹に伝わる。血圧は充分に保たれているのがわかった。続いて胸の動きを確認する。呼吸もしっかりと行われていた。どうやら今のところ彼女の生命活動には何の問題もないようだ。

頬を軽く叩いてみる。

反応はなかった。目は閉じられたままで身じろぐ様子もない。

昏睡《こんすい》——。

響子の意識は、達也が用意した睡眠薬によって完全に消失していた。

服用したのは屋内から人気《ひとけ》のなくなる時間帯——今から二時間ほど前と思われた。平日の昼どき。家のすぐ隣、国道に面した敷地に看板を掲げる〈みつもと動物病院〉から抜け出すタイミングは、予《あらかじ》め薬の効き目が最も強くなるこの頃と達也は決めていた。休憩時間に「忘れ物を取りにちょっとだけ戻ります」と告げた口実も、特に不自然には聞こえなかったはずである。事実、院長である義父と助手たちに何ら訝《いぶか》しんだ様子はなかった。

家に戻った時、玄関に揃《そろ》えられていたのは響子のサンダルだけだった。空一面を覆った厚い雨雲が日の光を遮り、屋内の空気を重く澱《よど》ませる。動く者の不在を強調するような暗く湿った和室には、達也の帰宅にも気付かず、だらしなく口を開けたまま横たわる妻の姿があった。

だが、死んでいないのはすぐにわかった。

顔の血色などがどうのこうのといった問題ではない。獣医として生物の生き死にに関わり続けてきた経験が、肉体に宿る生気の有り様を感覚的に捉えていた。響子は死なない。

達也はすぐにそれを理解した。もっとも、この時間でこれだけ呼吸が安定していれば、睡眠薬による中毒死が期待できないのは明らかだった。この先は肝臓が薬を分解し、効能は徐々に弱まっていくだけである。

期待した結果にならず、達也は軽く息を吐いた。

ふと傍に鎮座する卓袱台に、色鮮やかな折り紙の束が置いてあるのが目に入った。折られて完成したものが、いくつか縁に並んでいる。

「……鶴か」

達也は、折りかけの紙細工を、指で摘《つま》み上げた。

折り紙は、響子が胃がんの末期だと宣告を受けた頃から、よく作られるようになった。

彼女のがんが発見された時、病巣は既に腹膜へ転移していて手術は不可能な状態であった。臓器を越えた多数のがん細胞は、身体のあらゆる場所に飛び火する力を持ち、その全てを取り除くことは到底叶《かな》わない。完治する見込みはほとんどなく、あとは残された数ヶ月をどのように送るか——そんな問いを突き付けられた頃、何とはなしに始められたのが、この日本伝統の紙遊びだった。

未完成の折鶴を顔に近づけ、目の前でくるくると弄ぶ達也の頭に、ある一つのイメージが浮かぶ。

激しい雨が庭の地面を叩く中、いつものように義母が家を出るのを窓際でそっと確認する妻の響子。彼女は頃合いをみてタンスの引き出しに手を伸ばした。気を鎮め、白い粉末の入ったビニールの小袋を取り出し、薄明かりの中に淡く浮かび上がったそれを見つめる。叩きつけるような雨音を意識の外へ追いやり、彼女は粉末をコップの水で胃に流し込んだ。色とりどりの紙の中から一枚を抜き取り、鶴を折りながら薬が効くのを待っている。やがて、胃や腸から吸収された睡眠薬は血流に乗り、脳細胞の活動を緩め始めた。眠気に耐え切れなくなった響子は、折りかけの鶴を投げ出し、重力に任せて身体を畳の上に投げ出していく――。

ふいに通りの方からクラクションが鳴り響き、達也は一瞬、身を縮ませた。水滴が伝う窓ガラスを通して外を眺めていると、外出した響子の母がそろそろ帰ってくるのではないか、そんな懸念が頭をよぎった。彼女が死ななかった以上、次の段取りは早急に講じなければならない。

ひとまず、病院に運ぶしかないか――。

この場で改めて響子の殺害を企てるわけにはいかなかった。転落死や中毒死、或《ある》いは縊《い》首《しゅ》に見せかけるなど方法は色々と考えられるが、今から手を加える形では、どうやっても殺人の痕跡が残ってしまう。警察を上手《うま》く欺くほどの知識を達也は持ち合わせていなかった。

かといってこのまま放置するのも不可能だ。響子はあと半日は目を覚まさないだろうし、そうなれば同居している義父母にも理由を説明しなければならない。彼女自身にも疚《やま》しいところはあるため、響子の口から真相が語られる怖《おそ》れはないが、いずれにしても両親が倒れている娘を放っておくはずはなく、どう転んでも病院への搬送は避けられそうにない。

次の一手——それは病院でやるしかない。

達也は、シャツの裾をぐっと掴《つか》んだ。

響子に関わるまで、死が望ましい人間などいるはずがないと思っていた。人は生きてこそ価値がある。命ほど尊いものはない——そう信じて生きてきた。

だが、真実は違った。

この世には死なねばならぬ者がいる。

病魔に蝕《むしば》まれている響子の余命はそう長いものではないだろう。それでもなお、彼女はその期間を生き抜くことは許されない。命が尽きるまでの僅《わず》かな時間、たった数ヶ月の先延ばしが、取り返しのつかない状況を招くかもしれないのだ。

妻は、できるだけ早く死ななければならない存在。

彼女は、今すぐにでも死ぬべき人間。

達也は、足元に横たわる身体を見下ろすと、改めて妻を殺す決意を固めた。

# 2

三日後、達也は妻が入院している精神科病棟を訪れた。

丸一日かけて行われた解毒治療は、一昨日の昼までに響子の意識をすっかり晴らし、自力で立ち上がれるほどにまで回復させていた。

搬送されたのは、かかりつけの柳都《りゅうと》医科大学病院で、県内では最大規模の医療施設である。内科から外科、その他にも様々な診療科を有し、二十四時間体制で運営される救命救急センターも備わっている。響子が運び込まれたのはこの救急部門で、一通りの事情を説明すると、昏睡の原因はすんなり薬剤の過量服用であると判断された。むろん都合の悪い部分は伏せたため、真相は伝わっていない。彼女は、世の中にいる数多《あまた》の自殺志願者の一人として淡々と処置を施された。

疑われた様子は全くなかった。もっとも救命センターでは、睡眠薬による自殺企図など日常茶飯事であるらしく、特にあれこれと穿鑿《せんさく》されはしなかった。担当医は「いつ、何を、どのくらい飲んだか」について聞き出すと、早々に処置室の中へ消えていった。達也の言葉を疑う素振りは全くなく、まして夫が妻を殺そうとしていたとは考えもしなかっただろう。

翌日になり、彼女の目が覚めると、本来のかかりつけである精神科の主治医が診察に現れた。歯切れの悪い応答に終始する響子に何かを感じ取ったその医者は、再び自殺を図る危険性が低くないと判断した。達也の了解を得て、彼女は同じ病院の七階に位置する精神科病棟へと移された。外側から鍵のかかる隔離室で、ある程度落ち着いた精神状態にあると見なされたのは、さらに二日間、徹底した観察を受けた後のことである。そして、今日になって漸《ようや》く、「ご希望であれば」と担当医から面会の許可が下りた。

部屋にいるのは二人だけだった。

ホールの片隅にある家族用の面会室。部屋の壁は、腰の高さから天井までがガラス張りで、中の様子は外から素通しになっている。このためナースステーションからも部屋の中が見えており、視線を感じて目を向けると、数人がちらちらと面会室の様子を窺っていた。部屋全体は白く明るいトーンで、床もよく磨かれ、陰鬱なイメージは全くない。外に面した窓も大きく、今日のように空が厚雲に覆われていなければ、部屋の中には眩《まばゆ》いほどの光が差し込んでくるに違いなかった。

中央には四人掛けのテーブルがある。二人は普段の食事どきと同様、ちょうど向かい合う位置に座っていた。

「薬の量、間違っちゃったみたい……」

虚《うつ》ろな笑みを浮かべた彼女は、そう呟《つぶや》いた。

だが、この言葉が真実ではないと達也は知っている。薬の量を間違えたのは響子ではない。タンスの中に用意された小袋の中身を、彼女は疑うことなく口にしたに過ぎない。

妻の顔を見て、達也は微笑《ほほえ》んだ。こけた頬に窪《くぼ》んだ眼窩《がんか》。その陰りの宿る表情とは裏腹に、桃色の病衣から覗く色白の肌だけが妙に艶《つや》やかで、奇妙な対照が作られている。身体に巣くう病魔と、陽《ひ》を浴びぬ生活が生み出したそれは、達也の心にある種の戸惑いを生じさせた。

「先生には何て言ったんだ？」

沈黙が息苦しくなり、達也は尋ねた。

「何も……」

彼女は、達也が持ってきた折り紙の束から、銀色の一枚を引き抜いた。

「よく憶えていない、そう言ったわ。言い繕《つくろ》うのも何だか面倒臭くなっちゃってね。どうせ本当のことを話すわけにはいかないんだし」

くすりと笑って肩を竦《すく》める。

次いで、彼女は折り紙を三角形に折った。白い指が見せるその流麗な動きは、無駄がなく美しい。ここが精神科病棟の中であるのを、達也は一瞬忘れかけた。

響子は随分前から双極性障害——いわゆる躁《そう》うつ病を患《わずら》っていた。これは、気分が高揚して活動的になる〈躁〉と、気が沈み込んで意欲がなくなる〈うつ〉を繰り返していく病である。彼女の場合、〈躁〉は比較的症状が軽く、普段より口数が増えて他人にやや干渉的になる程度なのだが、〈うつ〉の方は重篤《じゅうとく》であった。平常な状態から急激に沈むのが特徴で、酷《ひど》い時にはそのまま一ヶ月以上布団《ふとん》から出られなかったこともある。この〈うつ〉の時期に湧き出す希死の念に、彼女は幾度となく悩まされて生きてきた。

「今、死にたい気持ちはありますか、そう訊《き》かれたわ」

「先生は自殺未遂だと思ってるんだな」

「でしょうね」

病院側は、彼女が〈うつ〉の時期にあると思っている。だからこそ、自殺を図ったのだと。実際、響子は過去〈うつ〉の時期に二度、衝動的に自死を試みたことがあった。

だが現在、響子の心は沈んでいない。しばらく前から、平静な気分を保ち続けている。そのことは達也が一番よくわかっていた。

「でも、そんな話じゃないのよね」

指先をテーブルの上で滑らせ、銀の折り紙を三角形から小さな正方形へと変化させる。

「私の命はどのみちもう長くはないもの。死にたいとか死にたくないとかの問題じゃないわ。大事なのは死ぬまでの間よ。それまでに何ができるかってこと——」

「ちょっと待った」

達也は思わず声を掛けた。

「……身体のことは、先生に話したのか？」

がんについては伝えていないはずだった。二人で考えた末、義父母を除いて誰にも言わないと決めていた。診断され、治療を受けたのも違う病院なので、響子が話さない限り知られることはない。

「ううん、まさか」

彼女は首を横に振った。

「だって必要ないでしょう」

「……そうだな」

小声で応じる達也に向かって、響子は微笑《ほほえ》んだ。そして、首を少しだけ傾けて視線を外すと、再び手元へ目を落とす。

「私、何かあの先生に隠し事ばかりしてるわね。がんのことや他のことも……。今まで良くしてくれた先生なのに、ちょっと申し訳ない気持ちになっちゃうわ」

自嘲気味に笑う彼女に、達也は「いいさ」と呟いた。

「知らない方がいい場合もある。話してしまったら向こうにとっても重荷になるだけだ。何も言わないでおこう」

薄い笑みを浮かべる彼女を見て、達也は思った。

病院には何も知らせる必要はない。

目的のためには、妻のがんについて誰も知らない方がいい。他人に与える情報はできるだけ制限されるべきだ。その方が計画を進める上で障害を生みにくい。

「先生にはね」

暗い心中の達也に、響子は透き通った声で話を続けた。

「死にたい気持ちはないこともない、取り敢《あ》えずそう言っておいたわ。気分は全然沈んでないんだけど、少しはうつっぽい話もした方がいいんじゃないかと思って。変に勘ぐられても困るでしょう。多分、信じてくれたんじゃないかな。病気の症状だから少し休んで時間が経《た》てば、死にたい気持ちは治まると思う、そう話してもくれたし」

喋《しゃべ》っている間も響子の指は動き続けていた。折り紙も次々にその姿を変えていく。

「でも以前は〝症状〟なんて言われても私全然ピンとこなかったの。どこか信じたくないって気持ちもあったのね、きっと。自分の心が病んでいるなんて認めたくなかったもの。落ち込むのも死にたくなるのも自分が弱いからだって、そうとしか考えられなかった」

彼女はそっと目を伏せた。僅かな間、指の動きが止まる。

「でも私、今なら先生の言うことがよくわかるの。病んでいるのは心じゃなくて脳なのよ。誰が悪いとか、そんな問題じゃないわ。だってこれは病気なんだもの。ねえ、そう思わない？」

そう言って、響子は顔を上げた。壁に彼女の視線が留《と》まっている。達也が振り返ると、そこにはポスターが貼ってあった。

〈ブレインバンク〉と題されたそれは、死後に自身の脳を提供してくれるよう、患者たちに協力を呼び掛けていた。この大学が中心となっている研究プロジェクトなのだろう。提供された脳は、未《いま》だ明らかになっていない精神疾患の原因を解明するための研究に使われるという。

そこに記されたある一節を、響子は見つめていた。

〈――精神病は脳病である。W・グリージンガー〉

この引用文は、精神疾患とは心の病気であり、同時に脳という臓器の病気でもある――と謳《うた》っている。人間の心を作っているのは脳であり、故に心の病の原因は脳にある。これは筋の通った説明であり、理に適《かな》っていた。

だが、論法としては正しくとも、感覚的に受け入れるのが難しいことは往々にしてある。それが、問題の当事者であるなら尚更《なおさら》だ。響子が双極性障害を自身の病として受け入れるには長い時間がかかった。心の病は身体の病気と違って目に見えない。見えないものは簡単には信じられない。それが人間の性《さが》だ。

「……ああそうだな。君は病気だった」

達也は答えながら、響子が受容に至るまでの日々を思い出していた。胸に息苦しさが去来し、頭の片隅がピリピリと疼《うず》く。顔の前で組んでいた指に自然と力が入った。

――あなたは双極性障害という病気です。

当初、医者から告げられたその言葉を、響子は聞き入れようとはしなかった。そして、病気を認められない彼女は人を遠ざけ、自身を孤立させていった。医者の指示に従わず、薬の服用を勝手にやめ、両極に振れる気分の波に翻弄《ほんろう》されて周囲との関係性を破壊し続けた。もし、あのままの状況が続いていれば、いかに家族といえどもいずれは付いていけなくなっただろう。

だが、そんな響子にあるきっかけが訪れた。

ちょうど半年前のことである。

――これって、どういうこと……？

沈み切っていた時期に使われた〝それ〟の効果は、僅か一時間で現れた。

ゆっくりと立ち上がり、響子は言う。

――信じられないわ……さっきまでと全然違う。

彼女は、己の身が苦痛から解放されていく感覚をじっくりと味わいつつ、肢体を眺めました。軽くなった心と身体を一つ一つ確認するように手や足を動かす。物質一つが、いとも容易《たやす》く人の心を変化させてしまうのだと実感し、響子は呆《あき》れたように笑い始めた。

――私は病気だった。

響子はここに至って漸く考えを改めたのである。

幸か不幸か、ある〝薬物〟のもたらした効果が、彼女の考えを一変させたのだった。

# 3

昨年、寒風が吹き始めた頃に、響子は携帯サイトのニュース記事を達也に見せた。

〈麻酔薬ケタミン、難治性双極性障害患者のうつ症状に有効〉

最新の医学研究を基に書かれた記事だった。それによるとケタミンは脳のグルタミン酸作動系に作用し、既存の治療薬によっても治らない双極性障害患者の七〇％以上にうつ症状の改善を示したという。情報元の研究も信頼性が高く、胡散《うさん》臭さは全くなかった。副作用などの問題もあり米国でも認可は下りていないようだが、今後に期待を感じさせる内容だった。

そして、特筆すべきなのはその即効性である。双極性障害のうつ症状に効く薬はどれも効果が出現するまで何日もかかるが、ケタミンの作用は何と四十分以内に現れて数日間持続する優れたものだった。響子は既に何種類もの薬を試していたが、どれも成果は乏しく、この時もなかなか〈うつ〉から抜け出せないでいた。どっぷりと沈み切っている彼女に、このように即日で効果が現れる薬が使えれば、治療も随分と変わっていくだろう。

医学は日進月歩。そのうち、きっとこういう良い薬が出てくるさ——達也がそんな風に励まそうとしたところ、卓袱台に突っ伏した響子が言った。

「……この薬、手に入らない？」

彼女が言っているのは、もちろん主治医を通して薬を購入する〝正規ルート〟のことではない。米国で認可されていないのなら、日本でも簡単に手に入るはずはなかった。

「それはちょっと、難しいんじゃないか」

達也が反射的に、当たり前のように口にすると、響子は顔を上げた。

「何か、この薬について知ってるの？」

「まあな。何も特別な薬ってわけじゃない。昔からある麻酔薬で動物に対してもよく使われるんだ。うちの病院にも常備されているやつさ」

ケタミンは、現在の日本では人間よりもむしろ動物に対して用いられることが多く、獣医の現場ではごくありふれた薬剤だった。当然、達也も使用した経験がある。

「何とかならないかな？」

縋《すが》るように言われ、達也は眉根を揉《も》んだ。響子の気持ちを上向かせたいのは当然だが、事はそう簡単ではなかった。ケタミンは危険ドラッグとして乱用された経緯があり、十年程前に麻薬指定を受けている。このためケタミンを扱う獣医師も麻薬施用者免許が必要になり、保管管理にも厳重な手続きが義務付けられたのだ。

それを伝えてもなお、彼女は食い下がった。

「お願い……一回だけで構わないから……息継ぎをさせて。今の薬も効くかどうかわからないし、このまま沈みっぱなしの状態が続くようじゃ、ちょっと辛《つら》すぎるわ」

響子の頰を伝う涙を見ていられず、達也は目を逸《そ》らした。

病院からケタミンを持ち出すこと。それは、倫理的にも法的にも大きな問題を孕《はら》んでいた。発覚すればもちろん処罰を覚悟しなければならない。

だが一方、獣医なら決して不可能なことではないようにも思えた。所詮、親族経営の個人病院ではあるし、麻薬のチェックに関しても隙がないわけではない。少量であれば持ち出しても気付かれずに済む可能性は充分にあった。

できるのか？

葛藤を抱えつつ立ち上がり、達也は何も言わずに部屋を立ち去った。


明くる日から、達也は患畜に使用する度、ケタミンをほんの少量だけ抜き取ることにした。最初は慎重に、決して気付かれぬよう恐る恐ると。だが実行してみると、他人の目を盗んで投薬量をごまかすのは、忙しい現場の中では思ったより難しいことではなかった。

特に不審がられもせず、数週間後には人に使用するための規定量を確保した。

「本当にいいんだな？」

朝から布団に包《くる》まっている響子に尋ねると、彼女は唇を嚙《か》み、黙って頷《うなず》いた。

慎重に注射器の内筒を押し進める。

「……どうだ?」

達也は残った最後の薬液を押し込み、腕から針を抜いた。

「うん、まだよくわからない。でも、少しぽーっとしてきたかも」

「そうか」

表情なく話す彼女を見て、達也は座布団に胡座《あぐら》をかいた。

そして約一時間後、むくりと布団から這《は》い出し、笑い出した彼女の傍で、達也の顔には自然と笑みが浮かんでいた。心から笑えたのは実に数週間ぶりだった。


「持ってきてくれた?」

面会室の中、テーブル越しの響子は穏やかな笑みを見せた。

「……ああ」

達也はジャケットの内ポケットからビニール製の小袋を取り出した。中には白い粉末が入っている。

「ごめんね、無理言って」

「いいんだ。気にするな」

答えた時に、顔が少し引き攣《つ》った。頭の中で〝あの日〟の光景が明滅し、蘇《よみがえ》る。あれ以来、ケタミンの使用によって考えを変えた響子は、その魅惑的な薬のもたらす効果にすっかり取り憑《つ》かれてしまったのだった。

これっきり——達也と彼女の間で交わされたその約束は、到底守り切れるようなものではなかった。

響子のうつ症状は重く、深刻である。抜け出す方法を知りながら、手を出さずに耐えるのは、どんなに我慢強い性格であっても不可能に近かった。再び訪れた〈うつ〉の波に飲み込まれる中、ケタミンへの渇望は抗しがたい激しさで、彼女を襲った。

もう一度だけ。

執拗《しつよう》に縋る響子に、達也は粉末状のケタミンを与えるようになった。病院からケタミンを持ち出し続けるのはリスクが高すぎたため、別な入手法を模索していたところ、繁華街のとあるクラブで粉末状のケタミンが〈スペシャルK〉の名で売買されているのがわかったのだ。もちろん違法ではあるが、食らいつくような彼女の訴えに負け、達也はケタミンの購買に手を染めてしまった。

〈スペシャルK〉は見た目は何の変哲もない、ただの粉である。病院から手に入れた注射用のケタミンと違い、使い方は内服か鼻で吸引するかのどちらかだが、いかにも麻薬らしい鼻から吸う方法に響子は抵抗を示し、粉末は口から取り入れていた。内服の場合、注射に比べると即効性はないが、結局は同じ薬であり、同じ効果があった。飲んでから半日もすると彼女は再び〈うつ〉から抜け出すことができた。

自分は病気である。

ますますその認識を強めた響子は、より積極的に治療に取り組むようになった。主治医の指示をよく守り、気分の波に揉まれても決して希望を失わなかった。自身の〈感情〉を客観的に見られるようになり、生活リズムも以前に比べればずっと安定した。三ヶ月前、末期がんの宣告を受けた時でさえも大きく取り乱すことはなく、その後も落ち着いた態度で治療に臨んでいた。悟りを開いたかのような彼女は、実に模範的な闘病人となったのである。

ただ一点、その平静さが違法な薬物の力によって保たれていることを除けばだが……。

「……ほら」

達也は周囲を一瞥《いちべつ》し、テーブルの上でビニール袋を滑らせた。手でしっかりと覆い、外からの視線を遮る。

「ありがとう」

折り紙を中断し、響子は手を重ねた。

だが、袋の中身はケタミンではない。三日前と同様、粉の正体は睡眠薬だった。

今度こそ、目的を完遂しなければならない。義父が以前睡眠薬を使っていたのを思い出し、保管場所から持ち出したところ、三日前に飲ませた倍近くの量を集めることができた。上手くいけば響子は眠るように死ぬだろう。それに、最悪失敗したとしても昏睡状態になるのは間違いない。この前ですら、起き上がるまでに丸一日を要したのだ。少なくともそれ以上の効果は期待してもいいはずだ。

いずれにしても睡眠薬中毒が疑われる怖れはないと、達也は考えていた。

隔離室の中、誰にも手が出せない状況で人が亡くなれば、何か急病でも起こしたと考えられるのが自然で、事件性が追及されることはないだろう。仮に意識を失うだけに止《とど》まったとしても、さほど問題はないと思われた。

原因不明の昏睡状態――こうなれば、もう隔離室にはいられない。おそらく治療と精密検査のため医療用モニター付きのベッドに移されるはずだ。当然、隔離室と違って人の出入りに関する制限は大きく緩む。そうなればいくらでも手の打ちようはあった。彼女が入院してからあれこれと検討し、達也は確実な手段も既に考えていた。

「じゃあ、これ後で飲むことにするね」

響子は、袋を握り込んだ手を見つめた。

「ちょっと待て」

不意を突かれ、ぎくりとした。

「……ここで飲むんじゃないのか？」

「うん。寝る前にでもと思ってる」

微笑む妻を見て、達也は戸惑いを覚えた。

想定外だった。隔離室の中に物は持ち込めない。てっきり、この部屋で薬を飲むのだと思い込んでいた。

「でも大丈夫なのか？　部屋に入る前に持ち物は確認されるだろう？」

「ねえ、ここは刑務所じゃないのよ」

響子は手で口を覆って、笑った。

「下着の中まで調べられるわけじゃないわ」

なるほど。上手く隠せば隔離室の中に持ち込むのも不可能ではないのか。だが、依然として問題は残る。

「でも袋……ビニール袋はどうする？　捨てる場所がないだろうし、処分に困るんじゃないか。後で見つかっても厄介だろう」

「……そうね。中にトイレはあるけど、流したら詰まってしまうかもしれないし……」

唇に人差し指を当て、響子は視線を彷徨《さまよ》わせた。テーブルの上では、完成した折鶴が銀色に輝く羽を優雅に広げている。室内灯の光が反射し、嘴《くちばし》がきらりと光った。

「それ」

達也は鶴を指さした。

「え？」

「これを使えば？」

手を伸ばして、羽を摘んだ。曇り一つない銀の折鶴を、達也はそっと差し出した。

「ああ、そうね。これならいいかも」

達也の意図を理解したのか、響子は折鶴を手に取ると、折り目に従って順に開いていった。鶴が一枚の銀紙へと戻される。彼女は再びそれを折って、簡単な紙の袋を作った。

「いけそうだな」

響子は、袋の中へ粉薬を流し入れた。

これなら睡眠薬を持ち込んだ方法はわからないだろう。後で発見されたとしても、たかが折り紙一枚。問題になるはずはない。

達也は椅子から立ち上がり、テーブルを回り込んだ。響子の傍に身体を寄せ、外から見えないよう死角を作る。彼女は辺りの様子を確認し、下着に折り紙を隠した。

計画は一歩一歩、着実に進んでいる。

手の震えを抑えつつ、達也は妻の肩をそっと撫《な》でた。

## 4

その日の夜中、病院から達也に報《しら》せが入った。響子が隔離室内で意識を失ったのだという。彼女は精神科の別な病室に移されたと聞き、直《す》ぐに指定された場所へ足を運んだ。

「ええ……なぜ奥さんが急変したのか、私も全く見当が付かないんです」

さらりとした頭髪に細縁のメガネ。響子の主治医である精神科医の辻村は、神妙な面持ちで言った。

ピッ、ピッ。

病室の医療用モニターが規則的な音を刻んでいる。隣には寝息を立てる響子の姿があった。

「今のところ命に別状ありません。しかし原因がはっきりしていませんので、これから悪化する可能性も充分考えられます」

　結局、今回も響子は死に至らなかった。普通に入手できる睡眠薬は、相当な量を飲んだとしても生命に危険がないよう作られていたのだ。昏睡させるだけならともかく、人を殺《あや》めるには極めて不向きな手段だと思い知り、達也は肩を落とした。

　睡眠薬の効果が最も強くなる時間は既に過ぎていた。これから先、容態が悪くなるとは考えにくい。前回と同様、彼女は何事もなかったように目を覚ますに違いなかった。

　だが、今度こそ。

　達也は心の中で強く念じた。

　今度こそ、響子には確実な死を与えなければならない。

「――それで、経過を観《み》るためにこちらのベッドに移しました」

　辻村の声が再び耳に届いた。

「あと私は精神科で身体のことは専門外ですから、救急科の先生にも協力をお願いしました」

「……救急……科？」

　達也が首を傾《かし》げて訊き返すと、

「ええ」

辻村の後ろから、よく通る低い声が聞こえた。

「私の専門は診断学です。病因が特定できない患者さんについては、他の診療科からも時々相談を受けています」

男は辻村の前に歩み出ると、軽く頭を下げた。

「西丸と申します」

落ち着いた物腰で静謐《せいひつ》な雰囲気を持つ人物だった。年齢は辻村と同じく四十前後だろう。これといった特徴のない顔立ちに痩身の体軀《たいく》。下ろし立てのような清潔な白衣を纏《まと》い、背筋の真っ直ぐ伸びた姿勢で脇にカルテを抱えていた。

「奥さんは隔離室の中で意識を失いました」

辻村が席を外すと、物静かな口調で西丸は話し始めた。

「発見したのは夜勤の看護師です。時間は二十一時五十分。巡回時、入口ドアの窓から覗いた時に姿が見えなかったため中に入ると、奥さんはベッドの陰で床に倒れていました。声を掛け身体を揺すっても反応はなし。すぐに当直医が呼ばれて応急処置を施しましたが、現在も意識は回復していません。原因不明の昏睡状態と判断され、私の元に診察の依頼がありました」

達也は黙ったまま知らぬふりを決め込んだ。

「昏睡状態の原因は大きく分けて二つです」

西丸は説明を続けた。

「一つは身体の異常により脳機能の低下が引き起こされた場合。例えば肺や心臓の機能が落ちると脳には充分な酸素が供給されなくなるので意識レベルは低下します。しかし奥さんの場合、血圧、脈拍、呼吸は全て正常で発熱もありません。血液検査も既に行っていますが肝機能、腎機能、電解質、血糖値など全て異常なし。軽い貧血はありますが、この数値からすると意識障害と直接の関連はないでしょう」

予想通りの結果だった。睡眠薬は脳細胞に直接働きかけて、その活動を弱める。身体の組織を傷付けないため、通常の血液検査で異常は見つからない。また、患っているがんについても、直近の血液検査で特殊な項目以外に大きな異常は見つかっておらず、一般的な検査で見抜かれる怖れはなかった。

「——もう一つは脳に直接ダメージが及ぼされた場合です。奥さんの場合は身体の異常がありませんので、原因はこちらと考えられます」

「なるほど」

「この場合、頭部外傷、脳出血や脳梗塞、くも膜下出血など原因は様々ですが、奥さんの昏睡はこれらが原因ではないと思います。出血や梗塞のような問題が起きていれば呼吸や血圧、脈拍が不安定になるのが普通ですからね。それに、先ほど撮った頭部CTでも異常はありませんでした」

CTはX線を使って身体の断面を撮影する検査である。この検査では頭蓋骨《ずがいこつ》の中や脳そのものを観察できる。

達也は視線を外し、ふっと頬を緩ませた。

「どうかされましたか？」

「いえ、何でも。しかし、先生——」

再び西丸へと目を向ける。

「昏睡の理由は一体何なんでしょうか？」

不安を装って尋ねると、西丸ははっきりした口調で告げた。

「原因は何かの物質中毒でしょう」

「——えっ？」

耳にした言葉が信じられず、達也は思わず訊き返した。心臓が波打ち、嫌な汗が全身から噴き出てくる。

まさか、なぜ？

睡眠薬と特定されたわけではないが、西丸の推測は正鵠《せいこく》を射ていた。こんなに早い段階で病気以外の可能性を指摘されると、達也は思っていなかった。

「病気ではないんですか？」

動揺を悟られぬよう、声を抑えた。

「異常所見がないので病気とは考えにくいです。昏睡の原因は直接脳に影響を及ぼす〝何か〟でしょう」

「しかし、妻は隔離室の中にいた。そんなものを口にするはずは——」

「実は、あなたにお見せしたい物があるのです」

西丸は、カルテからA４用紙を数枚取り出した。

「隔離室の中を映しているモニターの映像です」

「モニター？」

「ええ、精神科の隔離室には患者さんを保護するために観察用のモニターを設置することがありますが、ウチの病院でもそうしています。奥さんが倒れた時の様子を知りたかったので、その録画映像を確認したところ、気になる場面が見つかりました」

西丸が提示した用紙の中央には不鮮明な写真が印刷されていた。部屋全体を斜め上から撮っており、病室の設備や響子の姿が確認できた。

「二十時五十五分の映像です。消灯時間直前の様子ですが、これを見て下さい。奥さんはこの時に何かを飲んでいるような仕草をしていますね」

静止画像なのでわかりにくいが、用紙にはコップを片手に持った響子が口に手を当てて上を向いている場面が写っていた。だが、折り紙自体は手に隠れて見えていない。おそらく彼女はモニターの存在を意識していたのだろう。

「この後、奥さんは洗面台の前からベッドに戻り、常夜灯に切り替わった中でしばらく横になります。そして二十分程経つと上半身を起こしてベッド脇へと移動。カメラに背を向けてベッドの端に腰掛けますが、しばらくすると崩れるように床へ倒れました」

新たに見せられた写真には、倒れ込む途中の響子がはっきりと写っていた。

「奥さんは、このとき口にした何かによって意識を失ったと思われます。効き目が現れるまでに少し時間がかかっていますから、飲んだのは遅効性の薬物、あるいは速効性の薬物をカプセルに入れて使ったのかもしれません」

「妻は再び自殺を図ったんでしょうか?」

怪訝《けげん》そうな表情を作り、達也は尋ねた。

「その可能性はありますね。うつ状態の奥さんは死ぬ意志を強く持っていた。だから失敗した時の保険としてどこかに毒物を隠していたのかもしれません」

「例えば衣服の中に隠し持っていたとか?」

「いえ、それは違います」

西丸は顎をさすり、首を振った。

「救命センターで確認しましたが、奥さんの衣類は病院に到着した時に全て脱がされたそうです」

そう言われ、入院の翌日に下着類を持ってくるよう頼まれたのを、達也は思い出した。

「隔離室の中で奥さんが身に着けていたのは貸し出された病衣と入院後あなたが用意した下着のみです。彼女自身が持ち込んだ衣類は一切ありません」

まずい展開だった。この流れでは、唯一面会した達也が毒物を渡したと疑われるのは避けられそうにない。

「ああ、そういえば」

　たった今思い出したかのように、達也は言った。

「精神科病棟に来る直前、着替え一式の入ったバッグを彼女に渡しました。泊りの時にいつも使っている大きめのポーチです。もしかすると……」

「なるほど。奥さんは、あなたがそのポーチを持ってくるのを見越して予めそこに毒物を潜めておいたのかもしれませんね。そして今日になって彼女はそれを口にし、再び自殺を図った」

「ええ、それなら有り得る話では？」

　首尾良くごまかせたと思い、達也は安堵《あんど》した。響子にはポーチに触れる機会があった。ならば隔離室に入る際にこっそり毒物を持ち込んだとしても不自然ではない。

「しかし――」

　西丸は眉を顰《ひそ》めた。

「自殺とするとどうにも腑《ふ》に落ちない点があるのです」

「……と言いますと？」

「奥さんはどうして床に倒れてしまったのでしょう？」

「え？」

　一瞬、達也は何を言われたのかわからなかった。それが伝わったのだろう。西丸は説明を付け加えた。

「彼女は自分で用意した毒物を自分で飲みました。ならば、その結果どうなるかは知っていたはずです。毒によって死を待つ間、普通ならどうするでしょうか。奥さんが最初そうしたようにベッドに横になるのが自然な行為です。途中で起き上がり、ベッド端に腰をかけるなんておかしい。それではまるで飲んだ毒物の効果を知らなかったようではないですか」

達也は鼓動が速くなるのを感じた。西丸の意見は筋が通っている。もっとも予想していたより毒物の効果が早く現れたとも言えるが、ここでいちいち反論すればかえって怪しまれるかもしれない。達也は腕を組み、相手の反応を待つことにした。

「些細《ささい》なことかもしれませんが、一旦気になると見過ごせない性質《たち》なのです」

西丸は、写真の印刷された用紙を再びカルテに挟んだ。

「まあ、細かい点は追って考えていきましょう。とにかく昏睡の原因がわからないままでは治療もできませんので、私としては毒物の特定に全力を尽くします」

「よろしくお願いします」

達也は頭を下げた。

「これからいくつか検査を行ってみる予定です。しかしあまり期待はなさらないで下さい。薬物中毒において、何の手掛かりもない中で原因物質を特定するのは難しいのです。今の段階ではとにかく情報が足りない。旦那さんの方でも何か気付いたことがあれば教えていただきたいし、ご自宅の動物病院でも原因になりそうなものが無くなっていないか確認をお願いします」

「わかりました。今から病院に戻って、薬品の在庫を調べてみます」

達也は再び頭を下げた。そして相手に気付かれないよう、ズボンで手の汗を拭う。

思ったより悪い流れだった。まさか病院の中に診断を専門とする医者がいて、この件に介入してくるとは想像していなかった。病因の追究を専門にしているだけあって細かい点にもよく気が付く。このままでは昏睡の原因が睡眠薬であり、それを渡したことも近いうちに指摘されるのではないだろうか。

そうなってからでは遅い。昏睡の原因が曖昧な状況でしか次の手は使えないからだ。そしてここで殺せなければ、響子の命はまた無駄に永らえてしまう。

とにかく今、この場に留《とど》まるのは得策ではなかった。ここは一度自宅へ帰るふりをしておこう。そう思って達也が身体の向きを変えた瞬間だった。

「それと、もう一つだけ」

振り返ると、西丸は白衣のポケットを探っていた。

「これ、隔離室のベッドの下に落ちていたのですが、何か心当たりはありませんか?」

彼が取り出して見せた透明な小袋の中には、銀色に輝く折鶴があった。

その折鶴は、蛍光灯の下で曇りのない輝きを放っていた。達也は自分の目が捉えたものの解釈に戸惑い、声を出せずに立ち尽くした。

# 5

どういうことだ？

達也の脳裏に、二つの疑問が浮かび上がった。

第一に、なぜ袋状にしたはずの折り紙が鶴の形に戻されているのか？

達也は妻の手によって折鶴が開かれたところを確かに見たのだ。それがどうして。一体いつの間に折り直されたのだろうか。

第二の疑問は、その鶴の形状であった。見た目は昼間とほぼ変わりなかったが、片方の羽が根元からちぎれ、翼が一枚だけの姿となっていたのだ。

「大丈夫ですか？」

「ええ、あの……」

唾を飲み、達也は答えた。

「それ、面会の時に妻が作ったものなんです」

「ああ、なるほど」

「申し訳ありませんでした。妻に『部屋の中は殺風景すぎて気が滅入《めい》ってくる。何か飾りになるものが欲しい』と頼まれて折り紙の差し入れを……。持ち込みはいけないと承知していましたが、まあこれぐらいなら問題ないだろうと。折り紙なら彼女も好きな形に折れますし、少しでも気分が晴れるのではと思ったんです」

「そうでしたか」

西丸は無表情のまま頷いた。

「実は、どうしてこんなものが隔離室に落ちていたのか気になって保管していたのです。奥さんが倒れた場所の傍で私が発見したのですが、辻村先生や精神科のスタッフに尋ねても知らないようでしたし、正直に打ち明けて下さって助かりました」

「……申し訳ありませんでした。勝手なことをして」

「いえ、お気になさらずに」

西丸は手を振って、続けた。

「それにしても美しい折鶴ですね。表面も曇り一つなく、素手で触れるのが躊躇《ためら》われるほどです。奥さんはご自宅でもよく折り紙をされていたのですか？」

「はい。割と最近になって始めたんですが、彼女の性に合っているらしくて……。気分の良い日には随分と熱中している様子でした」

雑談しながら達也は胸を撫で下ろした。どうやら折り紙に睡眠薬の痕跡は残っていなかったようだ。粉剤だったのでその点は少し気掛かりだった。

「ちなみに――これには何か奥さんなりの理由があるのですか。この羽が片方だけになっているのは」

「あの、それについては私もよくわからなくて」

達也は率直に答えた。

「なるほど。日常的に行われていたことではないのですね。ただ、これが奥さん自身による行為であるのは間違いないと思います。見て下さい。羽の切り口に、はっきりとちぎられた痕があるでしょう？」

「どうしてこんなことを……。例えば妻が何かの勢いで――倒れる時にでも、偶然破ってしまったんでしょうか？」

「それはないですね。実は、鶴を発見した時に一通り室内を探したのですが、残りの羽が一向に見当たらないのです。まあ銀の折り紙は丸めるとかなり小さくなるので、部屋のどこかわかりにくい場所にでも落ちているのかもしれません。……しかしそうなると、奥さんは意図的に折鶴の羽をちぎり、その部分を丸めて処分したとしか考えられないのですが、どうでしょう、彼女のこの行動に何か思い当たることはありませんか？」

……そうか！

達也の脳裏に閃光《せんこう》が走った。折り直した鶴。消えた羽。この瞬間、二つの疑問が一つの答えへと繋《つな》がった。これは響子のダイイングメッセージ。そこに込められた彼女の意図は、達也の心を芯から震わせた。

その後、西丸とはいくつか言葉を交わしたが、もう内容は頭に入らなかった。達也は帰宅する旨を伝えると、おざなりに一礼してその場を立ち去った。

西丸と別れてから四十五分後。一階のフロアで時間を潰した達也は、再び響子の病室を訪れていた。ナースステーションから廊下を挟んで向かいに位置する個室であったが、幸い怪しまれずに中へと侵入できた。

ベッドの周囲に誰もいないのを確認し、響子の傍まで歩み寄る。様々な管や線に繋がれた彼女は、相変わらず意識不明のままで微動だにしない。目の前にぶら下がる点滴の袋から、液体が一定間隔でポタポタと管に流れ落ちていた。

妻は今から、ここで死ぬことになる。

響子の姿を見下ろし、そっと屈んでベッドの下へ手を伸ばした。指の先には、立ち去る前にワザと残した携帯電話がある。これは病室に戻るもっともらしい理由を作るための小道具だった。忘れ物を取りに引き返した達也は、妻の急変、そして死の現場に偶然居合わせてしまうのだ。

携帯電話を響子の枕元に置き、達也は目を閉じた。

何らかの毒物によって昏睡状態となった響子。未だ原因となっている中毒物質は判明しておらず、この先もどのような経過になるのか予測はできない。辻村が心配していた通り、急変する可能性もないとは言いきれないだろう。今ここで彼女の心臓が止まっても、未知の毒物が身体に作用した結果だと解釈されるに違いない。

　達也はポケットから針の付属していない注射筒を取り出した。

注射筒の中身は塩化カリウム製剤だった。希釈《きしやく》して用いる分には問題ない一般的な医薬品だが、血管内に急速に注入すると高濃度のカリウムが心臓に達し、不整脈を誘発して心停止を引き起こす。カリウム自体は血中に元々ある電解質なので、たとえ検死されても事件性が発覚する怖れはない。殺人を目的に使用する場合、それがこの薬剤の大きな利点だった。

　屈んだ姿勢のままベッドの陰に隠れ、達也は点滴ラインの途中にある栓を確認した。これを外し、注射筒を繋いで押し込めば、塩化カリウム製剤は勢いよく響子の血管内へと流れ込む。新たに針を刺すわけではないので身体に傷はつかず、したがって証拠は何も残らない。

　完璧だ――。

　死が日常となっている病院。実際、殺人にこれほど適した舞台はないのかもしれない。意識不明で入院中の患者が急変するなど、ありふれた出来事だろう。完全な病死として扱われ、警察に通報すらされずに済む可能性も充分に有る。

　達也は、目の前の医療用モニターがけたたましい音を立て、響子の心停止を報せる場面を想像した。病室内は人が入り乱れ、狂騒につつまれる。そして懸命の蘇生《そせい》措置も及ばず、彼女はそのまま息を引き取ることに――。

「あの、旦那さん……ですか？」

突然声を掛けられ、ハッと息を飲んだ。反射的に注射筒をポケットへと仕舞い込む。

「まだいらっしゃったのですね」

見上げると、そこには西丸の姿があった。

6

「そんなところで一体何を？」

西丸は、ベッドの向かい側から達也の顔を覗き込んだ。先ほどと同じように脇にカルテを抱えている。自身の動作に気を取られていた達也は、彼の接近には全く気付かなかった。

「実は、これを探していまして」

動揺を隠し、枕元の携帯電話を指さした。

「一度家に帰りかけたのですが、途中でなくしたのに気付いたんです。多分ここにあるんじゃないかと思って戻ってきました」

「そうでしたか」

西丸は微笑を浮かべた。

「でも、ちょうどよかった。実は、今からお呼びしようと思っていたのです」

「はあ」

「昏睡の原因がわかりましたよ」

「え？」

達也は、耳にした言葉が上手く飲み込めなかった。

そんなバカな。さっき話をしてからまだ一時間も経っていないのに、検査に回したところでそんなに早くわかるはずは……。

達也がすっかり困惑し二の句を継げずにいると、西丸は白衣のポケットから小さなプラスチック製のケースを取り出した。

「ウチの病院には急性薬物中毒を疑った場合に使われる尿検査キットがありまして、これは麻薬や抗うつ薬、睡眠薬など八項目の薬剤を十五分ほどで検出できる便利な代物です。奥さんの尿を調べたところ、ベンゾジアゼピン系——つまり睡眠薬などに多く使われる物質に陽性反応が出ました」

西丸は、ケースに表示された検査結果を指で示した。

「このキットで検出可能なのは一般的な中毒物質だけなので、駄目で元々のつもりでしたが運が良かった。これで引っかからなければ、毒物を特定するのは難しかったと思います。まあ、単なる睡眠薬なら危険は少ないでしょう。奥さんは助かります」

「……ありがとうございます」

達也は頭を下げ、見えない角度で唇を噛んだ。

調べが甘かった――。

後悔の念に襲われる。まさかそんな検査キットが存在するとは思わなかった。血液、尿――何を調べるにしても結果がわかるまでに少なくとも数時間はかかると踏んでいたのに、こんなに早く睡眠薬中毒が判明するとは想定外もいいところだ。こうなってはもうポケットの中の塩化カリウム製剤は使えない。今の状況で突然の心臓死など不自然すぎる。仕方ないが彼女が死ぬのは別の機会にするしかない。

「それにしても――」

西丸が呟いた。

「奥さんは睡眠薬をどのようにして持ち込んだのでしょうか?」

「は?」

身体がびくりと反応した。

「それは、先ほどお話しした通りでは……?」

響子がポーチへ薬を仕込んでいた可能性を話すと、

「いえ。有り得ませんね」

西丸は即座に否定した。

「あの仮説は中毒物質が少量で済む場合に限って成り立つ話で、ベンゾジアゼピン系睡眠薬の場合は事情が違います。奥さんのように完全な昏睡状態となるにはかなりの量が必要でしょう。一錠や二錠ではとても足りない。少なく見積もっても十錠以上。ですから隠して持ち込むためには袋か何かを使わなければならないのです」

実際は粉薬だったが、大きな違いはなかった。どちらにしても薬を入れる容器が必要となることに変わりはない。

「隔離室の中には一見して袋になるものはなかった。ただし奥さんが持ち込んだ唯一の品。これを利用すれば多量の睡眠薬を持ち込むことも可能になる」

西丸はポケットから折鶴を出した。

「折り紙なら袋状にすれば薬の入れ物として充分利用できる。そして形を変えれば単なる飾りにしか見えず、用途を見破られる怖れはない。上手い手を考えたと思います。そして——」

西丸は達也の目をじっと見据えた。

「この折り紙を渡したのはあなたです。つまり彼女に睡眠薬を渡したのもあなただということになる」

一瞬の静寂が場を支配した。

「つまり」

声の震えをできるだけ抑え、達也は西丸を見返した。

「先生は私が妻を殺そうとしたと仰《おつしや》りたいんですか?」

「そんなことは言ってません。でも、そうなのですか?」

「ちょっと待って下さいよ」

達也は無理に笑みを作った。

「妻は睡眠薬を自分で飲んだんですよ。私が殺そうとしただなんておかしいじゃありませんか」

「確かに仰る通りです」

西丸は答えた。

「しかし既にお話しした通り、自殺とは考えにくい。ですからこう考えてみてはどうでしょう。奥さんは騙《だま》されて薬を飲んだ、と。例えば彼女は、辻村先生に内緒で治療用の何か──サプリメントや民間薬などを常用していて、あなたはそれと睡眠薬をすり替えて渡した。そうすれば奥さんは知らぬ間に大量の睡眠薬を飲んでしまう」

真相とは異なるが西丸の推理に矛盾はなかった。追い詰められていく感覚に身の置き所がなくなる。

「それはまた……根拠のない想像ですね」

達也が悪あがきを言うと、

「確かに想像に過ぎません。それに奥さんが騙されて睡眠薬を飲んだとすると、いくつか気になる点が残ります」

と、西丸が返した。

「薬を入れるために折り紙は袋状にされたとしましょう。ならばなぜ、薬を飲んだ後に奥さんはそれを鶴に戻したのか。そしてなぜ、わざわざその羽の片方をちぎり取ったのか。

二つの疑問が解消されて初めてこの事件の真相は明らかになるのです」

西丸の顔が引き締まった。一度言葉を切って、間を空ける。探るように達也を見て、ゆっくりと口を開いた。

「あと、どのくらいなのですか？　彼女の命は」

達也は呆気《あっけ》にとられて、西丸を見た。全く信じられない。この医者には見通せないことなどないのだろうか。

「――半年。そう言われました」

観念して首を振った。

「どうして……なぜ、わかったんです？　この病院に妻のがん治療に関する記録は一切ない。がんを患っているかどうかなどあなたにはわからないはずなのに」

実際、少し痩せている以外、響子の外見は健康な人と変わりなかった。治療による抜け毛も目立たず、ウィッグも使っていない。これまで他人からがんについて指摘されたことは一度もなかった。

「彼女の指には指紋がありませんでした」

西丸はぽつりと言った。

「抗がん剤の副作用ですね」

それは手足症候群と呼ばれる副作用だった。抗がん剤は、がん細胞を殺し増殖を抑える効果を持つが、同時に正常な細胞にも障害を及ぼす。この作用によって響子の指先の皮膚は硬く腫れ、指紋がなくなっていたのだ。

「彼女には指紋がなかった。だからこの折鶴は曇り一つなく、銀の表面には指紋が全く付着していなかったのです。そしてその事実が、袋として使った折り紙を、もう一度鶴に戻さなければならないと彼女に思わせた」

　西丸は響子に視線を移した。

「奥さんが羽の片方をちぎり取ったのは、折鶴に残されたある痕跡を消すためでした。それは、あなたの指紋です」

　達也は顔を伏せ、唇を噛んだ。

「彼女は薬を飲んだ後、あなたが折り紙に触ったのを思い出したのです。そして怖れた。折り紙を睡眠薬の袋として使ったと知られたら、残った指紋が注目されるのではないか。あなたが睡眠薬を渡したのだと発覚し、警察に捕まって罪に問われたらどうしよう。夫は自殺を手伝ってくれただけなのに、と」

　響子は、最後の最後まで達也のことを考えていたのだった。

「だから奥さんは、あなたの指紋が残った場所を特定するために鶴を元通りに折り直したのです。そして、あなたが触れた場所である羽をちぎり取り、丸めて処分した」

　西丸が語った内容は、達也の推理と同じだった。おそらく最初、響子は折り紙に付いた達也の指紋を探して拭き取ろうとしたのだろう。だが消灯時間の過ぎた薄暗い常夜灯の下ではよく見えず、きちんと指紋を消せたのかどうか自信が持てなかった。だからより確かな方法として鶴を折り直し、達也が触った場所を限定してちぎり取った。そして、その部分は証拠が残らないよう飲み込んで再び横になろうとしたのだが、その前に薬が効いて床に倒れてしまった。

「先ほど話したように、最初はあなたが奥さんを騙して睡眠薬を飲ませたのだと思いました。物質中毒の可能性について指摘した時、あなたは『そんなものを口にするはずは——』と仰いましたからね」

「——！」

「あの発言は奥さんが何かを飲んでいる写真を見せる前のことです。中毒と言えば麻薬のように鼻から吸引する方法もありますし、注射の可能性もある。必ずしも口から入ったとは限りません。最初から毒物の摂取経路を断定できたのは予めそれを知っていたからです」

西丸の指摘に、達也は思わず苦笑した。そんなに早い段階でミスを犯していたとは思いもよらなかった。

「ですが、隔離室の床に落ちていた片翼の折鶴。この謎について考察し、私は見解を改めました。折鶴に込められたのは、奥さんがあなたを庇《かば》っていた事実。そして、あなたは彼女を殺そうとしたのではなく、自殺するのを手伝っただけだった。死は奥さんの望みだったのです。

しかし、ここで一つの疑問が浮上します。なぜ彼女はそれほど死に急いだのでしょうか。

生きることを拒み、自宅で大量の睡眠薬を飲んだが命を取り留めた。決意は固くもう一度死のうとする。それはいい。だが、どうして隔離室の中で実行しなければならないほど急を要していたのか。自殺なら退院してからいくらでも機会があるはずですし、そもそも彼女の余命はもう長くない」

全身から力が抜けていった。響子には死に急ぐ理由があり、達也はそれに手を貸したのだ。

「奥さんは一日でも長く生きるのを怖れていた。その理由は、これですね」

西丸は、カルテから一枚の紙を取り出し、達也の前にかざした。

## 7

〈死後脳提供に関する意思表示について〉

そう題された紙の最下段には、響子の署名があった。流麗で力強い筆致。この大学で行われているブレインバンクと呼ばれる研究への参加を決め、彼女は達也の目の前で名を記したのだが、その凛《りん》とした姿は今でも目に焼き付いて離れなかった。

「私、これに登録しようと思うの」

末期がんの宣告を受けてから二週間ほど経ったある日の夕方、彼女はいくつかの資料を卓袱台に並べた。

「……これは？」

突然の話に戸惑う達也に、響子は熱のこもった口調で語った。脳を医学研究のために提供しようと思っている。自分はもうすぐ死ぬが、その時、病気を患っている私にしかできないことがある。この脳は同じ双極性障害に苦しむ人たちのために使って欲しい。これは精神疾患の解明と克服につながる希望の贈り物なのだ、と。

それを聞いた時、響子の気持ちが理解できたし、その志の高さを誇らしいとさえ思った。しかし、達也は簡単に頷くことはできなかった。妻の身体の一部、それも脳が取り出され、墓の中に残らないと考えただけで耐えられない気持ちになった。この若さで彼女を失うだけでも辛いのに、それ以上何かが欠けるなど考えられない。達也は焦点の定まらない目で、広げられた資料を何度も眺め直した。

「……病気が憎いの」

やがて響子が絞り出すように口を切った。

「本音を言えば、私の試みなんて立派でも何でもないわ。自分の患った双極性障害が呪わしいって、ただそれだけ。これは復讐《ふくしゅう》なの。人生を振り回したこの病に、私はどうしても最後に一太刀《ひとたち》浴びせたい……」

目を潤ませる響子に対し、達也は首を縦に振るしかなかった。彼女の命を救う方法はない。ならば、できるのは最後の願いを聞き届け、手を尽くすことではないか。そう己に言い聞かせた。

響子の両親には達也から話をした。案の定、二人ともすぐには納得しなかったが、時間をかけて粘り強く説得した。最終的にはどうにか認めてもらい、あとは署名を済ませた死後脳提供に関する書類を、研究プロジェクトの一員でもある主治医の辻村に提出するのみとなった。

「今までありがとう」

書類を揃えた翌日、一度だけそう呟いた響子は、残された僅かな期間を達也のために使うと決めたようだった。それからの彼女は病気のことを一切口にせず、夫と過ごす時間が豊かになるよう前向きな姿勢を崩さなかった。できるだけ多くの時間を二人で過ごし、旅行の計画を立てたり、アルバムを開いて過去の思い出について語り合ったりした。そして、少しでも一緒にいられる時間が延びるならと、副作用に耐え、抗がん剤の服用も続けた。

だが、書類を提出する日が近付く頃、響子はある不安に苛《さいな》まれるようになった。

私の脳は、がんに侵《おか》されていないだろうか――？

彼女のがんは、元々の病巣である胃から腹膜へと転移している。これは、がん細胞が他の臓器にも転移する可能性を示していた。それに思い至った時、響子は猛烈な不安に襲われた。もし脳に転移したら、双極性障害の研究をする上で重要な部位が駄目になるのではないか。憎き病に対する最後の計画が、別の病気によって邪魔をされるなど絶対にあってはならなかった。

それだけは許せない。

響子は直ぐにがん治療医に連絡し、脳MRI検査の予約を取った。そしてブレインバンクへの登録を済ませると、その二週間後に検査を受けた。幸い脳転移はないとわかったのだが、そのまま座して死を待つなど彼女にはとてもできなかった。

「手遅れになる前に私は死ななければならないの」

響子に真っ直ぐ見据えられて言われた時、達也はもう何も言わなかった。実際のところ死後脳研究は細胞レベルの調査であるため、たとえ脳転移があったとしても影響はほとんどないのかもしれない。だが、そんなことはどうでもよかった。死期の迫った響子に必要なのは本懐を遂げることなのだ。達也は彼女ができるだけ楽に死ねるようにと様々な方法を検討し、睡眠薬による中毒死が良いと判断した。だが、結局二度とも失敗し、響子は昏睡状態で今、傍に横たわっている。


「以上が、私の推測です」

西丸は響子が死に急いだ理由について語り、それは真実とほぼ相違なかった。おそらくブレインバンクへ登録しているとわかった時点で、彼には自明のことだったのだろう。

「もう我々が、がんをずっと秘密にしていた理由もおわかりなんですよね？」

「ええ」

仮に病気を打ち明ければ、辻村は診療上の必要性から、がん治療医と連携を取るだろう。そうなれば自死を試みたのがＭＲＩ検査の直後だと判明し、脳転移を避けるために中毒死を企てた真相を見抜かれる怖れがある。しかし〝急激に〈うつ〉となり発作的に自死した〟のであれば、あくまで予見できない病気の悪化として受け止められ、ブレインバンクの関係者が余計な罪悪感を抱かずに済む。そう響子は考えたのだ。

「彼女は最後まで辻村先生たちを慮《おもんぱか》っていたんです。妻の病気についてはあなたの胸だけに納めてもらいたい。そして――」

達也はベッドの向かいに立つ男を睨《にら》んだ。

「一日でも早く自分の脳を提供する。それが妻の願いです。目が覚めるのを彼女は期待していない」

黙ったままの西丸に言い放つ。

「死が響子の望みです」

点滴の管を手に取り、達也は途中の栓を外した。塩化カリウム製剤の入った注射器を取り付け、内筒に手を当てる。だが西丸は、カルテを後ろ手に持ったまま動く様子を見せなかった。達也の行為を止める気配は全くない。

意を決した達也は、注射器の内筒を一気に押し込んだ。

塩化カリウム製剤が勢いよく管の中を流れていく。目を閉じて時間が過ぎるのを待った。一秒、二秒。ピッ、ピッと心臓の動きを示すモニター音だけが部屋に鳴り響いている。凍り付くような時の流れに身を委ねていると、唐突にその電子音は途切れた。

心停止を告げるアラームが室内に鳴り響く。

全ての音が遠のき、達也は無音の世界に放り込まれた。

終わった――。

何もかも全て終わったと実感した時、脚の力が抜け、床に膝を突いていた。左右の手が思い切り握られ、口はありったけの力で引き結ばれた。そうでもしていないと今にも叫び出してしまいそうだった。だが――。

ピッ、ピッ、ピッ。

再び電子音が息を吹き返し、医療用モニターには響子の心臓が規則正しいリズムを刻む様子が映し出された。達也は何が起きたのかわからず、茫然《ぼうぜん》として西丸を見た。

「その点滴ですが、奥さんの身体には繋がっていません」

西丸が管を手繰り寄せると、布団の中から別の点滴バッグが現れた。達也は即座に相手の意図を悟った。

嵌《は》められた。

西丸は罠《わな》を仕掛けていたのだ。全てを見抜いた彼は、夫が自殺に失敗した妻のとどめを刺しに来ると読んでいたのだろう。その際、点滴ルートを使っての殺害を防ぐため、予めダミーの点滴をぶら下げておいた。反対側の末端に空の点滴バッグを繋ぎ、それを布団の中に潜ませる。そして、管の途中を包帯で響子の腕にくりつければ、パッと見には身体に点滴が入っているかのように偽装できる。さらにこの仕掛けでは、毒物をバッグの中に回収することも可能である。

証拠を押さえられた達也は愕然《がくぜん》とし、その場にただうずくまっていたが、

「この件は誰にも言うつもりはありません」

と、思いもよらないことを西丸は告げた。

「では、なぜ……」

言葉を継ごうとしたが、声にならなかった。

「奥さんの望み。それはよくわかりました」

西丸は視線をベッドに落とした。

「ですが、もう一つ明らかにしなければならないことがあります。それは、あなた自身の望みです」

「私の……望み？」

「人間には失って初めてわかる真実もあるのではないでしょうか？」

それを聞き、達也は先ほどのアラームが聞こえた瞬間について思いを馳《は》せた。妻の死を本当と思い、何もかも全てが終わったと実感した時、込み上げてきたものが確かにあったのだ。それこそが、妻のためだけを思い、その願いをひたすら叶えようとしてきたこの数日間、決して意識に上がることのなかった自分の真の望みだったとしたら……。

西丸は、達也が蓋をしたその望みに気付けるよう、手の込んだ仕掛けを施した。塩化カ

リウム製剤を注入したタイミングに合わせて心電図の接続を外し、アラームを鳴らす。そして、妻の心臓が本当に止まったと思った達也は、漸く己の真の望みに気付くことができたのだ。

達也は、腿《もも》の上で拳を握り込んだ。

意識を取り戻したら、きっと響子は落胆するだろう。そして、期待に応えなかった夫を責めるかもしれない。理由を伝えても受け入れてはもらえず、どのみち彼女は単独で自死を成功させ、自分は後悔を胸に一人取り残されるのかもしれない。それでもなお、達也は言わなければならなかった。

もう少しだけ、傍にいて欲しい——と。

封じ込められた願いが言葉という形を成した時、達也は妻の前で初めて涙を流した。霞《かす》んだ視界で彼女の顔を眺める。そしてその穏やかな寝顔に向けて、必死に許しを請い続けた。

# 老人と犬

五十嵐貴久

五十嵐貴久（いがらし・たかひさ）
一九六一年、東京都生まれ。成蹊大学卒業後出版社勤務を経て二〇〇一年、『リカ』でホラーサスペンス大賞を受賞してデビュー。同シリーズ他警察サスペンス〈交渉人〉シリーズ、ホームコメディー『パパとムスメの七日間』など映像化好評作多数。時代小説、青春小説、スポーツ小説、パニック小説など手がける分野は多岐にわたる。近著に『愛してるって言えなくたって』『天保十四年のキャリーオーバー』『命の砦』『バイター』『リフレイン』『能面鬼』などがある。

1

「あなたのお父さんは、立派な人でした」

佐久間《さくま》署長の熱意のこもった言葉が、うつむいたままのわたしの頭の上を通り過ぎていった。

「警察官の鑑《かがみ》というのは、ああいう方のことを言うのだと、私たちはよく噂《うわさ》したものです」

はあ、とわたしは小さく答えた。

「その立花《たちばな》警視正の娘さんが、私たちの署に配属になった。こんなに嬉《うれ》しいことはありません。私たちは、署を挙げて歓迎しますよ。立花令子《れいこ》警部補。我が南武蔵野《みなみむさしの》署へようこそ」

顔を上げないまま、ありがとうございます、とわたしはつぶやいた。いちばん怖《おそ》れていたことが起きてしまった。

2

わたしの父親は警察官だった。

階級は警部、その世界では有名だったらしい。ノンキャリアであるにもかかわらず多くの難事件を解決した現場担当者として、何度か新聞に載ったこともある。

簡単に言うが、単なる一介の警部がそういう扱いを受けるのは極めて異例なことだそうだ。

もっとも、そんなふうになるために、父は多くのものを犠牲にしていた。その最たるものがわたしと母だ。

母の話では、新婚旅行も二泊三日で、しかも手がけていた事件が新しい展開を見せたために、父は母を旅行先に置き去りにしたまま、一人で東京へ戻ってしまったという。それからも、映画のひとつも二人で見ることはなかったというから、父も筋金入りだ。

わたしにとってもそれは同じで、わたしが生まれたその日も、父はある誘拐殺人事件の犯人を追いかけたまま連絡もなかったそうだ。父に遊びに連れていってもらった記憶もない。

アルバムに貼られた子供の頃のわたしの写真は、すべて母親と写っているか、わたしが一人で写っているかのどちらかだ。

にもかかわらず、父親を嫌いになったり、反抗したりということはなかった。別に父のことが誇りでとか、好きで、とかそういう理由ではなく、もともとの生まれつきが、のんびりした性格だったためだろう。

加えて言えば、父が家にいないのはわたしにとっては当たり前のことだったので、淋《さび》しいと思ったこともない。

そんなふうにわたしは育ち、たまたま勉強がよくできたために東大に入り、昨年の春に卒業した。

そうだ、父が犠牲にしたものがもうひとつある。自分の命だ。

五年前、父はある殺人事件の捜査中に何者かに襲われ、殺された。犯人は不明なままだ。

つまり、父は殉職警官ということになる。従って、生前の階級は警部だったが、死後は二階級特進のため警視正となっていた。佐久間署長が父のことを警視正と呼んだのはそのためだ。

父親に対する嫌悪感こそなかったものの、警察官という仕事に対しての忌避感はもちろんあった。あんなに忙しくて大変で、時には命を賭けて事に当たらなければならないような職業はご免だ、と本当に思っていた。今でも思っている。それが、どうしてこんなことになってしまったかというと、すべては不況のせいだった。

新卒女子大生の六割が就職難にあえいでいるというその年の不況の波を、わたしはもろにかぶってしまったのだ。

確かに、わたしは他の学生と比較して、就職戦線に参加するのが遅れてしまったことは否めない。これもまた、わたしの持って生まれたのんびりした性格に起因するところが大きい。なんとかなるだろう、と思っていたのが、まったくなんともならなかったのだ。

どうするべきか困っていたわたしに、母が「公務員になりなさい」と言いだした。

母はどこから持ってきたのか既に願書を手に入れており、わたしとしても公務員というのはある種憧れの職業だった。

わたしの願いは毎日を平穏無事の内に過ごすことであり、決まった時間で仕事が終わる公務員というのは、理想的とさえ言えた。

どうしてそれに気がつかなかったのか、とわたしは母の勧めに従い、公務員試験を受けることにした。あっさりと試験に受かったわたしは、送られてきた書類を見て青くなった。

わたしが受けた試験は国家公務員I種試験だったのだ。そんな馬鹿な、と言われそうだが、事実なのだから仕方がない。どういうわけかわたしはいわゆる成績はいいのだ。

外務省、文部科学省、国土交通省と面接を受けに行ったが、感触は良くなかった。

後で知ったことだが、試験に受かった段階で、警察庁がわたしを入庁させることを決めていたという。

「立花警視正の娘は、他の省庁に渡せない」ということだったらしい。否応《いやおう》なくわたしは警察庁の面接を受け、自分の意思とは無関係に警察庁に入庁してしまったのだった。

それからわたしは、警察大学校で三カ月初任幹部課程教育を受けた後、現場での実務を九カ月経験した。だがわたしに限っては、実務の研修というのは経理や総務関係の仕事だった。

従ってわたしにはいわゆる捜査官としての経験はまったくない。これもまた、立花警視正の娘を危険な目に遭《あ》わせるわけにはいかないという配慮からの処置だった。

その後、キャリア組として警察庁に戻り、ひと月ほど警察大学校で再研修をした後に、いきなり三多摩と二十三区の境にあるこの南武蔵野署の副署長という肩書をもらうことになった。

これはわたしに限った話ではなく、国家公務員I種試験に受かって警察に奉職した者は、ほとんどの場合、まずは小さな所轄署の署長もしくは地方県警本部の課長クラスとなるそうだ。

信じがたい話だったが、世の中というものはそうなっているらしい。ただ、通常は二年ほど警察庁で勤務した後、警視として赴任するようだが、わたしの場合はあくまでも例外ということで、身分も警部補のままだったが。

現場に行く必要はない、という署長からの説明を受けてわたしはほっとしたが、ところがいざ副署長室に落ち着くと（この部屋も、わたしが赴任することが決まってから急遽《きゅうきょ》改造したのだという）何の仕事もないことに気づいた。

これは決して嫌味や皮肉ではなく、全国でも珍しい女性副署長に対するマニュアルがなかったことが理由だった。

一週間、わたしは何をするわけでもなく南武蔵野署に出勤し、何もしないまま帰途についた。

したことといえば、大学時代の友人にメールを送ったことと、支給されたパソコンに入っていたゲームソフトで遊んだこと、そして際限なく用意されるお茶を飲むことだけだった。おかげで胃がもたれて食欲がなくなり、五日間で二キロ体重が落ちた。

個人的な話をすれば、わたしは身長百五十八センチで体重五十二キロと、決して痩せているわけではない。

従って体重が落ちたのはありがたいことだったが、署長をはじめとした総務部の人たちが心配して、その次の一週間というもの、毎日昼食を摂《と》る時にそばで監視されるようになった。体重はすぐにリバウンドし、結果的には一キロ増えてしまうこととなった。

3

一カ月経《た》っても、相変わらず仕事はなかった。よくテレビで見るように、偉い人たちが自分の部屋でゴルフのパッティング練習をする理由がよくわかった。

署長がわたしの部屋をノックしたのはそんな時だった。

「実は、お願いしたいことがあるんですよ」

佐久間署長はわたしに対していつも丁寧語を使う。

「何でしょう」

ソファに向かい合って座りながらわたしは尋ねた。

「うちの署の管内に、サクラ興産という会社があるのですが、知ってますか」

わたしは首を振った。

「要するにパチンコ屋に景品を卸す会社なんです。二十年ほど前に当時の警察ＯＢと吉祥《きちじょう》寺《じ》周辺の商店主が資本金を出して作った会社なんですが、早い話が我々警察官の退職後の天下り先です」

なるほど、とわたしはうなずいた。週刊誌の記事を読むまでもなく、こういうことは現実にある話なのだ。

「今そこの会長職に就いているのは、小山田《おやまだ》伝一郎《でんいちろう》という七十近い老人です。最後は第八方面本部長だったかな。実は私の同郷の先輩でもあります」

署長が複雑な笑みを漏らしながら、胸ポケットから煙草《たばこ》を取り出した。わたしが小さく咳払《せきばら》いすると、灰皿がないことに気がついて煙草を元に戻した。

「その小山田氏が、ひと月前から体調を崩しておりまして、それも微妙に関係しているのだとは思いますが、このところ本人から私の方に『自分を殺そうとしている人間がいる』という訴えが何度もあったんですよ」

「殺される？」

おだやかな口調で恐ろしいことを言う人だ。

「二週間ほど前には、小山田氏が病院に行く途中、一台の黒塗りの車が赤信号を無視して氏をめがけて突っ込んできたことがあったそうです。その他にも、駅の階段から突き落とされそうになったこともあったといいます。いや、老人も最近はすっかりノイローゼ気味で塞ぎ込んでいましてね。もっとも、すべては本人が言っているだけのことで、証拠も何もないんですが」

「本当に、誰かに殺されるような理由があるんですか？」

まさか、と署長が笑いながら手を振った。

「七十になろうとする老人ですよ。確かに、ここ数年、関西の組織暴力団がこの辺りへの進出を図っていまして、サクラ興産が連中にとって邪魔な存在であることは間違いないのですが、それにしても今時そんなことが理由で動く組があるとは考えられませんね」

確かに署長の言う通りだ。

「もっとも本人は至って大真面目《おおまじめ》ですが。昔、小山田氏は現役時代に当時でいう暴力団担当の警視庁捜査四課にいたことがありましてね。その時のことを恨みに思っている連中が自分を狙っているのだと言っていますが、小山田氏が四課に籍を置いていたのは三カ月ほどのことです。暴力団員に氏の名前を知っている者がいるかどうかも怪しいところです」

事務方の警察官を狙う暴力団もいないだろう。

「そんなに不安があるのであれば、本来ならこちらに来て正式に被害届を出してもらうべきかもしれませんが、現実に危険があるとも思えませんので、今のところは話を聞くだけに留《とど》めてあります。ですがねえ」

署長が深いため息をついた。よほど辛《つら》いことがあるようだ。

「小山田氏は私の先輩でもあり、警察組織は上下関係ですから、いつまでもこのままというわけにもいきません。とはいえ、何といいますか、その、氏は非常に面倒な人でして」

そこまで言って署長は部屋の左右を見回した。声が小さくなった。

「つまり、そのですね、短気というか、何でも自分の意のままにならないと怒りだすというか、まあ要するにそういう人でして」

何となくその小山田氏と佐久間署長の関係がわかって、わたしはうなずいた。

「平《ひら》の刑事を行かせるわけにもいきませんし、かといってねえ」署長の声がますます小さくなった。「それで思い出したのですが、副署長は大学の時に高齢者相手のボランティアをされていたことがあるそうですね」

言われてみれば、わたしは大学二年と三年の時老人介護をしていた。実際にはボランティアではなくアルバイトだったのだが。

「私たちも、さすがは立花警視正の娘さんだけのことはある、と話していたんですよ。やはり警察官の鑑たる……」

長くなりそうだったのでわたしは話を元に戻した。

「それで署長、わたしはいったい何をすればいいんですか」

そう、それです、と署長が膝を叩《たた》いた。

「要するに、あなたなら老人の扱いもうまいのではないかということなんです。経験もあるわけだし、しかも副署長でもある。もうひとつ言えば、孫に近い年齢のあなたに行っていただく方が、氏のご機嫌もよろしかろう、というのが我々の結論なのですが」

つまり、ノイローゼ気味の老人の相手は誰《だれ》もが避けたい。だが先輩でもあり無視はできない。

しかも本人は殺されるかもしれないと言っているのだから、なおさらだ。とはいえ、実際には誰かに殺されることなどあり得るはずもなく、事件性もない。

というわけで、署内一、暇を持て余していて、何もする仕事のない副署長を老人の元へ行かせればいい、ということになったのだろう。

早い話が、わたしは老人の世話係を押し付けられたということらしい。

「形式的なことに過ぎませんから。家に行って話を聞いてあげてですね、まあもし可能ならば、何の心配もいらないんですよ、と本人を納得させてもらえれば、それはもう願ったりかなったりといいますか」

「行きます」

立ち上がってわたしは答えた。もちろん署長が言うほどに簡単なことではない。ノイローゼの老人の世話が面倒なのは経験上よくわかっていた。

だが、それでもわたしがうなずいたのは、ひとえにテトリスとバーチャファイターに飽きていたからだった。

とにかく、わたしはこの部屋に閉じ込められていることに飽き飽きしていたのだ。

## 4

さすがに副署長を一人で行かせるわけにもいかないということで、刑事部の鳥井《とりい》という捜査官が運転手を兼ねて一緒に行ってくれることになった。

鳥井刑事は三十歳ぐらいで独身、署内の女性たちの憧れの的だったが、わたしはあまり好きなタイプではなかった。百八十センチ、七十五キロという巨体にもかかわらず、どういうわけか言葉の語尾が女の子っぽいのだ。

「じゃ、行きますね」

鳥井刑事がそう言って、アクセルを踏んだ。

「サクラ興産は井《い》の頭《かしら》公園の方なんですけど、小山田会長のご自宅は五日《いつか》市《いち》街道沿いにあるんです」

「そうなんですか」

後部席でわたしはうなずいた。ええ、そうなんです、と鳥井刑事が無意味に同じ言葉を繰り返した。こういうところも女性的だ。

パトカーは署から十分ほど走り、住宅街に入っていった。付近の土地は吉祥寺という地名が示す通り、寺が所有している。

寺は土地を売る必要もなく、そしてまた武蔵野市は全国でもトップクラスの財政状態を誇っているので、バブル崩壊後も土地の値段はそれほど下がっていない。

にもかかわらずこの辺りに家を持っている以上、小山田氏は相当な金持ちであるということになるのだろう。

「ここなんです」

鳥井刑事が慎重に車を停《と》めた。さすがに豪邸とまでは言えないが、それでも百坪ほどはあるだろう立派な邸宅が目の前にあった。

二階建てのその家はまだ新しかった。パトカーを駐車場の空きスペースに停めて、わたしたちは玄関に向かった。

事前に連絡をしておいたので、すぐに扉が開いた。落ち着いた品のいい女性がわたしたちを出迎えた。着物がよく似合っていた。

「小山田の家内でございます」

微笑《ほほえ》んで頭を下げた夫人の若さにわたしは驚いてしまった。七十年配の老人の妻だというのだから、いいところ六十歳ぐらいの女性を想像していたが、どう見ても五十代前半にしか見えない。

実際、後で確かめたら五十一歳だという。結婚して二十五年になるそうだ。

「申し訳ございませんね、お忙しいのに」

「とんでもありません」

恐縮した鳥井刑事がしきりに首を振っている。わたしたちはそのまま邸内に入った。

「桐子《きりこ》、桐子」

いきなり、奥の方から濁った叫び声が聞こえた。声の調子からいって、かなり怒っているようだ。

「はい、ただいま」

桐子夫人がわたしたちに軽く頭を下げてから、ため息をついて声の主の元へと向かった。

「桐子、誰が来た。佐久間か」

大声がしてドアが開くと、茶色のガウンを着た男が立っていた。

百五十八センチのわたしより十センチほど身長は高いが、体重はもしかしたらわたしの方が重いかもしれない。干からびたような老人だ。

鼻の脇《わき》に大きな疣《いぼ》がある。すっかり薄くなった髪の毛、土のような顔色、確かに体調は良くないようだった。その上、口を開くたびにひどい口臭がした。

「来たらすぐに通せと言っておいたじゃないか」

体調が悪いというわりには意気軒昂《けんこう》に小山田老が怒鳴った。すみません、と桐子夫人が頭を下げてわたしたちを紹介した。

「なんだ、君か」小山田老が、下げたわたしの頭越しに鳥井刑事に声をかけた。「ええと、鳥山《とりやま》くんだったかな」

「鳥井でございます」

これ以上はできないだろうと思われるほどに深々と頭を下げた鳥井刑事が、こちらが南武蔵野署に着任いたしました立花警部補でございます、とわたしを前に押しやった。

「なんだって」

小山田老があんぐりと口を開けた。

「あの立花警視正のお嬢さんが警察庁に入庁したとは聞いていたが、まさかこんな」

小娘が、と言いかけた言葉を呑《の》み込んだ小山田老がわたしをまじまじと見た。

「とりあえず居間の方へ、ね、あなた」

その場をとり繕《つくろ》うように桐子夫人が言った。うなずいた小山田老が、痩せているにもかかわらず大きな足音をたてて歩きだし、わたしたちはその後に従った。

5

通されたのは広いリビングルームだった。庭に面した大きな窓からは暖かい太陽の光が差し込んでいる。

ガウン姿の小山田老がソファにゆったりと腰を下ろし、わたしたちはテーブルについた。

「お茶は」

小山田老が甲高い声で叫んだ。すぐに桐子夫人が現れて、高価そうな湯呑みを夫の前に置いた。

「熱い」

つぶやいて顔をしかめた。あら、と微笑んだ桐子夫人がわたしたちに向き直って、コーヒーの方がよろしいでしょうかと尋ねた。

「いえ、とんでもございません」鳥井刑事が裏返った声で言った。「お構いなく」

「早く。コーヒーでいいから」

また小山田老が叫んだ。確かに佐久間署長の言う通り、相当な短気であることだけは間違いないようだ。

「副署長の立花です」

わたしは改めて挨拶をした。こういうタイプの年寄りは最初が肝心なのだ。

それをわたしは経験として知っていた。

「わかってる、さっき聞いた」うるさいとは言わなかったが、要するにそういうことだった。「どうして佐久間が来ないんだ」

「すみません、署長は会議がありまして」

「会議だと。偉くなったものだな。いったい誰のおかげで署長になれたと思っているんだ」色艶《いろつや》の悪い顔に怒気を漲《みなぎ》らせて吐き捨てた。「後輩だと思っていればこそ引き立ててやったのだが、これでは考えねばならんな」

「申し訳ありません」

わたしが頭を下げた時、桐子夫人が盆にコーヒーカップを載せて居間に戻ってきた。

「遅い」

小山田老の叱責を受け流して、夫人がわたしたちの前にカップを置いた。いい香りが部屋に広がった。

実はね、君、と前置きもなしにいきなり小山田老が鳥井刑事に向かって話し始めた。もうわたしのことは眼中にないらしい。

「これは間違いのない話なのだが、私は狙われているんだ」

まさか、とは言わずに鳥井刑事が表情をことさらに硬くした。

「いったい誰がそんな……」

おそらく、と眉間に皺《しわ》を寄せた小山田老が関西の広域暴力団の名称を口にした。

「奴《やつ》らの東京進出の話は鳥越《とりごえ》くんも知っているだろう」

訂正することなく、鳥井刑事がうなずいた。

「二十年以上前から連中は機会を窺《うかが》っていた。私も現場にいた当時は、毎日非常な危機感を覚えながら捜査に当たっていたものだよ。わかるだろう、あの連中ときたら常識の通用する相手ではない」

「まったくです」

「あいつらの恐ろしさは口では言えん。いや、警察官がこんなこと言ってはいかんのだがね。しかしそれほどまでに恐ろしい連中だということだ。奴らは目的のためなら刑事の一人や二人、平気で殺すだろう」

そう言って小山田老が豪快に笑った。合わせるように鳥井刑事も頬に微笑を浮かべた。

「ですが、なぜ会長を狙うのでしょうか」

「それはわかりきっておる。いいかね、東京を仕切っているのは」小山田老がもうひとつの武闘派組織の名前を挙げた。「それに加えて最近では外国人も入ってきている。歌舞伎町を見ればすぐにわかる。日本の暴力団、中国マフィア、ロシアのギャング、それに東南アジアの連中がからんで、どうにもならん。いったい日本はどうなってしまうのかね」

世にも情けない表情で鳥井刑事がわたしを見た。

「まったく会長のおっしゃる通りです」

「つまり、今やこの武蔵野地区は第二の副都心になっている。住んでいる人間の数だって百万を下らん。関西の連中が東京進出の足掛かりにするには、もってこいの場所だとは思わんかね」

「なるほど」

鳥井刑事が落語家のように自分の額を叩いた。これ以上ないタイミングだった。

「そしてこの辺りはどこの組も手をつけていない。空白地帯になっているんだな。それはつまり、私をはじめとする警察の指導が行き届いているからなのだが」

立ち上がって拍手しそうになった鳥井刑事のスーツの裾を摑《つか》んで、わたしは彼を席につかせた。

「だが逆に言えば、我々の存在は奴らにとって邪魔者以外の何物でもない。である以上、その代表として狙われるのはこの私しかいないのは言うまでもないことだ」

わたしの手を振り払った鳥井刑事が立ち上がって激しくうなずいた。

「まったくです、会長。会長の身に危険が及ぶのは当然の話です」

そうだろう、と満足そうに小山田老が微笑んだ。

「ここだけの話だが、実は何度も殺されかかっているのだ。私も自分の命を無駄に捨てたくはないから、最近は外出も控えているのだが、医者がうるさいので病院には行かねばならん。ところが、その行き帰りを誰かに尾行されているようでな」

「まさか、そんな」

「いや、間違いない」小山田老がテーブルを叩いた。「それだけではないぞ。この前、奴らは実力行使に出た。駅の階段から突き落とされたのだ」

「危ない」鳥井刑事が泣きそうな声を上げた。「ご無事だったのですか?」

「もちろんだよ、君」得意気に小山田老が笑いながら鼻の脇の疣を指で掻《か》いた。「今時の若い者とは鍛え方が違うからね。君も無論知っていると思うが、十五年前に日比谷の銀行が白昼襲われた時のことは、今思い出しても身の毛がよだつね。確か私は第一方面本部の総務課長だったが」

ちょっと失礼します、と言ってわたしは立ち上がった。十五年前の話に興味はない。小山田老はお構いなしに、鳥井刑事に向かって過去の栄光を語り始めていた。

## 6

洗面所まで行って、わたしは手を洗いながら考えた。

署長の言う通り、自分が狙われているという小山田老の訴えはとても本当のこととは思えなかった。

もし仮に暴力団組織がこの武蔵野地区への進出を考えていたとしても、小山田老がその障害になることは考えられないし、ましてや殺そうなどと思うはずがないだろう。

むしろわたしは小山田老の精神状態の方が心配だった。確かに小山田老は体調がすぐれないようで、顔色も悪く、手が震えていたり、年齢のわりには話している際に掻く汗の量も多すぎる。

そのためかもしれないし、年齢のせいかもしれなかったが、どちらにしても小山田老が被害妄想気味であることは間違いなかった。

このまま症状が進めば完全なノイローゼになるか、老人性の鬱病《うつびょう》になってしまうように思われた。

となれば、後は医者の仕事だろう。わたしにできることはない。

署長が言ったように、本人を納得させることなどできるはずもなかった。

そう思うと、もうするべきことは残っていなかった。思い出話を拝聴してから、署に戻るだけだ。

居間に戻るために廊下を歩いていると、右手に和室があった。襖《ふすま》が開いている。

何の気もなしに覗《のぞ》くと、縁側に犬がうずくまっていた。ダックスフントだ。

その様子のあまりの可愛《かわい》さに、わたしは部屋に入っていった。

六畳ほどの和室に、家財道具はほとんどない。タンスが二棹《さお》と押し入れがあるだけだった。縁側で横になっている犬に、わたしは静かに近寄った。

「こんにちは」

呼びかけると、犬が垂れた耳をぴくりと動かしたが、反応はそれだけだった。

「寝てるの？　今日はあったかいね」

よほど歳《とし》を取っているのだろう。ダックスフントの体毛はところどころ白くなっている。後ろ脚の辺りにはいくつか禿《は》げているところもあった。

「わたしは立花令子っていうの。あなた、お名前は？」

答えるはずもなかったが、わたしはお構いなしに話しかけた。もともと動物好きで、特に犬は大好きだ。

片方の目を上げたダックスフントがわたしの方をちらりと見て、興味ないね、と言わんばかりにまた目を閉じた。

「だらしない子ね」

まさにぐうたらを絵に描いたようなあり様だったが、ダックスフントに活発さを求めても仕方がない。先祖は猟犬だったかもしれないが、今はお座敷犬なのだ。

縁側に出て正面に回り、わたしはそっと頭を撫《な》でた。犬が細く喉を鳴らした。

「気持ちいいんだ。もっと撫でてあげるね」

わたしがもう片方の手を伸ばした時、子供の叫び声が聞こえて、わたしは振り向いた。

「だめ！　さわっちゃ！　トムくんはびょうきなんだぞ」

目を上げると、小学校一年生くらいに見える女の子が立っていた。真っ赤なスカート、淡いピンクのブラウス。

少女が顔面を紅潮させて腰に手を当てたまま、もう一度叫んだ。

「だめだってば！」

「この子、トムっていうんだ」

わたしは立ち上がった。女の子が監視するようにわたしの手を見ている。

ごめんね、もう触ったりしないよ、とわたしは手を後ろに回した。

「そうか、この子病気なんだね」

歳を取って反応が鈍くなっているのかと思っていたが、それだけではないらしい。確かに、言われてみれば何となく全身の艶も悪く、鼻の頭も乾いている。どことなく不健康な匂いもした。

「だから元気ないんだね」

言いながらわたしは少女の顔を見た。どういうわけか、体中に力が入っていた。

目鼻立ちははっきりしていて、美少女といってもいいほどに可愛らしい女の子だったが、その力の入り具合がわたしの微笑みを誘った。小山田老の孫なのだろうか。

「さわっちゃだめだからね」

念を押すように繰り返してから、少女が振り向いた。

「おじいちゃん、おじいちゃん」

叫ぶのとほぼ同時に、初老の男の人が和室に入ってきた。わたしより少しだけ背が高い。かなりの痩せ型だ。

紺のブレザーに明るい茶のチノパン、ボタンダウンの薄いブルーのシャツを着て、ネクタイはしていない。

その代わり首もとにスカーフを巻いている。年齢のわりにはかなりおしゃれな人だ。

南武蔵野署の刑事たちもこうであってほしい、とわたしは思った。気持ちのいい笑顔が印象的だった。

「このお家《うち》は広いねえ、桃子《ももこ》」

おじいちゃん迷っちゃったよ、と言いながら男が少女の手を握った。少女が空いた手でわたしを指さした。

「このおねえちゃんがねえ、トムくんのことさわってたんだよ」

「きっと、おねえちゃんも心配してくれてたんだよ」

男が少女の手を握ったままわたしを見た。淡い微笑のまま軽く頭を下げる。つられてわたしも同じように礼を返した。

「獣医の土井《どい》といいます」

獣医。わたしが子供の時、何よりもなりたかった職業だ。

「二カ月ほど前から、この子の調子が悪いので」土井先生がトムに目をやった。「奥さんに呼ばれましてね。時々様子を見に来ているんです」

先生が名刺を出した。土井動物病院院長、土井徹《とおる》と記されていた。

「南武蔵野署の立花と申します」

これでも警部補なんです、とわたしはつけ加えた。ああそうですか、と先生がうなずいた。微笑は消えなかった。

「ということは、こちらのご主人に会いに来られたわけですね」

「はい」

「私はまだお目にかかったことはありませんが、小山田さんは警察にお勤めだったそうですね」

ええ、とわたしはうなずいて、おそらく老人性の被害妄想だと思うのですが、殺されるかもしれないという訴えがあったので事情を伺いに来たのです、とこの家に来た理由を説明した。

「いや、それはわかりませんよ」真面目な顔で土井先生が言った。「警察官なら、どんなことで恨みを買っているかわかりませんからね」

そんなことはないと思いますが、と言いかけた時、少女が口を挟んだ。

「おじいちゃんはすごいんだよ。びょうきはなんでもなおしちゃうんだから」

「そうなんだ、すごいね」わたしは腰を屈《かが》めて少女の目線に合わせた。「素敵なおじいちゃんなんだね」

「やめなさい、桃子」土井先生が少女の髪の毛に指を当てて搔き乱した。「おじいちゃんは桃子のこと大好きだけど、あんまりお喋《しゃべ》りだと嫌いになっちゃうよ」

すみませんね、孫がうるさくて、と先生がわたしに笑いかけた。

「だってほんとだもん」不満げに少女が口を尖《とが》らせた。「おじいちゃんはどうぶつと話せるんだよ」

「桃子」

土井先生が唇を曲げた。少女が黙ってうつむいた。

「まあ、子供の言うことですから」

先生が微笑んだ。わたしも合わせて笑った。

「きっと、先生は動物の心がわかるんでしょうね」

そんなところでしょうか、と先生がトムに近づいた。しばらく黙ったままトムの様子を見守っていた土井先生が、体のあちこちを触りながら首をひねった。

「ね、ほら、お話ししてるでしょ」

いつの間にか近づいてきていた少女がわたしの手を握りながら言った。案外人懐《ひとなつ》こい子だ。

「うん、そうだね」

そうは見えなかった。先生はただ時々畳を叩いたり舌を鳴らしたりしているだけだ。

確かに診察にしては不可解な仕草ではあったが、話しているようには見えない。

だが、わたしには少女の夢を壊すことはできなかった。

「あら、こちらでしたか」

声がして、わたしたちは襖の方を振り向いた。立っていたのは桐子夫人だった。

「すみません先生、たまたまお客様が重なってしまったものですから」

こちらは、とわたしのことを紹介しようとした桐子夫人に、立ち上がった土井先生が首を振ってにっこりと笑った。

「南武蔵野署の立花令子さん。もう私たちは十分にお互いのことを知っていますよ。そうですよね」

先生の言葉に、わたしはうなずいた。ほとんど話してはいないのに、どういうわけかわたしは先生のことを昔から知っているような気がしていたのだ。

「いかがでしょう、トムの具合は」桐子夫人が心配そうに尋ねた。「なんだか、ここのところあんまり良くないみたいで」

「そのようですね。このままだと、一度病院に入院してもらった方がいいかもしれませんな」

先生がそう言ってトムの前で指を振った。犬がか細い鳴き声を上げた。

「原因は何でしょう。病名とか……」

「わかりません。食あたりのような感じもしますが、どうもそれだけではないかもしれませんな」

桐子、桐子、と夫人を呼ぶ小山田老の怒鳴り声が聞こえた。

「ご主人のようですが」

　ええ、と答えた夫人がわたしを見た。そろそろ戻った方がいいだろう。

「ご主人もあまり体調が良くないそうですな」

心配なことです、と土井先生がつぶやいた。

「なんだかもう、いろんなことが重なってしまって」桐子夫人が白い顔に不安の色を浮かべた。「人間も動物も同じですわね。歳を取るとどうしても病気がちになるみたい」

あなたはまだお若いから気にならないでしょうけど、と桐子夫人がわたしに冗談めかして言ったが、うまく笑いにはつながらなかった。

「せっかくですから、ご主人に挨拶されてはいかがですか」

その場の空気を変えるために、わたしは思いつきで土井先生にそう言った。先生もすぐに察して、そうしますかな、と答えた。

「そんな、ご迷惑ですよ」桐子夫人が慌てて手を振った。「体調が悪いせいもあるんですけれど、主人はあんまり機嫌が良くなくて」

「桃子、ジュース飲みたい」

いきなり少女が声を上げた。土井先生とわたしは同時に吹き出した。

「あなたは気を遣いすぎですな」

このままではトムやご主人より先にあなたの方がまいってしまう、と心配そうに先生が桐子夫人の顔を覗き込んだ。

「とにかく、ご挨拶だけさせてもらいましょう。私も一度お会いしたいと思っていたんですよ」

桐子、とまた怒鳴る声がして、わたしたちは慌てて和室を出た。桐子夫人の後を追うようにして廊下を歩く私の背後で、少女の声がした。

「トムくん、だいじょうぶ？」

「そうだね。あんまり良くないみたいだ」

先生が答えた。

「ねえ、トムくんはなんて言ってたの？」

「今日はご飯はいらないってさ」

「だからやせちゃうんだね」

「そう。桃子はいっぱいご飯食べないとだめだよ」

うん、わかってる、と少女が言った。二人の会話にわたしは思わず微笑んでいた。

## 7

居間に戻ると、いらだたしげに煙草をふかしている小山田老と、わずかな間に額を汗だらけにしている鳥井刑事の姿があった。

「いったい何をしていた。お茶がないぞ」

はい、すぐに、と桐子夫人が台所に立った。残されたわたしは土井先生を紹介した。

「いつもご苦労をおかけしますな」

小山田老が鷹揚《おうよう》に言った。

「いえいえ、とんでもありません」

先生が答えて椅子に腰掛けた。わたしと少女もその隣のソファに並んで座った。

「犬の様子はどうですかな」

「あまり良い状態とは言えませんね」

難しい顔で土井先生が答えた。小山田老も表情を暗くした。

「なんとか先生、治してやってはいただけませんか。あれもずいぶん長くこの家にいるものですから、もう家族も同然でして」

ええ、とうなずいた先生が小山田老の顔をじっと見つめた。

「ご主人も、あまり調子がよろしくないとか」

「まあこの年齢ですからな。そりゃあ体のあちこちにガタがくるというもんです」

たいしたことはないのですがね、と小山田老が豪快な笑い声を上げた。

「そうですね。あまりご無理なさらない方がよろしいかと思います。医者は何と言っているのですか」

腸の調子が良くないようです、と小山田老が腹部を押さえた。

「下痢が続いたり、逆に便秘気味だったり、長年の不摂生がたたったのかと思っているのですがね」

警察官というのは激務ですからな、とまた笑った。

「いや、まったく同感ですね」

土井先生が愛想笑いを浮かべたところで、桐子夫人がお茶とジュースを運んできた。

少女がお礼を言うのと同時に、いきなり先生が立ち上がり、戻っていく桐子夫人の後を追うように台所へ向かった。

「どうしたのでしょうね」

鳥井刑事がジュースを勢いよくストローで吸い込みながら首を傾《かし》げた。

「変わった人だな」

小山田老が湯呑みに手を伸ばした時、台所の方で何かが割れる大きな音がした。

「どうした、桐子」

小山田老が叫んだ。すぐに土井先生が現れて、申し訳ありません、と謝った。

「ちょっと奥様にお話ししておきたいことがあったのですが、どうも驚かせてしまったようで」

「話というと」

「いえ、犬のことです」

先生がジュースを飲んでいた少女に、帰ろうか、と声をかけた。少女が聞き分けよく椅子から降りた。

「お帰りですか。送らせましょう。桐子、おい、桐子」

大声を上げた小山田老に、大丈夫です、と土井先生が首を振った。そうですか、と小山田老がうなずいた。

「申し訳ありませんな。それではここで失礼いたします。今後とも犬のことをよろしくお願いしますよ」

ソファに腰を下ろしたまま、小山田老が小さく頭を下げた。戸口に向かっていた土井先生が振り返った。

「そうですね、今後回復に向かうと思いますが」

わたしは驚いて先生の顔に目をやった。さっきまで、あまり良い状態とは言えませんね、と答えていたはずなのに。

「そうですか」

小山田老がそれだけ言って、また鳥井刑事に向かって話を始めた。

少女が振り向いて、バイバイ、と手を振った。いつの間にかわたしは立ち上がって、二人の後を追っていた。

8

「待ってください」

玄関で黒の革靴を履いていた土井先生が顔を上げた。

「はい」

何でしょうか、と言いながら少女に小さなスニーカーを履かせた。

「あの」

言いかけたわたしは、何を聞きたいのかわからないまま後を追いかけてしまったことに気づいた。興味深そうにわたしを見つめていた先生が、ちょっと出ませんか、とわたしを誘った。

表は相変わらずの上天気だった。スキップしながら先を行く少女を見守るようにしながら、わたしと先生は肩を並べて歩き始めた。

「いい陽気ですな」土井先生が顔をほころばせた。「私はこれぐらいの、暑くもなく寒くもない、ぽかぽかした感じがとても好きでしてね」

わたしもです、と答えて先生の横顔を盗み見た。ゆったりとした微笑が口元に広がっていた。

「さて、警部補。いったいどうしたんです、そんな顔をして」

「あの、犬は……だいじょうぶなんでしょうか」

土井先生がゆっくりとうなずいた。

「もうだいじょうぶですよ。さっきも言いましたが、これからは間違いなく回復します」

「なぜそんなことが言いきれるのですか？」

「病気の原因を取り除いたからです」

わたしは足を止めた。先生も立ち止まった。

「いったいどういう意味ですか」

悪戯《いたずら》を見つかった子供のように、土井先生が指先をこすり合わせてうつむいた。

「警部補……誰にも言わないと約束してくれますか？」

「もちろんです」

「それがたとえ殺人未遂だとしても？」

わたしは土井先生の顔を見つめた。おだやかな表情はそのままだ。

「それは……約束できませんけど」

「立派です。警察官はそうでなければいけません。あなたはきっと優れた警察官になるのでしょうね」

「そうでしょうか」

今度はわたしがうつむく番だった。しばらく黙っていた先生が口を開いた。

「つまり、こういうことです。あのトムという犬はこう言いました。『今日はご飯はいらない』と」

「トムが、言った？」

わたしの問いに、先生は横を向いたまま答えなかった。代わりにそのまま話を続けた。

「一般論ですが、犬は病気の場合でも、基本的に最後まで食欲はあるものです。にもかかわらず彼は食事を摂りたくないと言った。本来ならばあり得ないことです。そこで私は気づくべきでした」

「何にですか」

先生が頭を軽く自分の手で叩いた。

「もともと、私はあの犬の症状がどのような病気を指しているのかわかっていたのです。ただ、あり得ないことなので、その可能性に目をつぶっていた。それがすべてだったのですがね」

「症状、というのは？」

「脱毛、皮膚の色素沈着、体重の減少、食欲不振。これらが指し示すのは明らかに中毒症状です」

「何の中毒でしょう」

「砒素《ひそ》中毒です」

桃子、と先生が先を行く少女に声をかけた。

「車に気をつけるんだよ」

「……砒素中毒？」

「そうです。典型的な症状ですね。しかし、あの犬は室内犬で、外に出ることはほとんどありません。普通の家の場合、身近に砒素化合物があることは考えられない。だから私もその可能性を排除していたのですが、まあ食事に殺虫剤を混ぜることは可能ですからね」

「待ってください」わたしは先生の話を遮った。「つまり、自然な状態では摂取することが考えられない、従って誰かが人為的に砒素化合物を餌に混ぜたという意味ですか」

そういうことです、と先生がうなずいた。

「いったい誰が」

言いかけてわたしは気づいた。土井先生が小さく手を叩いた。

「そういうことです。そんなことあり得るはずがないと私も思います。ですが、あの家のご主人にお会いしたら、彼の体にも砒素中毒の症状が現れていたのでね。逆にいえばそれで犬の病名もわかったわけですが」

頭髪が抜けていること、異常な痩せ方、下痢と便秘、そして鼻の横にできていた疣。これらはすべて砒素中毒の典型的な例です、と土井先生が説明した。

「もうひとつ、犬もそうでしたが、小山田さんも息がニンニク臭かったでしょう。あれも症状のひとつなんですよ」

「いったいどういうことなんですか」

「簡単なことです。小山田氏を殺そうとした犯人は、その前に砒素の効果を試そうとしてまず犬に与えた。それだけのことです。ただ、本当に効き目があることを知るとかわいそうになって獣医を呼んだわけですが」

ひどい、とわたしはつぶやいた。

「いや、人間はそんなものですよ」静かに先生が言った。「動物は話せないと思っていますからね。決してそんなことはないのですが」

わたしたちはしばらく黙ったまま、互いに見つめ合った。

「犬に対して効果があるとわかり、小山田氏の食事にも微量の砒素が盛られるようになった。当然体調を崩します。もちろん本人は気づいてはいなかったでしょうが、潜在意識が危険を察知したのでしょうね。殺されるかもしれない、と小山田氏が警察に訴えたのにはそういう理由があったのです」

なるほど、と思ったがわたしは反論を試みた。

「でも、あの人はもっと具体的に身の危険を感じたと言っていました。車が突っ込んできたとか、駅の階段から突き落とされたとか」

さあ、それはどうでしょうか、と先生が笑った。

「それこそ、あなたがおっしゃっていたように被害妄想じゃないですかね。このご時世です、赤信号を無視する車はいくらでもいますよ。階段の件は、おそらく自分で足をもつれさせたんじゃないでしょうか。少し話しただけですが、小山田氏はずいぶんとプライドが高い人物のようです。老いを認めたくないという思いがあってもおかしくない」

実際、最近は私もそう思う時があるのですよ、と先生がもう一度笑った。

「そんな。先生はまだお若いです」

とんでもない、と土井先生が首を振った。

「でも、いったいどうしてそんなことを」

わたしは最大の疑問を口にした。

「動機ですか」先生が腕を組んだ。「それはわかりません。一緒に暮らしていなければわからないことはたくさんあります。どんな理由で殺意を抱くかは、他人にはわからないものです」

「でも、もう結婚されて二十五年経《た》っているって」

あなたは若い、と先生が苦笑した。

「長く一緒にいたからこそ、醸成される殺意というものもあります。そうは思いませんか」

わかりません、とわたしは言った。そうは考えたくなかった。

「そうですね。あなたの方が正しいかもしれない」

そう言って、先生は小さくうなずいた。わたしはもうひとつ質問をした。

「先生は、さっきそのことを話すために台所に行ったのですね」

「そうです」

「何とおっしゃったんですか」

「人間が殺されるのには理由があるのでしょう。でも、犬には何の罪もありませんよね。そう言いました」

ずいぶん脅かしてしまったようです、と先生が反省の表情を浮かべた。

「あの時割れたグラスはバカラでした。悪いことをしてしまいました」

わたしは土井先生の腕を取った。

「戻りましょう、先生。これは明らかに殺人未遂です」

先生が小さく首を振ってわたしの腕を外した。

「本人も反省しています。二度としないと私に約束しました。それでいいじゃないですか。確かに犬はかわいそうでしたが、本人もそれについては本当に後悔していましたよ」

「そういう問題ではありません」

わたしは叫んだが、先生はうなずかなかった。

「いいですか、今のところ何も証拠はないんですよ」

「ですが」

「私はあなたとの話の中で、誰か特定の人物の固有名詞を挙げましたか？　言っていません。つまりこれは、あくまでもただの想像に過ぎないのです」

でも、とわたしは言いかけて気づいた。もしこの話が事実だとしたら、わたしはこの人が犬と会話を交したことを証明しなければならなくなる。それは殺人未遂を立証することよりよほど困難なことだった。

「おわかりですね。すべての始まりは、私が犬から聞いた『今日はご飯はいらない』という言葉からです。でも、そんなことはあり得ません。動物の言葉がわかる人間など、この世にはいないのですから」

桃子、と土井先生が孫を招き寄せた。すぐに少女が走ってきた。

「では、またどこかでお会いしましょう。楽しかったですよ」

飛びついた少女を抱き寄せて、先生がわたしに軽く、さよなら、と手を振った。

「おねえちゃん、バイバイ」

何も考えられないまま、わたしは機械的に手を振り返した。振り向くと、小山田邸からはずいぶんと離れたところまで来てしまっていた。わたしは重い足を引きずりながら歩きだした。

あの人は本当に犯人なのだろうか。もしそうだとしても、わたしはそれを証明できるのだろうか。いや、そんなことより、その必要があるのだろうか。

警察官は犯罪を摘発することより、犯罪を未然に防ぐことの方が重要なのだ、と父が言っていたことを思い出した。

もし父が正しいのだとすれば、何も起こらなかった以上、そして犯人が絶対にこれ以上罪を犯さないと誓っている以上、土井先生の言う通りに手を引くというのも正しいことなのかもしれない。

それに、とわたしは思った。あんな口うるさい老人は、少しぐらい痛い目に遭った方がいいのではないか。

その時、不意にわたしの中でひとつの疑問が弾《はじ》けた。どうして、土井先生はわたしの下の名前を知っていたのだろう。

初めて会ったにもかかわらず、確かにあの時先生はこう言ったのだ。

『南武蔵野署の立花令子さん。もう私たちは十分にお互いのことを知っていますよ。そうですよね』

だが、わたしは先生には自分の名前を絶対に言っていない。わたしがあの家で下の名前を名乗ったのは、トムというあの犬にだけなのだ。待って。落ち着いて考えよう。

わたしはトムに自分の名前を言った。その時少女が聞いていたのかもしれない。それを祖父に話したとは考えられないだろうか。

いや駄目だ。その後わたしたちはずっと一緒にいた。少女が話したら気づいたはずだ。

もしかしたら、あの先生は、本当に。

いやいや、そんなことがあるはずがない。あり得ないことだ。

わたしは振り向いた。先生と少女がゆっくりと通りを歩いていた。

動物と話ができる人など、いるはずがない。

だが、そう思いながらもわたしは小さな確信を抱いていた。もしかしたら、あの人なら。

# 是枝哲の敗北

大倉崇裕

大倉崇裕（おおくら・たかひろ）
一九六八年、京都府生まれ。学習院大学法学部卒。九七年、「三人目の幽霊」で創元推理短編賞佳作、九八年、「ツール＆ストール」で小説推理新人賞。二〇〇一年、『三人目の幽霊』でデビュー。落語や山岳物または〈白戸修の事件簿〉、〈警視庁いきもの係〉などひねりの利いた警察小説シリーズは好評でドラマ化もされる。名探偵コナンシリーズ脚本も手がけるなど多才。近著に『琴乃木山荘の不思議事件簿』『天使の棲む部屋』『死神さん』『冬華』『ゾウに魅かれた容疑者』などがある。

一

「はい」

妻の冷たい声が聞こえた。

「論文の校正をやるから、今夜は帰れない」

「判《わか》りました」

受話器を置くと、知らず知らずに入っていた肩の力を抜く。自宅に電話をかけ、妻と話す。これだけのことが、こんなにも遠いとは。

是枝哲《これえださとし》は壁の時計に目をやる。午後七時ちょうど。デスクには電話機とパソコンだけが、どちらも寸分の狂いもなく、デスクの真ん中と左上方に置かれていた。床には塵《ちり》一つなく、キャビネットのファイルも整然と並んでいる。唯一の不満は、ロッカーの横に積み上げられた段ボール箱だが、それも間もなくこの部屋から消えることになっていた。

再度、時計を見る。七時一分。まあ、これくらいは許容範囲だ。

是枝がいるのは聖南《せいなん》総合病院七階、皮膚科の部長室である。決して広くはないが、南側に面しており、日当たりが良い。個室であることも大きなポイントだ。医師を志す者であれば、誰もが羨み、憧れる場所の一つだった。四十九歳でこの席に坐《すわ》れたのであるから、これまでの首尾は上々と言えるだろう。問題は今後だ。

七時三分。ようやく内線ランプがついた。音は出ないように設定してある。

受話器を取ると、事務員が鈴木《すずき》健伍《けんご》の来訪を告げた。

「通してくれ」

受話器を置いて待つこと二分、廊下をバタバタと走る音が聞こえた。ドアが勢いよく開き、額に汗を浮かべた鈴木が飛びこんできた。やや薄くなった髪が広い額にへばりつき、シャツには汗染みができている。

「申し訳ありません。遅れてしまって……」

「構わんよ」

是枝は感情を抑え、あえて低い声で言った。

「突然呼びつけたのは、こっちだからね」

「病院前の通りが工事中で、上り車線がすごい渋滞です」

「そうなのか。ここにいると表の音はほとんど聞こえないんだ。車はどこに駐《と》めた？」

「いつもの、業者専用の駐車場に。ご指示通り、出入口に一番近いところです。それで、ご用というのは？」

「前にも言ったと思うが、先日、病棟奥の書類保管庫を整理したんだ。すると、前任者が残したものやら不要な雑誌やらが、文字通り山と出てきてね」

是枝は部屋の隅に積み上がった五つの段ボール箱を示す。

多々良《たたら》製薬のベテランＭＲである鈴木は、瞬時にこちらの意図を読み取った。

「私の方で処分しておきます」

「助かるよ。一階の受付に行けば、台車を借りられる」

「判りました。では」

鈴木は腕まくりをしながら部屋を出ていく。是枝は椅子に坐り直すと、受話器を取り内線ボタンを押した。事務員の女性がすぐに応答した。

「是枝だが、私宛の宅配便が届いていないかな。七時に時間指定をしたんだ」

「はい、たったいまお電話しようとしたところでした」

「急ぎの書類が入っているのだが、あいにく手が離せなくてね」

「すぐにお届けします」

「悪いね」

しばらくして、台車の音が近づいてきた。

「お待たせしました。さてと！」

鈴木はドアの前に台車を置き、せっせと段ボール箱を載せていく。鈴木が四つ目の箱を持ち上げたとき、制服を着た事務の若い女性がひょいと顔をだした。

「是枝先生、お届けものです」

「ありがとう。わざわざすまないね」

女性は鈴木にちらりと視線を送り、デスクに宅配便の包みを置いた。

その手の甲に、是枝は目を留める。

「親指のつけ根が腫れているね。虫刺されかな」

「はい。昨日から痒《かゆ》くて」

「待っていなさい。薬をつけてあげよう」

是枝は、ズボンのポケットに入れたカード型の携帯ルーペで手の腫れを確認する。そしてルーペをデスクに置くと、カバンから軟膏《なんこう》入りの容器をだす。キャップを開け、薬を指先ですくい、患部に塗った。

「これでいい。明日には楽になるよ」

女性は照れくさそうに頭を下げた。

「ありがとうございます。でも先生、薬をいつも持ち歩いておられるんですか?」

ルーペをポケットに戻しながら是枝は答えた。

「こういうこともあるからね。今日は君で五人目だ。ああ、この後、校正に集中したいので、電話があっても取り次がないでくれないか」

「判りました」

女性はもう一度頭を下げ、部屋を出ていった。

その姿を、鈴木が箱を抱えたまま目で追っていた。今年で四十五になる鈴木だが、まだ独身である。

「この病院、いい子が多いんですよねぇ」

「よければセッティングしようか？」

合コンのことである。鈴木の表情が輝いた。

「それは、ぜひ！」

「今日のお礼だ。近いうちに連絡するよ」

鈴木は「よっしゃあ」とガッツポーズをして作業を再開する。その様子を横目で見ながら、是枝は包みを開けた。中身はB４サイズのゲラだ。百ページ近くある。それを見た鈴木が、黄ばんだハンカチで汗を拭いながら言った。

「先生、本をだされるんですか？」

「医療系の専門誌に論文が載るんだよ。断れない相手に頼まれてね」

「断れない？」

「恩師なのだよ。厳しい人でね。編集部を通じて直々にゲラをチェックしていただいたら、どのページにも書きこみが入っている。今日は徹夜になりそうだ」

鈴木は「へえ」と相槌《あいづち》を打ち、最後の箱を台車に載せた。鈴木の背丈ほどに積み上がり、かなり不安定だ。

「鈴木君、大丈夫か？」

「慣れてますから平気です」

「急に悪かったね。助かった」

「いえいえ。いつでも呼んでください。そうそう、来月あたり、またゴルフでも」

「来月は出張が多くてね。まだスケジュールがはっきりしないんだ」

「近くなりましたら、候補日をお伝えします。ご検討ください」

鈴木は器用に台車の向きを変え、「よいしょ、うんしょ」と声を上げながら出ていった。

是枝は洗面台で手を念入りに洗ったのち、白衣を脱いで椅子の背にかけ、ロッカーのハンガーから上着を取って身につけた。革靴をゴム底のスポーツシューズに履き替える。手術用の手袋をはめ、ロッカーの奥に立てかけておいた鉄棒をだす。長さ五十センチ、直径は五センチほどだ。先端にタオルを巻くと、感触を確かめてデスクに置いた。

百円ショップで購入した布製の手提げ袋に、ゴミ袋を一枚入れる。続いてデスクの引きだしから、今朝自販機で買った缶コーヒーを取りだす。中身は少量を残して捨て、残った中身が出ないよう厳重にテープとラップで封をしてある。それと鉄棒、椅子にかけた白衣を丸めて袋に入れる。ゲラと三色ボールペン、ペンライトを一番上に置くと、袋を持ち部屋を出て施錠する。廊下に人気《ひとけ》はない。非常階段に通じる一メートル先のドアを開け、一気に駆け下りた。一階のドアの向こうは業者専用の駐車場だ。

先ほどの段ボール箱をバンに積み終えた鈴木が台車を返しに行くのを見すまして、是枝はバンに近づき後部ドアから乗りこんだ。段ボール五箱は雑に放りこまれており、少し移動させれば人ひとり潜むスペースは確保できた。運転手の視界に入らぬよう箱の位置を調整し、鈴木の帰還を待つ。

二分と経《た》たないうちに運転席のドアが開き、鈴木が乗りこんできた。エンジンがかかり、バンがスタートする。こちらに気づいた様子はない。

是枝の位置から外の様子は判らないが、一般道に入ったのが気配で判った。携帯電話が鳴り、一瞬、心臓が跳ね上がる。鳴ったのは鈴木のものだった。

「いま聖南を出た。仕方ないだろう、是枝先生のご用命なんだから。ゴミ捨ての手伝いだぜ、やってられるかっての。ハハハハ、まあ、そうだけどな」

運転しながら喋《しゃべ》っている。是枝は内心で舌打ちをしていた。こんなところで警察に捕まりでもしたら、計画がご破算だ。

「これから、いつものところに駐めて、そっちへ行く。ああ、車は一晩置きっぱなしにするから。ばっちり飲めるぜ」

鈴木は通話を切った。二分ほどしてバンの速度が緩み、いったん停止する。大きくバウンドした後、急な右カーブを切りながら、緩やかな上り坂を進んでいく。遠心力に抗《あらが》い、是枝は箱の合間でバランスを取る。大きく車体が揺らぎ、バンは止まった。エンジンが切られると、呼吸すら止めたくなるほどの静寂が広がった。

ドアを開け閉めする音が響き、鈴木の靴音が遠ざかっていく。

五分待ち、是枝は身を起こした。長らく縮こまっていたため、節々が痛む。後部ドアは中からは開けられないので、運転席に移って外へ出た。

是枝がいるのは、立体駐車場の四階だった。人気はなく、車もほんの数台だ。照明は暗く、排気ガスの臭いがこもっていた。鈴木のバンは、駐車場の真ん中、エレベーターに近い場所に収まっている。この建物は、真ん中にエレベーター、北と南の端にそれぞれ非常階段がある。

是枝は北階段の入口前に駐まったBMWを確認し、エレベーターホール脇の避難器具収納庫に向かう。ドアに鍵がかかっていないのは事前に確認済みだ。六畳ほどの広さで、消火器や避難ばしごなどが放りこまれている。窓も換気扇もなく、埃《ほこり》と湿気、黴《かび》の臭いで何とも不快な場所だった。持ってきた白衣をはおってドアを閉める。中は完全な暗闇となった。壁にもたれて坐り、携帯で時刻を確認した。午後八時を少し回ったところだ。さて、どれくらい待たされるだろう。できるだけ早く来てもらいたいものだな。

ペンライトをつけ、膝の上にゲラを載せる。右にはモップの入った鉄の缶、左にはタイヤが積み上がっている。中のものはなるべく動かしたくなかった。ゲラを広げるスペースが足りないので、半分に折った。左手にライトを持ち、右手にペンを握る。

是枝は論文の校正に集中した。

二

牟田真紀夫《むたまきお》は「月光」という日本料理店の個室にいた。出てくるものはだし巻き卵や刺身、海鮮鍋といったありきたりの品だったが、どれも絶品で、かなり口の肥えている牟田も文句のつけようがなかった。

猪口《ちょこ》に残った日本酒を、最後の一滴まで飲み干した。酩酊《めいてい》というほどではないが、酔いはかなり回っていた。ネクタイは外し、シャツの胸ポケットにねじこんである。デザートの柚子《ゆず》シャーベットが、口の中で日本酒と混じり合い、実にさわやかな後味を醸しだしていた。

テーブルの隅に置かれた水をひと息に飲み干し、相手が戻るのを待つ。

音もなく戸が開き、足立郁美《あだちいくみ》が笑顔で戻ってきた。普段はまとめている髪を下ろし、頬は酒のせいでほんのりと赤く染まっている。カラーコンタクトを入れているのかと思うほど薄く澄んだ茶色い目、薄い眉、つんと尖《とが》った小さな鼻、そして、やや大きめの口。特徴的なそれぞれのパーツが、美醜を超えた妖艶さを漂わせている。

「お待たせして、ごめんなさい」

「構わないよ。それでどうだい、もう一軒、行くだろう？」

「それが、どうしても外せない用事があって」

「これから？　もう九時過ぎだよ」

「MRの仕事がどんなものか、先生はよくご存じでしょう」

媚《こび》を含んだ目で見つめられると、牟田は何も言い返せなくなる。酔いも手伝って、フワフワと宙を泳いでいるような気分になるのだ。

今日も、気がつくと店を出て、人通りの少ない路地を歩いていた。すぐ横に郁美がいる。

に出てしまう。

一応、仕事だから、服装は地味なスーツである。道を渡りさらに進む。あと少しで大通り

火照った体をどこかで冷まさねば。とてもこのまま家には帰れない。

「なあ、郁美、ほんの少しでいいんだ。三十分だけ……」

郁美は「ダーメ」と言いながら、首を振った。暗いので表情までは見て取れない。牟田にできるのは、ため息をつくことだけだ。

「判ったよ。それで、今度の講演会のことだけど……」

言い終わる前に、郁美の携帯が鳴った。牟田の前だというのに、郁美はいつもと同じ事務的な口調で答えた。

「はい、足立です。お世話になっております。ええ、大丈夫です」

打ち合わせの日取りを決めているらしい。空いた左手でペンを取り、携帯を持っている右手の手首に文字を書き始めた。日程と場所のようだ。左右どちらでも字が書けると、彼女が自慢していたことを思いだした。

携帯をしまうと、郁美の表情から妖艶さは消えていた。

「来週また、うかがいますから」

「……ああ」

「先生、今夜はありがとうございました」

郁美の香りが薄れていく。はっとして見回すと、彼女の姿はどこにもなく、だらしなく

シャツをはだけた中年の男が、夜道に立っているだけだった。

顔を上げると、遥《はる》か前方にある立体駐車場の建物が目に入った。

接待などで酒を飲む日は、あそこに車を駐めていたはずだ。仕事の都合で翌日車がいるときは、駐車場で一服して酔いを醒《さ》ます。いつかそう言っていた。あそこへ行けば、郁美に会えるかもしれない。

フラフラと一歩踏みだしたところで、我に返った。何をやっているんだ。これではストーカーじゃないか。と同時に、家にいる妻や高校生になった娘の顔も過《よぎ》る。家に帰る気にはならない。

牟田は、自分の居場所を探し、街の華やかな光を目指して歩き始めた。

三

篠塚努《しのづかつとむ》はあくびを噛《か》み殺し、腕時計を睨《にら》んだ。午後九時四十分。勤務は始まったばかりだ。

立体駐車場一階にある警備員詰所で、出入場をチェックするのが仕事だ。車の出入り自体は、発券機と自動で上がり下がりするバーで管理されているが、たまに機械の不具合が起きたり、操作方法が判らない利用者がいたりする。そんなときは警備員の出番だ。

周辺に大病院が三軒ある関係で、昼間は常に満車となり、警備員三人が常駐する。一方、利用者が少ない深夜から明け方にかけては原則二人勤務なのだが、経費節減、人手不足などの影響か、最近は一人勤務が常態化している。

篠塚は四年前まで大手自動車メーカーに勤務していた。営業ひと筋、出世とは無縁ながら、張りのある日々を過ごしていた。それが業績不振のあおりでリストラされ、家族のため職安に通い詰めた。若いころ柔道をやっていたのが幸いして警備会社での仕事は得られたが、車を売っていた者が駐車場の番とは、皮肉な巡り合わせだ。笑うに笑えない。

人の気配に、篠塚は通りの方を見やる。照明の中に姿を見せたのは足立郁美であった。業界大手スフラン製薬に勤める郁美は、この駐車場を週二、三回利用する。乗って帰れず一晩駐めっぱなしにすることもあった。今夜も接待の帰りなのだろう。

篠塚の胸は年甲斐《としがい》もなく高鳴った。

利用者は警備員詰所前の歩道を通って出入りする。通り過ぎる際、郁美はこちらを向いて微笑《ほほえ》んだ。手袋をした右手には、封を切っていない煙草《たばこ》の箱がある。

篠塚は小窓を開け、顔をだして言った。

「足立さん、上で一服するんなら気をつけてくださいよ。前みたいなことになったら大変だ」

「大丈夫よ。心配してくれて、ありがと」

郁美は振り返りもせず、エレベーターの方へ向かう。

やれやれ。肩をすくめて椅子に戻る。それでも、建物内に郁美がいると思うと、かすかに心がほころぶ篠塚であった。

薄く開けたドアの隙間から、女性の靴音が聞こえた。是枝はゲラを袋に戻し、ライトを消す。ゲラ校正は、はかどっている。この調子でいけば、明朝までに完了するだろう。ほぼ予定通りだ。

耳を澄ましていると、足音はぴたりと止まり、鉄のドアを開け閉めする音が響いた。是枝は周囲を確認しながら収納庫を出た。一階以外に防犯カメラがないことは確認済みである。布袋を提げ、非常口と書かれたランプを目指す。

ドアの前に立ち、ゆっくりとノブを回した。非常階段の暗さに目が慣れるのを待ちつつ、外の様子をうかがう。

郁美は階段手前のわずかなスペースに立ち、火のついていない煙草をくわえ、身を乗りだすようにして、階段下を気にしている。ライターか何かを落としたに違いない。

ドアを大きく開けると、郁美はすぐに気づいて顔をこちらに向けた。驚愕《きょうがく》と恐怖が一瞬交錯した後、人を見下すようないつもの薄笑いに変わった。

「びっくりした。十時の約束でしょう？」

「急な仕事が入ってね。あまり時間がない」

是枝は後ろ手でドアを閉め、わざと目をそらす。

郁美はくわえた煙草を箱に戻した。

「白衣のままで……あなたらしくもない。ここまでどうやって来たの？」

「歩いて。警備員には怪訝《けげん》な顔をされたがね」

「それで？　話したいことって何？」

是枝が無言なので、郁美は焦《じ》れた様子だ。

「返答次第では、あなたの病院に乗りこむつもりよ。指輪だって、ちゃんとしてきたわ。付き合い始めて五年、あなたが私にくれたただ一つの贈り物よ。病院の警備員とひと悶着《もんちゃく》起こして、このイニシャル入りの指輪を玄関に投げつけてやるの。そのあと、あなたの医局へ行って……」

郁美と初めて会ったのは十五年前。中途採用の新人MRとして、何度か顔を合わせた。その後、是枝は現在の聖南総合病院に異動、彼女の名前すら記憶から消えていた。五年前、郁美が聖南に近い大戸《おおと》医療センターの担当となり、偶然再会したのだ。

いまにして思えば、軽率だった。当時は妻との間がきしみ始め、精神的にも大いに揺らいでいた。郁美はその隙間に入りこんできたのだ。

階段を下り、踊り場に立つ。郁美を見上げた。

「君の勝ちだ」

郁美は半信半疑の様子だ。その場を動かず、手袋をした手で手すりを握り締めている。

「一緒になって十年、妻との仲は冷え切っている。これ以上続けても、意味はない。明日、院長にすべて話すよ。そうなると、もう病院にはいられない」

前方に聖南総合病院の巨大な建物が見える。

郁美が一段、ステップを下りた。そうだ、その調子だ。

「いや、医師を続けていくこともできるかどうか……」

「心配ないわ」

郁美が一気に階段を駆け下りてきた。是枝の両肩を引き寄せる。力強い抱擁だった。郁美がこうした熱い感情を見せるのは久しぶりで、是枝もつい彼女の背に両手を回してしまった。抱擁は一分ほど続いただろうか。郁美の方から身を離し、こちらに背を向けて、手すりに両腕を乗せた。肩が心なし震えているように見えた。これもまた、彼女らしからぬ態度だ。人前では絶対に弱みを見せない女なのに。

是枝は冷めた目で郁美の背中を見やる。大人しく、私に従っていればよかったのだ。脅迫まがいのやり方で結婚を迫るなど……。

ふいに郁美が振り返った。

「私がそんなことさせないから。有力なコネがあるの。あなたも知っているでしょう、私の頼みを断れない人はたくさんいるのよ。あなたは、もっともっと上に行ける。聖南どころか、ずっと大きな病院にだって……」

是枝は郁美を突き飛ばした。ふいを衝《つ》かれ、彼女は後ろに倒れこんだ。呆然《ぼうぜん》と目を見開いて、是枝を見上げている。その時点で、既に袋から鉄棒を引きだしていた。タオルを巻いた方を、郁美の側頭部に振り下ろす。鈍い手応えとともに、郁美は意識をなくしたようだ。二度、三度と殴りつけた後、首筋で脈をみる。絶命したことを確認し、鉄棒のタオルを外した。どす黒い血が染みたタオルはゴミ袋に入れ、口を固く縛って袋に放りこむ。

遠くに救急車のサイレンが聞こえた。三病院とも夜間救急があり、サイレンはもはや日常の一部となっている。

遺体の右手袋を取った。薬指に、金色に光る指輪がはまっている。皮膚に傷をつけぬよう、慎重に抜いていく。

あと少しというところで、是枝は手を止めた。救急車のサイレンが妙に近い。どの病院に向かうにしろ、大通りを行くはずだが……。そこで気づいた。大通りの上り車線が、夕方から渋滞していたらしい。それが下り車線にも波及したとすれば、たとえ救急車でも通行できないから、裏道に回っているのだろう。

指輪が外れた。ふっと息をつき、ポケットに入れる。同時に、救急車が目の前の通りを低速で過ぎていった。

向かいにあるマンションの一室に明かりがともった。ガラス戸が開き、ベランダに男が出てくる。サイレンに驚いたのだろう。男がいるベランダは、是枝の真正面だ。階段付近は暗く、遺体に気づかれる心配はないが、手すり越しに目撃される恐れはあった。布袋に鉄棒を入れ、上体をかがめ這《は》うように階段を上った。ドアを抜け、駐車場に戻る。袋を体の前で抱き締めるようにして、大きく息をついた。たぶん目撃されてはいない。サイレンは既に遥か向こうに遠ざかっていた。

二分待って、ドアから外をうかがった。さっきの部屋に明かりはついているが、ベランダに人の姿はない。是枝は思いきって外に出て階段を下り、遺体に駆け寄る。右手に手袋をはめ直そうとしたが、広がっていく血だまりに触れて親指から人差し指にかけて血がついていた。手袋をつけると、かえって不自然だ。

どうしたものかと首をひねったとき、右手首に何やら書きつけてあることに気づいた。暗い上に細かい字で、目を細めても読み取れない。郁美の手袋をいったん置くと、是枝はズボンのポケットからカード型ルーペを取りだし、かざした。油性のマジックで「6―15―市」と米粒ほどの字で書かれている。郁美が電話をかけながら手首にメモする癖を、是枝は思いだした。6は六日、15は十五時、市とは、おそらく隣町にある市川病院のことだろう。

是枝自身にはまったく関係ない。安堵《あんど》しつつ、ルーペをしまう。そして手袋を取り、遺体のすぐそばに置いて立ち上がった。手袋については妙案が浮かばない。しかし、この程度のことであれば何とでもなるだろう。

再び階段を上って、非常口の前に缶コーヒーの中身をこぼす。そして缶を階段に向けて転がす。缶は階段の中ほどまで転がり、止まった。

駐車場に戻った是枝は白衣を脱ぎ、丸めて袋に入れた。

改めて駐車場内を確認し、エレベーターを挟んだ反対側にある南階段に急ぐ。ドアを開け、足音に気をつけながら駆け下りた。ステップも手すりも金属製なので、ちょっとしたことで大きな音がする。

三階の踊り場で止まる。袋から鉄棒を取り、心の内で十、数えた。棒を階段の中ほどに放ると、十二段あるうちの七段目に先端が当たり、派手な音をたてた。棒は衝撃で回転し、手すりをこするようにして二階に転がった。是枝は棒を回収し、一階まで下りて様子をうかがう。案の定、詰所から警備員が飛びだし、ためらうことなく北階段へ走っていった。

是枝は一階の防犯カメラに映らぬよう注意しつつ、詰所の前を通り過ぎる。その向かいにあるドアは警備員など関係者専用の出入口で、そこにはカメラがない。表に出て左右に人影がないことを確認し、是枝は大通りへ急いだ。少し回り道をして、血のついたタオル、白衣、手術用手袋などを数軒のコンビニに分けて捨てる。指輪を公衆トイレに流してしまうと、残ったのは袋と鉄棒だけになった。

自販機で缶コーヒーを買い、病院裏手の関係者専用口に立つ。IDカードをセンサーにかざすと、電子音がして解錠された。夜間救急もあるので、病院内にはかなり人がいた。挨拶してくる者もいる。

是枝は廊下を抜け、業者専用駐車場へ出る。その先は廃材の集積場だ。先月から西病棟の外装工事をやっており、可燃、不燃を問わず普段以上のゴミが積まれていた。明日、委託業者が収集に来る。鉄棒を紛れこませて是枝は建物内に戻り、ゲラを丸めて左手に持った。ゲラを持ち歩いても、院内では別に目立たない。空になった布袋は、院内のゴミ入れに放りこんだ。エレベーターに乗り、自分の医局に戻ったときには、身も心も軽くなっていた。

ゲラと缶コーヒーをデスクに置いた。上着を脱いでロッカーに戻すと、棚から替えの白衣をだしてはおる。椅子に坐り、今日の手順を振り返った。

手袋をはめ直せなかったことは気になるが、致命的なミスではない。ここから先は警察の出方を見るしかないだろう。

ゲラ校正にかかるべきだが、さすがに気分転換が必要だった。是枝はパソコンを立ち上げる。久しぶりにネットでチェスの相手を探してみよう。今夜は頭が冴《さ》えている。負ける気がしなかった。

## 四

機動鑑識班の二岡友成《におかともなり》は、手すりの向こうに広がる夜景に目を凝らした。駐車場周辺に、高い建物はほとんどない。目立つのは、三方にある病院の建物だ。それぞれ広大な敷地を有し、七階から十階建ての建物が数棟ずつ。良い景観とはお世辞にも言えないが、三つの病院のおかげで市の人口が増えているというデータもある。住宅街やマンションの中でひときわ威容を誇っているのは聖南総合病院である。退院して一週間。まったくひどい経験だった。

もっとも、僕を見舞いに来て、もっとひどい目に遭った人もいるけど。そのことを思い返すと、つい笑みが浮かんでくる。いったい何をどうしたら、病院に一晩閉じこめられるなんてことになるんだろう。それも、死体や犯人と一緒に。噂《うわさ》によると、最初は犯人だと思われたらしい。自分は刑事だと言っても、誰も信用しなかったとか。

まあ、当然だよな。それにしても……。

「あら二岡君、何かいいことがあったの？」

ふいに声をかけられ、二岡は飛び上がった。

「あ……あ、福家《ふくいえ》警部補」

「体の方は、もう大丈夫？」

「はい。昨日から復帰しています」

復帰二日目にして福家警部補の現場かよ……。退院以来の高揚感が吹き飛んだ。

福家は四階に立って、踊り場の遺体を見下ろしていた。まだ現場検証中で、しきりに写真のフラッシュが焚《た》かれている。

「ごめんなさい、少しの間、遺体から離れてくれる？　すぐに済むから。それで、身許は判っているのでしょう？」

質問は二岡に向けられたものだった。二岡はメモを見ながら報告を始める。

「被害者は、足立郁美、三十八歳。スフラン製薬のＭＲだそうです」

「Medical Representative、医薬情報担当者ね。ふうん。どうしてこんな場所にいたのかしら」

「この駐車場をよく使っていたようです。スフラン製薬は外資系で、ＭＲには自家用車を業務に使用することが認められています」

「ドアの向こうに駐まっていたＢＭＷかしら」

「はい。指紋などを採取しています」

「彼女がここを利用していたのは判ったけれど、どうして非常階段に？」

「警備員の話では、酔い醒ましにここで一服することがあったそうです。時には、そのまま車の中で寝ていたとか」

福家はゆっくりと階段を下り、遺体に近づいていく。頭部を中心にしてどす黒い血だまりができていた。

「側頭部に深い傷……」

「状況から見て、階段から転落したようですね。頭部以外にも、背中と腕に打撲痕があります。四階で一服しようとして空き缶を踏み、転落した。不幸な事故でしょう」

「あそこにある缶ね」

福家は、階段の中ほどに転がった缶を指す。

「もともとは非常口を出たところに転がっていたようです。中身がこぼれていましたから」

福家の目が、遺体脇に落ちている手袋に留まった。

「この手袋、最初からこの状態?」

「もちろんです。動かしていません」

「どうして右手は外れているのかしら」

福家は腹這いになって、落ちている手袋にギリギリまで顔を近づける。

「うーん」

「警部補、服が汚れますよ。吹きさらしの階段ですから、かなり埃が……」

福家の耳には届いていないようだった。

「右手の指に血がついているわ。たぶん被害者自身の血ね。転落後、しばらく被害者が生きていた可能性は?」

「ありません。ほぼ即死と思われます」

「手首に何か書いてあるわね」

「意味は不明ですが、スーツのポケットに油性のペンがありました。そのペンで、被害者自身が書いたものと思われます」

「そう……」

福家は手首に記された小さな文字列をしげしげと見た後、顔を上げた。

「ほかに被害者の持ち物は?」

「手ぶらだったようですから、おそらく車の中に……」

「これ」

福家は遺体の下を指さす。「煙草の箱みたい」

「確認済みです。ポケットから転がり出たものかと」

「触ってもいいかしら」

二岡はカメラを手にした鑑識課員を見る。相手がうなずいたのを確認し、手でOKマークを作って掲げた。

福家は煙草の箱を引っぱりだし、縦、横、斜め、あらゆる角度からチェックする。

「封は切ってあるけれど、中身は一本も減っていない。開封したばかりだったようね」

「一階の警備員に確認したところ、被害者が建物に入ってきたとき持っていたのは、煙草の箱だけだそうです」

福家はうつむき加減になって封を切る仕種《しぐさ》をしている。

「エレベーターを降りて封を切る。ドアを開け、外に出る。そこに缶が転がっていて、気づかなかった被害者は……」

大きく右足を振り上げて、万歳のポーズを取った。転倒を表現したいようだ。「足許《あしもと》注意」の看板に、そんなシルエットが描いてあったな。そんなことを思いだし、二岡はまた笑いをこらえきれなくなった。

「二岡君」

「は、はい！」

笑いを呑《の》みこむ。

「この煙草、一番手前の一本に口紅がついている」

「え？」

福家の手許をのぞきこむ。なるほど、吸い口に鮮やかな赤い色がついている。

「被害者の口紅と同じ色ですね」

「調べておいてくれる？」

そう言って福家は、四階を見上げる。

「福家警部補！」

下から鑑識課員が呼びかけてきた。

「何？」

のぞきこんで手すりに身を預ける恰好《かっこう》になり、小柄な福家の両足が宙に浮いた。二岡は慌てて駆け寄る。

「ちょっと、警部補、危ないですよ」

「大丈夫よ。何か見つけたの？」

さらに身を乗りだそうとする。

二岡は困り果てていた。足を持つわけにはいかないし、腰を押さえるのもどうかと思う。両肩を押さえると、体が密着しすぎるし……。

「いま、持っていきますから」

危ないと感じたのだろう、間もなく鑑識課の制服を着た小太りの中年男性が息を切らして階段を上ってきた。証拠品袋に入った紙片を受け取り、福家は明かりにかざす。

「かなり皺《しわ》が寄っているけれど、この周辺の地図ね。どこにあったの？」

「風に飛ばされたんでしょう。階段下の地面に落ちてました。いや、もうゴミだらけでしてね。新聞、雑誌から、弁当の食べかけ、古いラジカセや自転車のサドルまで。片っ端から調べていますが、大変な作業ですよこれは」

そう言って鑑識課員は戻っていった。二岡は福家の背後からのぞきこむ。

右上にスフラン製薬・足立郁美と印字され、地図の中心にある立体駐車場から聖南総合病院まで、赤い線が伸びている。

「変ですね。病院はここから大通りに出てすぐですよ。地図を用意するほどではないし、この赤いライン、すごく回り道してます」

「赤のラインは病院東側の路地に入っている。これは、正面玄関以外の出入口を示しているのではないかしら。被害者はＭＲだったわね。業者専用の駐車場や出入口があるのかも」

「そうか。ここから大通りに出て路地に入るとなると、右折することになる。交通量の多い通りを信号のないところで右折するのって、大変ですよね」

「だから、少し回り道になるけれど、信号機のある場所で右折する道筋が描いてある。スムーズに路地に入れるわ」

「事故のリスクを減らすために会社側から指示されているのかもしれない。それより二岡君、私はこちらの書きこみの方が気になるわ」

福家の細い指が地図の右端をさした。R・G・Yとボールペンの走り書きがある。

「これは何かしら」

「うーん。薬の符牒《ふちょう》ですかねぇ」

「被害者は聖南総合病院の担当ではなかったのかしら。担当だったら、地図は持ってこないだろうし……」

「確認が取れたわけではないですが、聖南は担当していなかったようです。この駐車場を挟んだ反対側にある、大戸医療センターを担当していたようで」

「となると、なぜ彼女はこの地図を持っていたのかしら」

福家は地図を持って四階に戻っていく。

「外に出る。煙草をだそうとしたとき、地図が落ちて風に飛ばされる……」

そこで動きを止めた福家は、振り向いて駐車場に通じるドアを見つめた。

「うーん」

待機していた鑑識課員から声がかかった。

「もう始めてもいいですかね？」

福家は眉間に皺を寄せたまま右手をヒラヒラさせた。二岡が代わって答える。

「几帳面だなぁ」

「はい、けっこうです。始めてください」

福家は無言でドアを開け、奥へ消えた。

二岡はそっとため息をついた。単純な事故だと思っていたが、この調子ではそうもいかないようだ。手術の傷痕がシクシクと痛み始めた。

五

篠塚努は、駐車場の出入口に立って、慌ただしく行き交う警察官たちを眺めていた。十五分ほど前、ここで待てと警官に言われたが、誰も自分に目を向けようとしない。本当は家に飛んで帰り、強い酒をあおりたい気分だった。

踊り場に倒れた足立郁美の遺体。アメーバのように広がっていく血の動きが、まだ瞼《まぶた》の向こうに残っていた。郁美とは週に何度か挨拶する程度の間柄で、会話らしい会話をした記憶はない。それでも、赤の他人とは違う。ほんの少し前、元気に篠塚の前を通り過ぎていった彼女が、まさかこんなことになるなんて……。

「あのぅ……」

ふと気がつくと、すぐそばにスーツ姿の小柄な女性が立っていた。

「詰所の中に入られては？」

何者かは知らないが、この緊迫した場には不似合いな女だ。篠塚はあちこちに張られた立入禁止を示す黄色いテープを見つめながら言った。

「あの中も、いろいろ調べることがあるそうでね。ここで待てって言われてるんだ」

「あら、詰所の調べはもう終わったと聞きましたけれど。どうです？　お入りになりません？」

いったい何なんだ、この女は。お入りになりません？　って、自分の家じゃないんだからな。篠塚は苛立《いらだ》ちをそのままぶつけた。

「あんた、ここの様子を見りゃ判るだろ？　いま、大変なんだよ。警察の許可もなく勝手なことをしたら、俺が怒られるんだ。下手したらクビだ」

「そんなことには、ならないと思いますが」

「何であんたにそんなことが判るんだ。あんたは、ここの責任者か？」

「ええ、責任者です」

怒りが頂点を超えると声も出なくなることを、篠塚はいま知った。

「あがが……ぎぎぎ」

「大丈夫ですか？　やはり詰所に入られた方が……」

そこへ制服警官が通りかかった。

「警部補、どうかされましたか？」

警部補？　篠塚は怒りも忘れ、目の前の女性を見る。女性は肩にかけたバッグから、警察バッジを取りだした。

「警視庁捜査一課の福家と申します」

階級は警部補とある。篠塚は福家本人ではなく、彼女の横にいる制服警官にきいた。

「この人が、ここの責任者なのかい？」

「はい」

警官は敬礼をすると走り去った。篠塚は気まずさでいっぱいになりながら、肩をすぼめるほかなかった。

「いや、あの、まさか、あんたみたいな人が警部補だなんて思わないから……そのぅ」

「気にしないでください。よく言われることですから。それより、中に入って休まれませんか？」

「いや、大丈夫、大丈夫」

「実は、いくつかおききしたいことがあるのです。それが終わったら、帰宅していただいて構いません」

「ああ、だったら、何でもきいてくれ」

「では、遺体発見時の状況を聞かせてください」

「上でさ、ガチーンって凄《すご》い音がしたんだよ。それで、ああ、やっちまったぁと思ってね。飛びだしたわけさ」

「その音というのは？」

「階段に何かがぶつかる音だよ。ガッーン、ガッーンって二度か三度」

「あなたはその音を、足立さんが転落した音と考えられた」

「そう」

「どうしてです？　どうして音だけで、そう判断されたのです？」

「あの人さ、酔っ払ってここに来ては、階段のところで煙草を吸ってたんだよ。前にも一度、派手に転げ落ちてね。まぁ、そのときは足の捻挫だけで済んだけど」

「そんなことがあったのですね」

「だから、顔を見るたびに、気をつけてくれって声をかけてたんだ。だけど、こんなことになっちゃって……」

「もう一つ。音を聞いたあなたは、詰所を飛びだし、階段を駆け上がった。そして、踊り場で倒れている郁美さんを見つけた」

「そう。亡くなっているかどうかまでは判らなかったけど、血も見えたし、慌てて駆け戻って、救急車を呼んだ」

「携帯電話を使わなかったのは？」

「仕事中は、携帯使っちゃいけないのよ。ロッカーに入れておけって言われてるんだ」

「なるほど。では、詰所が無人だったのは……」

「一分あるかないかくらいだろうね」

「どうして北階段へ向かわれたのです？」

「え？」

「階段は北と南にありますね。南ではなく、北へ向かったのはなぜですか」

「さっきも言ったけど、足立さんのことを気にかけていたからだよ。あの人はいつも北階段の四階で煙草を吸う。あのとき、建物内には彼女しかいなかったんだ」

「なるほど。そんなとき、階段で物音がした」

「当然、彼女に何かあったと思うだろう？」

「判りました。おききしたいことは、以上です」

「ということは、帰ってもいいの？」

「はい。防犯カメラの映像確認をしたいのですが、それは警備会社に直接連絡します」

「あぁ、そう……」

篠塚はうなずきつつも、その場を離れられなかった。一つ気がかりなことがあったからだ。

「大丈夫ですよ」

ふいに女警部補が言った。

「え？」

「今回の件、あなたに責任はありません。その辺は私の方からきちんと伝えておきますから」

「……そうしていただけると助かります」

「迅速な通報のおかげで、捜査がしやすくなりました。ありがとうございます」

「いや、礼を言われるほどのことは……」

「あ！」

「な、何です？」

「もう一つ、いいでしょうか」

「何でもどうぞ」

「この建物のすぐ外にある自販機に、おしるこは入っていますか？」

六

是枝はパソコン上のチェス盤に目を凝らし、次の一手を待っていた。対戦相手は米国イリノイ州の男性である。

携帯が鳴った。多々良製薬の鈴木からだ。

「一応お知らせしておこうと思いまして」

思わせぶりな調子で鈴木は言う。

「いったい何だね？」

「スフラン製薬の足立、ご存じですよね」

「足立？　ああ、前の病院にいたとき、担当だったよ」

「彼女が亡くなったようなんです」

「亡くなった……？　まだ若いだろう？」

画面に動きがあった。相手のクイーンが是枝のビショップを取った。

「病気じゃなくて事故らしいんです。ほら、先生の病院の近くにある立体駐車場」

「君がよく利用しているところだね」

「そこの階段から落ちたとか。空き缶を踏んでバランスを崩したって話です」

「気の毒に……」

是枝はルークで相手のビショップを取り、「チェックメイト」と打ちこんだ。その瞬間、対戦相手は挨拶もせずにログアウトした。

失敬なヤツだ。是枝は通話に注意を戻す。

「足立君とはこの病院に来てから会っていないんだ。彼女の担当は大戸医療センターだったんじゃないかな」

「はい、一応ご報告までに。では」

携帯をデスクに置く。顔を上げると、開いたドアから女の顔がのぞいていたので、さすがの是枝も声を失った。女は悪びれた様子もなく部屋の中を見回している。

髪はショート、縁なしの眼鏡をかけ、顔立ちは地味な方だ。是枝は一度会った者の顔は忘れないが、記憶にない顔だった。時間を考えると、事務員ではない。患者である可能性

も ゼロ。納得のいく解答を導きだせず、是枝は立ち上がる。

「何かご用ですか？」

女はぺこんと頭を下げ、猫のような身のこなしでするりと部屋に入ってきた。

「こんな時間に申し訳ありません。お仕事中でしたか？」

「いや、息抜きにネットでチェスをしていた。それより、君はまだ私の質問に答えていない」

是枝は受話器に手を伸ばす。返答次第では警備員を呼ぶぞ、と威嚇するためだ。すると女は肩にかけたバッグを漁《あさ》り、黒い手帳のようなものを引っぱりだした。

「警視庁捜査一課の福家と申します」

是枝は目を細め、警察バッジを隅々まで確認する。捜査一課所属であることは間違いなく、階級は警部補だ。名前は……聞き覚えがある。福家というと、十日前の事件で死体と一緒に閉じこめられた女刑事ではなかったか。

「君の名前は聞いているよ。もしかして、十日前のことで？　私はそのとき出張で海外にいたから、何も知らないが」

「いえ、十日前の件は解決しています。その節はお騒がせしました。あんなことになるとは思ってもいなかったので……。あれ以来、もっと刑事らしく見えるようにしろと同僚からも強く言われています。眼鏡をサングラスに替えたりしてみたのですが、かえって評判が悪くなりました」

「ならばどうして君はここにいる？」

「実は、この近くで事件がありまして」

「事件？　もしかして、足立郁美さんの件かな」

福家は目をぱちくりさせた。

「どこからお聞きになりました？」

「たったいま電話で、知り合いのＭＲが教えてくれたんだ。前の病院にいたときは足立君が担当で、いろいろと世話になった。連絡をくれた者は事故死だと話していたが、君は事件と言ったね」

「はい。一見事故のようですが、少々引っかかる点があるのです」

「ほう。それは……」

「先生は煙草を吸われますか？」

福家はデスクの上に視線を走らせた。

言葉を遮られたことに苛立ちを覚えたが、そうした感情を抑えこむ術《すべ》は心得ている。

「いや、吸わない。院内は完全禁煙だし、私はいわゆる嫌煙家を自任している。煙草は良くない」

小さくうなずく福家の様子に、是枝はかすかな不安を覚える。

「私が嫌煙家であることに、何か問題が？」

「いいえ、そういうわけではないのです」

何とも摑《つか》み所がない。過去、何千人もの患者を診てきたが、こうしたタイプは初めてだ。

「君は私が煙草を吸うか吸わないかを確かめに来たのかね？　まさか病院中きいて回るわけではないだろうね」

「とんでもない」

「ならばどうして私のところに？」

福家はバッグをゴソゴソとやり始める。

「えーっと、ここに入れたはずだけれど……あ！」

取りだしたのは、ビニール袋に入った紙切れだった。袋ごと是枝に突きつけてくる。

「これは現場近くに落ちていた地図です。駐車場からここ、聖南総合病院までのルートが書きこまれています」

郁美がそんなものを持っていたとは知らなかった。是枝ははっと思い至る。ドアの隙間から様子をうかがったとき、郁美は下をのぞきこむような姿勢をとっていた。あのとき、風か何かで地図が飛ばされ、その行方を追っていたのかもしれない。だが、それ自体は大したことではない。是枝は気を取り直し言った。

「MRだったら、地図を持っていても不思議はないだろう？」

「ですが、彼女はこちらの担当ではありません。なぜ地図を持っていたのかは疑問です。それよりも、ここを見ていただけますか」

福家は、地図の右端を指で示す。

「R・G・Yとあります。これが何のことか気になりました」

是枝は一瞬、凍りついた。気がつくと、福家がじっとこちらを見ている。

「どうかなさいました？」

「いや。……R・G・Y。薬か何かの略称かな」

「私も最初そう思ったのです。薬の知識はありませんから、専門家のご意見をうかがおうと思っていたのですが……」

福家は言葉を切り、にこりと笑う。

「こちらの正面玄関を見て、すぐにピンと来ました。これは色を表す頭文字です」

「色……Rはレッド。Gはグリーン。Yはイエロー」

「その通り。先生ならもうお判りですね」

「案内表示の矢印の色か」

「院内は広く、通路も入り組んでいますから、慣れないとなかなか目的の場所に行き着けません。十日前、私が迷いこんだのも、現在地が判らなくなったからで……」

「そうしたことを防ぐため、うちは通路に色分けした矢印を表示している」

「はい。例えば耳鼻科の待合室へ行こうとすると、まず内科に通じる緑の矢印を進み、途中で眼科の黒に乗り換え、最後は耳鼻科を示す青色の矢印に沿って進みます。では、足立さんが書いていた、赤、緑、黄色の順で進むとどうなるか」

「皮膚科」

「はい。皮膚科の待合室に着きました。誰もいらっしゃらないと思っていたのですが、こちらに明かりがついていたものですから……」

「顔をだしてみた。そういうことか」

福家は微笑むと、またぺこんと頭を下げた。

「どうもお邪魔しました」

入ってきたときと同様、猫のようなしなやかさで、福家は音もなく廊下へと消えた。

是枝は手を後ろで組み、窓際に歩み寄る。郁美の墓標とも言うべき立体駐車場が見えた。

覚悟はしていたが、何事も計画通りにはいかない。

福家という刑事の真意は判らず、思わぬ展開を迎えるかもしれないが、是枝の心は浮き立っていた。困難は大きければ大きいほど面白い。

七

牟田真紀夫は、鬱々とした気分を引きずって、夜の街をさまよっていた。郁美と別れてから、行きつけの店で飲んだ。華やかで、贅沢《ぜいたく》なひとときだった。にもかかわらず、一向に気分は晴れない。

電話してみようか。携帯を操作し、郁美の番号を表示する。彼女はいま、何をしているのだろう。いや、誰と一緒にいるのだろう。

他の男と……。通話ボタンに指が伸びるが、結局、押す勇気は出なかった。携帯をしまい、ため息交じりに歩きだそうとしたとき、屈強な男二人に挟まれた。

「牟田さんだね」

「な、何だ、あんた……」

学生時代、キャッチバーに迷いこんで、ごつい男たちに囲まれたことがあった。肩が触れた触れないで、チンピラ風の男に因縁をつけられたこともある。

この二人は、どちらとも違う。圧倒的な威圧感と落ち着きがあった。

「手早く済ませたいんだ。あんたにとっても悪い話じゃない」

一人が言い、もう一人が警察手帳を突きつけてきた。二人とも、所轄強行犯係の刑事だった。

「え……？　警察？」

一人が前を行き、もう一人に後ろから小突かれながら、牟田は路地裏に駐まった黒塗りの車の前に連れてこられた。前の男が後部ドアを開ける。

「乗ってください」

「え……」

牟田は両足を突っ張り、抵抗する。後ろの刑事が両手で肩を抱き、妙な猫撫《ねこな》で声で言った。

「どっかに連れていこうってんじゃない。ちょっとだけ、話を聞かせてもらいたいんだ」

「は、話って？」

声が裏返ってしまった。

「中の人にきくんだな」

半ば無理やり、車に押しこめられた。

後部シートに、先客がいた。車内が暗いため、顔立ちはよく判らないが、小柄な女性のようだ。縁なしの眼鏡をかけている。

ドアが閉まり、女性と二人だけになった。お互いの距離は数十センチだ。牟田はドアに背を押しつけ、少しでも距離を取ろうとした。

「牟田さん。旧石基《きゅうせつき》医療センターの外科医でいらっしゃる」

澄んだ心地よい声であったが、言葉に力があり、自分が非難されているような印象を受けた。牟田が答えずにいると、女性は警察バッジを突きつけてきた。

「警視庁捜査一課の福家と申します」

顔写真は確認したが、その他は暗くてよく見えなかった。いずれにせよ、屈強な男たちを従える力があるのだ。階級は警部、いやもっと上かもしれない。

「それで……僕に何の用でしょうか」

「足立郁美さんをご存じですね」

ここで郁美さんの名前を聞くなんて、まったく予想外だった。

「郁美……いえ、足立さん、スフラン製薬の足立さんですよね。ならよく知っています」

「今夜、ご一緒でしたよね」

心臓の鼓動が倍加した。混乱し、思考がまとまらない。牟田はとりあえず、うなずいた。

福家は暗がりで手帳をだし、パラパラとページを繰った。

「『月光』という料理店に、午後九時半までいらした。その後はどうされましたか」

「どうって……。彼女とはそこで別れて、しばらく街をぶらついて、行きつけの店で飲みました」

「お店の名前は？」

「一軒目が『嵐』、二軒目が『K』」

既に調べがついていて、確認を取っているだけなのか、これから裏付け捜査をするのか、福家の様子からは判断できなかった。福家がパタンと手帳を閉じる、その音だけで牟田は飛び上がった。その後、しばしの沈黙があり、緊張が耐えられないレベルに達したとき、福家は口を開いた。

「足立さんとのご関係をおききしたいのです」

文字通り、目の前が真っ暗になった。失神するのではないかと思った。吐き気と目眩《めまい》を覚え、ウインドウに額を押しつける。ひんやりとした感覚に、少し救われた。できれば外の空気を吸いたい。だが、福家はこちらの状態など意に介していないようだ。眼鏡の奥から、冷たい視線を感じた。

「か、関係って、医師とMR、それだけですよ」

「足立さんがあなたの担当になって二年。その間、スフラン製薬の医薬品の新規採用が増えていますね」

「それは僕の独断ではありません。ちゃんと院内の審査会にかけて……」

「旧石基医療センターは三年前、産婦人科が医療ミスを起こしていますね。無痛分娩《ぶんべん》をする妊婦に投与する麻酔薬の量を間違えた。妊婦はその後、帝王切開の手術を受けたけれども、麻酔が効きすぎて手術後歩行ができず、その結果、患部が炎症を起こした」

その件は一時期、世間を大いに騒がせた。産婦人科の医長が麻酔のミスを独断で握り潰し、事態を悪化させた。病院側の対応も悪く、謝罪が遅れるなどしたため、世間の風当たりは相当なものであった。産婦人科は閉鎖され、医長を始め何人かが逮捕された。病院全体の患者数も減っている。

「そんな状況で、スフラン製薬の取り扱い量だけが増え続けている。どういうことなのでしょう」

「い、いや、僕は……その……」

「あなた、先月だけで四回、足立さんと会われています。そのうち一回は、休日である土曜の昼間。場所は新宿のホテルです」

なぜ、そんなことまでこの刑事は知っているのだ？　まさか、郁美が喋ったのか。

「もう一度おききします。あなたと足立さんのご関係は？」

牟田は、ただ首を横に振るだけだった。

「仕方ありません。これから署まで同行していただきます」

福家は言った。

「いや、待ってくれ。そんなことになったら、家に……」

「ご家族にも連絡することになります」

「止《や》めてくれ。郁美とのことは……」

福家は黙ってこちらを見ている。牟田の意思は完全に崩壊した。

「……足立郁美さんとは……その、月に一、二度、その……」

「つまり男女の関係だった」

「はい。ですが、スフラン製薬に便宜を図るとか、そんなことは、断じて……」

「足立さんについて、もう少し聞かせてください。何でもけっこうです」

「何でもと言われても……とにかく、スフラン製薬のエース的存在でした。だからこそ、大変な状態の旧石基医療センターの担当に抜擢《ばってき》されたんです。ただ、僕の口から言うのもなんですが、いい評判ばかりではありませんでした」

牟田はもう保身に走ることしか考えられなかった。

「他社のMRの評判も悪く、平然と枕営業を仕掛けるとか」

「あなたの場合のように？」

「違います。我々の関係はそんなものでは……。とにかく、噂では、証拠の写真を撮って脅迫まがいのこともやると」

「今夜のことを聞かせてください。足立さんはどんな様子でしたか」

「別に、普段と違いはなかったですけど」

「あなたと別れた後どこへ行くか、言っていましたか」

「はっきりとは言いませんでしたけど、アポがあるような口ぶりでした。駐車場で酔いを醒ましていたんじゃないですかね。彼女、どうかしたんですか？」

福家は牟田の問いを無視する。

「最後に一つだけ。今夜の足立さんの様子で気になったことはありませんか。どんな些細《ささい》なことでもけっこうです」

牟田は教師に試されている生徒の気分になっていた。ここで情報を提供できれば、自分の立場が多少よくなるかもしれない。そんな淡い期待が、牟田を動かしていた。

「あの……これ、どうでもいいことかもしれないんですけど」

「どんなことでも構いません」

「彼女、疲れているのか、最近もうひとつ元気がないんです。今夜も食べ物にはろくに箸をつけませんでした。酒も控えているようでしたが、今夜は久しぶりにかなり飲んでいました」

「なるほど」

福家は暗がりで何事かを手帳に書きつけている。

「ほかには？」

「えっと……別れ際に電話がありました。多分、仕事の電話です。ペンで手首にメモをしていました。気づいたことは、それくらいです」

「判りました。ありがとうございます」

福家は、音をたてて手帳を閉じる。

牟田は気になっていることを尋ねた。

「あのぅ、足立さんに何かあったんですか。どうして警察の方が？」

「足立さんは亡くなりました」

「え？」

「あなたと別れてすぐです。立体駐車場の階段で遺体が発見されました」

「そ、そんな……」

事故ですか、と言いかけて、目の前の女性が捜査一課の所属であることを思いだした。テレビの番組などで仕入れた知識によれば、一課は殺人の捜査を行う部署ではないか。

その瞬間、混乱を極めていた牟田は冷静さを取り戻した。自分自身に降りかかった災厄の正体がはっきりと理解できたのだ。

「ぼ、僕はやってない」

まず口を衝いて出たのは、その言葉だった。

「たしかに、郁美と不適切な関係ではあった。だが、それはあくまで……そのぅ……」

「もうけっこうです。お帰りください」

福家の声はひどく冷たかった。

「いいんですか？」

「あなたはやっていない。そうなんですよね？」

「え、ええ」

「では、お帰りください」

福家はドアを指さした。開けてさっさと出ていけという意味らしい。その前に牟田は確認しておきたかった。

「僕と郁美のことが公になったりしないんだろうね？」

「あなたが直接事件に関係していなければ、情報が漏れることはありません」

「なら、いいんだ」

「一つだけ忠告させていただきます。これからは、ご自分の行動に責任を持たれることですね。旧石基医療センターの医師が、あなたのような方ばかりではないことを祈ります」

福家の言葉は鋭く胸に刺さったが、いまはいちいち反論している時ではない。

「それで、僕はもう帰っても？」

「どうぞ。さっさとお帰りください」

ハエでも追い払うように言いやがって。屈辱に体が震えたが、すべては身から出た錆《さび》だ。

牟田は悄然《しょうぜん》と頭《こうべ》を垂れ、外に出た。どこからともなく屈強な刑事二人が現れ、牟田には目もくれず、運転席と助手席に乗りこんだ。すぐにエンジンがかかり、車は猛スピードで走り去った。一人残された牟田は、タクシーを拾うため大通りに向かう。とりあえず、家に帰ろう。帰る場所があることが、しみじみとありがたかった。

八

朝八時、廃材を満載し門を出ていくトラックを見ながら、是枝はコーヒーを口に含んだ。病院内の売店に併設されたカフェでブラックを飲むのが、徹夜明けの儀式である。論文の校正で一睡もしていないが、疲労はまったく感じない。

外来受付の開始前であるにもかかわらず、院内は既に混み合っていた。今日は午前九時から部下二人と共に外来診療に当たる。昼食を挟んで三時前後までさらに診察、その後は病棟の回診だ。常時、十人から十五人の入院患者がおり、全員の診察を行う。それが終われば自分の時間だが、部下から相談を持ちかけられたり、同僚に助言を求められたりもする。上司の呼びだしがあるかもしれない。いずれにせよ、自分のために割ける時間はほとんどないと言っていい。

コーヒーを飲み干し、短い休息を終えた。カップを返却し、エレベーターホールへ向かいかけたとき、キョロキョロしている福家の姿に気がついた。思わず足が止まる。同時に、向こうもこちらに気づいた。

「あ、先生！」

是枝は仕方なく、やってくる福家を待った。

「昨夜はお騒がせしました」

「ここでは邪魔になる。こっちへ」

是枝は福家を薬の順番を待つ場所へ連れていった。いまは人がいない。

「どうやら君も徹夜だったようだね」

「はい。最後に寝たのがいつだったか、思いだせません」

福家は真顔で言うと、あっけらかんとした様子で笑った。

この女と話しているとペースが狂う。気を取り直し、是枝は言った。

「それで、足立君の件はどうなったのかな？」

「夜通し検証作業を行いましたが、事故か他殺か、まだはっきりしません」

「階段から落ちたと言っていたね」

「落ちていた空き缶に足を取られたようです」

「彼女は酔っていたのか？」

「直前まで接待だったそうです」

「昨夜も言ったが、彼女は昔、私の担当だった。酒は強い方で、とことんまでいってしまうタイプだったな。酩酊して転んだなんて話をよく聞かされたよ」

「駐車場の警備員も同じことを言っていました。足立さんはいつも非常階段の四階で煙草をふかしながら、酔いを醒ましていたそうです。前にも一度、階段から転落しかけたとか」

「刑事さん、私は捜査については素人だが、君の話を聞く限り、事故としか思えないね。他殺を疑う根拠があるのかな」

　福家の目が、わずかに輝きを増したように思えた。

「というと？」

「彼女がなぜ駐車場へ行ったのか、そこがよく判らないのです」

「接待の場所は駅前の料理店だったそうです。被害者はなぜ、わざわざ徒歩十分ほどの駐車場まで行ったのでしょうか」

「判りきっている。車に乗って帰るためだ」

「会社には直帰すると申告しています。接待後の予定はなく、帰宅するだけでした。なぜ彼女は、酔いを醒まして車で帰ろうとしたのでしょう。電車で帰れば済むことなのに」

「翌日、車を使う予定があったのではないかな」

「それも調べました。大戸医療センターに直行となっていました。電車で帰り、翌日電車で来て、病院を回った後、駐車場の車を引き取る。こうした方が、絶対に効率的です」

「効率的な仕事は美徳だと思うが、足立君には足立君なりの考えがあったのだろう。この件が彼女の死に関係しているとは思えないし、考えるだけ無駄だと思うがね」

　だが、福家は怯《ひる》むことなく続けた。

「もう一点、右の手袋が外れていたことも引っかかります」

「手袋の何が、そんなに問題なんだね」

「外れていたのは右手だけで、左手はつけたままでした」

「右手だけ外すことはよくあるじゃないか。たしか、彼女は右利きだったし。いや、元々左利きだったのを矯正したと言っていたかな。だから左右どちらでも字が書けると自慢していた」

「昨夜はかなり冷えこみました。冷たい風の吹く場所で、何のために手袋を外したのでしょう」

「携帯だろう。文字を打ったりするときに手袋を外すから」

「それは真っ先に確認しました。彼女の手袋は、つけたまま操作ができるものでした。念のため携帯の履歴を調べたところ、亡くなる直前、通話やメールの操作はされていなかったようです」

「そんな手袋があるとは知らなかった。一つ勉強になったよ。だが君、手袋を外したのは外に出てからとは限らないだろう？　屋内で外し、そのまま外へ。はめる暇もなく転落してしまった」

　福家はこめかみを押さえ、首を傾《かし》げる。

「それは考えにくいのです」

「どうして？」

「ドアのノブに指紋がありません。警備員は、入ってきたとき彼女は両手に手袋をしていたと証言しています。右手に持った新品の煙草を掲げてみせたそうですから、間違いないと思います。いつ、どこで、何のために手袋を外したのか、それが判らないのです」

「いま、煙草と言ったな。それだよ。彼女はヘビースモーカーだった。煙草を吸うためか火をつけるためか、いずれにせよ手袋が邪魔になって外したのだ」

「これを見ていただけますか」

福家は携帯の画面をこちらに向けた。

「少し判りにくいと思いますが、足立さんが持っていた煙草です」

「封が開いているが、一本も減っていない」

「ええ。警備員は、彼女が持っていた煙草は新品だったと言いました」

「君は謎だと言うが、私には問題解決のキーに思えるね。封を切るために手袋を外したのだよ。おそらく外に出てから」

「外に出て手袋を外し、煙草の封を切ったとします。では、彼女はなぜ足許の缶に気づかず、踏んで滑ったのでしょう？　非常口を出たところは、そこそこ広さがあります。測ってみましたら、ドアから階段まで約三歩です。ドアの上に非常階段の明かりがあるので、真っ暗というほどではありません。彼女が戸口で立ち止まっていれば、転がっている空き缶は見えたはずです。逆に、もし止まらずに歩いていったのなら、わずか三歩の間に、どうやって手袋を外し、煙草の封を切れたのか」

「彼女がそこへ行ったのは、酔いを醒ますためだろう？　酔っていれば足もふらつく。一服しようとしてふらつき、缶を踏んだ。あり得ることさ」

「ええ、たしかに」

「一件落着だ」

「それがそうでもないのです。この画像をもう一度よく見てください」

福家が画面をぐいと近づけてくる。

「そんなに近づけなくても見える。煙草の箱だろう」

「一番手前の煙草に口紅がついていること、お判りですか」

福家の言う通り、手前の一本にうっすらと赤いものがついていた。

「どういうことだと思われますか？」

「一度くわえた煙草を戻したんだろうな」

「それしか考えられません。問題は、なぜそんなことをしたかです」

「くわえはしたが、吸う気が失《う》せた。もしくは、寒いので別の場所に移動しようとしたのかもしれない」

「なるほど。そのとき足許がふらつき、缶を踏みつけた。その可能性はありますね」

「お役にたてて嬉《うれ》しいよ。では私は……」

「その場に、足立さん以外の誰かがいたとしたらどうでしょう」

是枝は浮かした腰を止め、坐り直す。

「それは君の考えなのか？」

「考えというより、一つの可能性です。真実以外の可能性を潰していくのが、私の仕事ですので」

「そろそろ外来診療の時間だが、少しくらい遅れても構わない。詳しく聞こうじゃないか」

「足立さんがあの場所へ行ったのは、誰かと会う約束をしていたからではないかと考えました。手袋の件はいったん保留しますが——夜景を眺めながら煙草の封を切り、一本取ってくわえたとき、ドアを開け約束の相手が現れます。その人物は大の嫌煙家だった。それで足立さんは、火をつける直前の煙草を箱に戻した」

「ふむ、あくまでも推測だが辻褄《つじつま》は合う。現場にほかの人間がいたとすれば、事故以外の可能性も出てくるわけだ」

「そうなのです」

福家はため息をついた。「他殺なのか、事故なのか。一晩考えても結論が出ません。思い余って、先生のところへ」

「本職の刑事に頼られるのは光栄の至りだが、私は一介の医者にすぎない。助言めいたことはできかねるね」

是枝は立ち上がり、福家に会釈した。

「先生はこちらの部長でいらっしゃる？」

「皮膚科のね」

「そんな凄い方をお引き留めしてしまって」

「大したことはない。ここまでこられたのは、たまただよ」

「そんなことはありません。冷静沈着であることは優秀な医師の必須条件だと思いますが、私はあなたほど冷静な方に会ったことがありません」

「君とは昨夜初めて会ったのに、そんなことまで判るのかね」

「昨夜お訪ねしたとき、先生は足立さんが亡くなられた件で電話を受けておられましたね」

「そのときからのぞいていたのか？」

「はい。電話中に声をかけるのはどうかと思いまして」

「昨夜も言ったが、知り合いのMRが気を回して……」

「いえ、私が驚いたのはチェスの方です」

「ああ、ネットでチェスをやっていたときだったか」

福家は手帳を見ながら言った。

「先生は、電話を受けながらチェックメイトされていますね」

「……そうだったかな」

「お知り合いが亡くなったという知らせを耳にしながら、対戦を続けておられたことに驚きました。私なら、電話に気を取られてチェスどころではなくなってしまうでしょうから」

「私はこれまでに多くのＭＲと出会ってきた。亡くなったことは気の毒だが、足立君もその一人にすぎない。だが君、チェックメイトの時刻をなぜ知っているんだ?」

「先生がログインしておられたチェスのサイトは、チェックメイトの時間を公表しているのです」

「それは知っている。わざわざその時間を調べたのかね」

「はい」

「どうして?」

「それが仕事だからです。どうも、お邪魔しました」

小柄な福家の背中は、待合ロビーにあふれ始めた患者たちに紛れ、あっという間に見えなくなった。

九

鈴木健伍は様子をうかがいながら駐車場に近づいた。警官たちが走り回る物々しい雰囲気を予想していたが、建物周辺に人気はなく、パトカーも駐まっていない。いささか拍子抜けしながら、警備員の詰所をのぞく。誰もいない。不用心だなと思いつつ振り返ると、制服警官が立っていた。

「ひえっ！」

警官はまだ若かったが背が高く、こちらを見つめる目には独特の威圧感があった。

「えっと、私、鈴木です。多々良製薬の」

「製薬会社の方？」

「はい。車を引き取ってもいいと連絡を貰《もら》ったので」

そのとき南階段に通じるドアが勢いよく開き、細身の男性が飛びこんできた。片手に携帯電話を持ち、青白い顔で何か叫びながら鈴木たちの前を素通りして、詰所の向こうにあるドアから出ていった。

鈴木は呆気《あっけ》に取られて見ていたが、警官は落ち着いたものだ。

男はすぐに同じドアから戻ってきた。肩で息をしながら、携帯に向かって喋っている。

「勘弁してくださいよ。僕、これでも病み上がりなんですから……え？　時間がかかりすぎ？　これでも全力疾走ですよ」

男は再び鈴木たちの前を通り、南階段へと消えた。鈴木は警官に尋ねた。

「あれは何です？」

「何かの実験と聞いています。――ここに会社の名称と所在地、あなた個人の名前、住所、電話番号を記入してください」

白紙を挟んだバインダーを渡された。

「捜査員が車内に立ち入っておりますので、もし……」

鈴木は手で制した。

「その件なら、昨夜のうちに聞きました。大したものは置いてませんから」

「一応、手続きとしてこの書類にサインを」

あれやこれや書類をだされ、片っ端からサインするハメになった。そうこうするうち、さっきの男がまた南階段の方から飛びこんできた。経路は同じだ。詰所奥のドアから出て、すぐに戻ってくる。当然のことながら、先ほどより息遣いが荒い。

「……もう、これが、限界っす。続けるなら、別の人を……」

鈴木は警官と目を合わせたが、彼は何も語らなかった。束になった書類をまとめ、背筋を伸ばして敬礼した。

「ありがとうございました。では、どうぞ」

鈴木はエレベーターに乗り、四階へ行く。見渡したところ、この階に駐まっているのは鈴木と郁美の車だけだ。

北側の非常階段前に駐められた郁美の車を見つめながら、鈴木は思ってもいなかった喪失感に囚《とら》われていた。己の成績のためなら手段を選ばず、女を武器に多くの採用を勝ち取ってきたとの噂がつきまとう郁美とは、同じ地区を担当するMRとしてライバル関係にあった。彼女にまつわるいろいろな噂について真偽のほどは判らないが、強敵だったことはたしかだ。あいつさえいなければと、何度臍《ほぞ》を噛んだことか。それでも、いざいなくなってみると一抹の寂しさを感じる。

非常階段のドアがゆっくりと開き、スーツ姿の小柄な女性が現れた。携帯を顎と肩で挟み、右手にストップウォッチを持っている。

「そう、五回走って全部ダメ。判ったわ、ご苦労様。え？　二岡君どうしたの？　調子が悪いから病院へ行く？　そう。お大事に」

通話を切ると、女性はこちらに顔を向けた。

「あの、鈴木さんですね、多々良製薬の」

ツカツカと向かってくる。鈴木は反射的に後ろに下がり、壁に背中と尻をぶつけた。

「そんなに怖がらないでください。私、こういう者です」

目の前に突きつけられたのは警察バッジだった。

「福家……警部補？」

「足立郁美さんが亡くなった件で捜査をしています。車を引き取られる前に、少しだけお話をうかがいたいのですが」

「話、と言いますと？」

「あなたの車に積んである荷物のことです。ほとんどが医療関係の雑誌ですね」

「ええ」

「これは病院から引き取ったものですか」

「そうです。聖南病院の是枝先生のところから」

「あなたは是枝先生の担当でいらっしゃる？」

「はい。もう二年ほどになります」

「ＭＲはそんな雑用までやるのですか」

「しょっちゅうというわけではありませんが、頼まれれば基本的に何でもやります」

「是枝先生からは、こうした依頼がよくあるのですか？」

「いいえ。どちらかというと珍しいですね。先生は、きっちりけじめをつける方ですので」

「なるほど。あなたが先生を訪ねたのは何時頃でしょう」

「午後七時でした。先生は時間にうるさい方ですから、少し遅れて焦りました」

「雑誌を引き取ってからここへ？」

「はい。昨夜はその後で会合がありまして。車は一晩ここに駐めておく予定でした」

「そうですか」

福家は手にしたストップウォッチに目を落とした。

「あのぅ、足立さんの件は事故だと聞きましたが、何か不審な点でも？」

「不審なことというか、よく判らないことがいくつかあるのです」

「は？」

「鈴木さん、走るのは得意ですか？」

「私？　こう見えても中高と陸上部でした。短距離は得意でしたよ」

福家の目が不気味に輝いた。

「一つ、お願いがあるのです。ここから南階段を下りて、詰所奥のドアから外に出てほしいのです。一分以内に」

「一分⁉」

「元陸上部のあなたでも無理なら、あきらめがつきます」

「しかし……」

「お願いします」

相手は警察官だ。断れる雰囲気でもない。鈴木は上着を脱いだ。週に二度ジムに通い体力は維持している。一分か。挑戦する価値はある。鈴木は屈伸運動を始めた。

十

午後四時前にようやく外来の診療を終えた。部下二人と共に一〇三人、結局、昼食も満足に取れなかった。

最後の患者は二十代の女性で、アトピー性皮膚炎の治療に通っていた。保湿とステロイド剤の使用で、症状はかなり改善している。このまま経過観察すればいいだろう。必要な事項をパソコンに打ちこむ。

「では、二週間後に」

女性は礼を言って、診察室を出ていった。

肩と目の奥に、疲労を覚えた。肉体の衰えを実感する。精神力だけでカバーできる年齢ではなくなったということか。

ドアがノックされた。患者が戻ってきたのだろうか。

「どうぞ」

入ってきたのは福家だった。

「何だ、君か」

是枝はカルテをファイルに挟み、看護師に渡す。

「お疲れのところを申し訳ありません。受付で、診察が終わったばかりだとうかがいましたので」

「ならば、いまが私に許された貴重な休息時間であることも、お判りだろうね」

「それは重々承知しています。ですが……」

「ともかく、お坐りください。何ならコーヒーでも持ってこさせましょうか？」

「とんでもない。そんなことまで……」

「冗談だよ。ここは飲食禁止だ。それで、今度はどんな用件かな？」

「実は、これといった用件ではないのです。鑑識の二岡という者が捜査を手伝ってくれていたのですが、体調を崩しまして。彼は先週まで、この病院に入院していたのです。慌てて診察を受けたところ、術後の無理がたたったらしく、再入院になってしまいました。多少、責任を感じたもので、お見舞いに……」

「待ってくれ。部下の見舞いついでに、用もないのに私を訪ねたのかね」

「いいえ、用がないわけではないのです」

「どっちなんだ」

「昨夜の午後九時から十一時の間、先生はどこにいらっしゃいましたか」

「これは驚いた。アリバイ調べというやつか。すると君は、足立君の死を他殺と断定したわけだ」

「それが、まだ断定というところまでは。いまある証拠だけでは、上司を納得させられません。いろいろと細かいことを気にする質《たち》でして」

「その上司に同情するね。君のような部下を持って、さぞ苦労が絶えないだろう」

実に判りやすい嫌味をぶつけたが、福家にはまったく通じていないようだ。

「いえ、そうでもないらしいのです。何だかんだ言いながら、結局は好きにやらせてくれます。それで、先ほどの質問ですが……」

「自室にいたよ。一人で。論文のゲラ校正をやっていた。徹夜になったよ」

「論文の校正……と」

福家はどこからともなく取りだした手帳に書きこんでいる。

「そのゲラはお手許に？」

「原本は送ってしまったがコピーならある。持っていくかい？」

「よろしければ、ぜひ」

「帰りに受付で受け取れるようにしておこう」

「恐れ入ります」

是枝は内線で事務の女性に指示する。受話器を置くと、福家を見た。

「そうだ、ゲラは午後七時ごろに届いた。事務員が証言してくれるだろう。かなり修正箇所が多くてね、結局一晩がかりで校正し、朝、戻したのだ。とても人を殺している余裕はなかったよ。これはアリバイにならないかね」

福家は「うーん」と首を捻《ひね》る。

「残念ながら、不成立です。校正はあなたの部屋以外でもできますから」

福家はさりげない調子できいてきた。

「そのゲラは、昨夜お邪魔したとき、デスクの上にあったものですか？」

「さすがに抜け目がないな。その通りだ」

「校正はずっとお部屋でされていた」

「そうだ」

「気分転換に、場所を変えたりなさいました？」

「していない」

「あのゲラは、私が見た限り、端が丸まっていました。そう、一度筒状に丸め、元に戻したように。デスクで作業をされていたのに、どうして、あのような跡がついたのでしょう」

「ゲラは宅配便で送られてきた。運搬の途中でそうなったのだろう」

「真ん中に折り目もついていました。デスクの上は充分なスペースがあるのに、どうして折ったりなさったのです？」

「習慣でね。ゲラは大きくてかさばるだろう。カバンに入れやすくするために、折ることにしている」

なおも口を開こうとする福家を制し、是枝は言った。

「君は他殺の線にこだわっているようだな。ではこちらからも質問させてもらおう」

「どうぞ」

「足立君が亡くなった立体駐車場に、監視カメラはないのかね」

「二階から四階の駐車スペースにはありませんが、一階の出入口に二機、設置されていました。また、詰所に警備員が常駐しています」

「車と人の出入りはほぼ完全に記録されているわけだ」

「はい」

「当然、確認したのだろうね」

「昨日から丸一日分、チェックしました」

「で、怪しい人物か怪しい車は？」

「確認できませんでした」

「おかしいじゃないか。足立君の死が他殺なら、当然犯人がいるはずだ。犯人はどうやって入り、どうやって出ていったのかね」

福家は目を伏せたまま首を捻る。

「そこのところは、まだ何とも」

「だが君のことだ。考えはあるのだろう？」

「はい」

「聞きたいね」

「ご存じかどうか判りませんが、駐車場一階には、車が出入りする場所のほか、警備員詰所の奥にあるドアからも出入りできます。そこには防犯カメラがないのです」

「だが、そこを通ると警備員に気づかれるだろう。もっとも、警備員も人の子だから、居眠りしたり、一服しに行ったり……」

「詰所にもカメラがありまして、それを確認しました。昨日に限っていえば、そのようなことはありませんでした」

「となると、せっかく君が見つけたドアも無駄になってしまう」

「唯一の例外は、足立さんが転落したときです。音に驚いた警備員は詰所を飛びだし、四階へと走りました」

「なるほど。その間、詰所は空っぽだった。犯人は堂々と詰所奥のドアから……いや、そうもいかないか。警備員は階段を駆け上がったんだろう？　だったら、逃げようとして下りてくる犯人と鉢合わせしてしまう」

「駐車場には北と南の両端に階段があります。犯人は鉢合わせを避け、南階段を使った可能性が高いのです」

「ほう、階段が二箇所。ならば、君の推理は成立する。で、警備員が詰所を空けた時間はどのくらいかね？」

福家が再び顔を伏せる。

「カメラの映像を計測したところ、四十六秒でした」

「速いな」

「ええ。優秀な方で、一気に階段を上がって現場を見ると、手をつけずに駆け下り、詰所の電話で救急車を呼びました」

「犯人は四十六秒で南階段へ行き、一階まで駆け下り、詰所前を通ってドアから外に出るわけか。間に合うのかね」

「何度も実験したのですが、一分を切るのは難しいようです」

「実際に走らせたのか。それは興味深い。時間があれば私も走りたいくらいだ。こう見えて、足には自信があるのでね」

福家は無言である。是枝は立ち上がった。

「では、失礼するよ。これから回診だ。楽しかったよ。受付で論文のコピーを受け取ってくれたまえ」

　坐ったままの福家を残し、是枝は診察室を出ようとした。

「出る方はともかく、入る方は」

　是枝の足が止まる。

「何だって？」

　福家が椅子ごと、くるりとこちらに向き直った。

「先生は気になりませんか、犯人がどうやって駐車場に入ったのか」

「どうやって出たのか判らんのに、どうやって入ったか議論しても仕方なかろう」

「入る方法はあるのです」

　福家は立ち上がり、是枝の正面に立った。

「誰かの車に潜んで駐車場に入る。運転手が立ち去った後、車を出て時を待つ」

「可能だろうが現実的ではないと思うね。まず、ドライバーや同乗者に気づかれず車に潜むというのは、なかなか難しい。足立君が転落する前、最後に車が入ったのは何時かね」

「午後八時五十分です」

「死亡推定時刻は？」

「警備員の方が音を聞いたのは、九時四十五分くらいです」

「つまり犯人は、最低でも約一時間、駐車場内に身を隠していたというのか？」

「もし犯人が、冷静で、自分を完璧にコントロールできる——そう、ちょうど先生のような人物だったら、それも可能だと思います」

「それは買いかぶりというものさ。私はそこまでの域には達していないよ」

「多々良製薬の鈴木さん、ご存じですよね」

「私の担当だからね。よく知っている」

「先生は昨日、大量の雑誌類を処分なさいました。その運搬に鈴木さんをお呼びになったとか」

「ああ、呼んだ。だがどうして……ああ、彼はその駐車場に車を駐めたんだったね。あんなことがあって、車の出入りは禁止、駐車していた車も徹底的に調べられたわけだ」

「車内は先生のところから運びだした荷物でいっぱいでした。何者かが箱の間に潜んでいてもドライバーの鈴木さんは気づかないでしょうし、駐車場に入る際、警備員に見つかることもない。あとは、鈴木さんが駐めた後に車を出て、いずこかで待つ。駐車場の四階に避難器具収納庫があります。あの中にいれば、人が来ても気づかれません」

いつの間にか、是枝は笑っていた。自然に笑みが浮かぶなど、いつ以来だろうか。福家を前にして、奇妙な高揚感に包まれていた。

「なるほど。そうやって入る可能性はあるわけだ。だが、残念ながら、それを証明するものはない」

「ええ、いまのところは」

「いまのところは、か。ところで、先ほどから気になっているのだが、君、首筋に虫刺されの痕がある」

「お気づきでしたか。少し前に刺されたのですが、なかなか治らなくて」

「ちょっと見せてごらん」

是枝はカード型ルーペをだしながら言った。

「ふむ、ただの虫刺されだが、掻《か》いたから悪化したのだろう。よければ……」

ルーペをデスクに置いた是枝は、カバンから軟膏入りの容器を取りだす。

「薬を塗ろうか？」

「お願いします」

容器の蓋を取り、半透明の軟膏を指ですくう。

「念のため言っておくと、これはステロイド軟膏だ。怪しい成分は入っていない」

「医師としての先生は信用していますから」

赤くなった皮膚に軟膏をすりこむ。

「保湿剤と混ぜてある。分離しやすいので、最適の配合を見つけるのに苦労した。自分で言うのも何だが、これは効くよ」

「ありがとうございました」

「これ以上掻くと、痕が残る」

ルーペをポケットにしまう是枝に対し、福家はぺこんと頭を下げた。

「そのお薬は、いつも持ち歩いておられるのですか」

「これでも医師の端くれだからね。実を言うと、妻と知り合ったのも軟膏がきっかけなのだよ。恵比寿《えびす》のバーだったか、たまたま隣に坐ってね。手の甲に火傷《やけど》の痕があったから、薬を塗ってやったのだ」

「素敵な話ですね。聞くところによれば、先生の奥様はこの病院の……」

「そう、院長の娘だ。その縁もあって、部長という地位に安住していられる」

「先生はいくつも論文を発表され、多くの患者さんのために寝る間を惜しんで仕事をされています。いまの地位は、ご自身で摑まれたものだと思いますが」

「嬉しいことを言ってくれる。私には味方が少ないから、良く言われることはあまりないのだ。しかし、そんな風に言ってくれたのが捜査一課の刑事で、私を殺人犯と疑っているんだから、何とも皮肉だな」

是枝は福家に背を向け、人気のない廊下に出た。理由は判らないが、少し喋りすぎてしまった。

## 十一

詰所を出た篠塚努が手を振ると、あの女刑事がぺこんと頭を下げた。

待ち合わせたのは立体駐車場の裏手である。駐車場とマンションに挟まれた路地は北側で日が差さず、人通りもほとんどない。あるものといえば、放置自転車や家庭ゴミ、それを漁りに来るカラスくらいのものだ。

「いやあ、わざわざすまないね、福家さん」

「いいえ。実に興味深い情報ですから」

「さっきまであそこにいたんだよ」

篠塚は通りの中ほど、発泡スチロールや段ボールが積み重なっているあたりを指す。

「たまに掃除してるんだけど、ひっきりなしに捨てていきやがる。追いつかねえ」

「ひどいですねぇ。捨てているのは特定の人間だと思います」

「ここをねぐらにしてるヤツにとっては、適度に汚れている方がいいんだろうけどね」

篠塚は福家を置いて路地を走る。

「おーい、熊さん。出てきてくれ」

返事はない。嫌な予感がした。篠塚はそっと段ボールの陰をのぞく。予感は的中。ここを根城にしているホームレスの熊さんは、頬を赤く染め、気持ちよさそうに眠っていた。

篠塚は熊さんを引っぱり起こす。

「困るなぁ。約束したじゃないか。刑事さんに会うまで、酒は控えるって」

熊さんはうーと低く唸《うな》っただけで、目を覚ます気配はない。

「ちょっと、熊さんてば。弱ったなぁ」

福家が近づいてきた。

「福家さん、こいつが話していた熊なんだけど、約束を破ってすっかり出来上がってる。一文無しだって言うくせに、酒だけはどこからか調達してきて……」

「この方が情報をお持ちなのですね？」

「ああ。そう言うんで、刑事さんに連絡したんだけど、何とも申し訳ない。こんなことになるなんて……」

福家は気分を害した様子もない。

「私のことはいいのですが、この方の情報を知りたかったですね」

「それは俺が聞いています。本人の口から刑事さんに伝える方がいいと思ったんだが、かえって手間になってしまった」

「手間だなんてとんでもない。情報をいただけるのはありがたいですから」

「熊さんが言うにはね、ゆうべはここじゃなくて、駐車場の南側で寝ていたらしい。で、缶ビールを空けてうつらうつらしてたら、救急車のサイレンで叩《たた》き起こされた。昨夜は大通りが渋滞だったから、駐車場前の道を通ったようなんだ。安眠を妨害された熊さんは、いつものねぐら、つまりここに戻ろうと立ち上がった。そのとき、南側の非常階段で何かが落ちる音を聞いた」

福家はさっと見上げる。

「落ちる音というのは、どんな？」

「熊さんが言うには、階段を何かが転がり落ちる音だって」

「つまり、人がですか?」

「そこまでは判らんようです。ただ、甲高い金属音で耳障りだったと言ってたなあ」

福家は駐車場の壁を見上げて、ブツブツ言っている。道端で酔っ払いが高いびき、道の真ん中では刑事が独り言。篠塚は、自分ひとり生真面目に走り回っているのがバカバカしくなってきた。

「刑事さん、もういいですかね。仕事に戻らないと」

「はい、ありがとうございました」

「熊さんは……どうしよう?」

「あとで警察の者を寄越《よこ》します。ある程度お酒が抜けたら、供述していただくことになると思います」

「へ⁉ 熊さんの話、そんなに重要なの?」

「ええ、とても助かりました。おかげで、謎が一つ解けたのですから」

十二

コートのポケットに両手を突っこんで、是枝は立体駐車場を見上げた。夜の闇に、ほの白い外壁がぼんやりと浮き上がって見える。営業はまだ再開されていない。バーは下りたまま、警備員の詰所も空っぽだ。

通路を進んでいくと、柱の陰から若い制服警官が現れた。

「是枝先生ですね。福家警部補が、ここでお待ちくださいとのことです」

にこりともせずそう言うと、詰所奥のドアから出ていってしまった。

「おい、どういうことだ？　謎が解けたからここに来いと言われたんだ。警部補はどこだ？」

苛立ちから言葉が荒くなった。それでも返事はなく、ドアの閉まる音だけが響いた。

再び静まり返ったフロアに残された是枝は、何ともいたたまれない。福家め、何を企《たくら》んでいるのか。苛々が募った。

突然、何かが落ちる物音が轟《とどろ》いた。階上の音はフロア全体に反響する。是枝が駆けだそうとしたとき、南階段のドアが開き、ストップウォッチを手にした福家が入ってきた。

「あら、是枝先生、いらしていたのですか」

怒りを抑え切れなかった。

「君！　どういうつもりだ？」

「申し訳ありません。実験の続きをしていましたので……」

「呼びつけたのは君だろう！　人をバカにするのもいい加減にしろ」

福家はたじろぐ様子もない。

「バカになんてしていません。ほら、これを見てください。ドアから中に入るまでで三十秒です。これなら、四十六秒以内にあそこのドアから外に出ることができます」

三十秒ジャストで秒針が停止したストップウォッチを突きつけられ、是枝は混乱を収拾しきれずにいた。

「実験というのは、もしかして……」

「犯人がどうやって、誰にも見とがめられず建物を出ていったか。その証明です」

福家は非常階段へのドアを開け、床から何かを拾い上げた。

「本当はこれも持ち去らないといけないのですが、省略しました」

戻ってきた福家が右手に持っていたのは、三十センチほどの鉄の棒だった。

「実際に使われたものは、これより長かったと思われますが、この長さのものしか手に入らなかったので」

「その棒はいったい何だ？　私にはまったく理解できないのだが」

「私が入ってくる前に、ものすごい音がしましたよね。あれは、階段から落としたこの棒がたてた音です」

「私をびっくりさせるのが目的なら、企みは大成功だったと言わざるを得ない」

「申し訳ありません。先生がこの程度でびっくりされるとは思わなかったので。逆に言えば、沈着冷静な先生をも驚かせる音が出たということですね。もし、こんな音を警備員が聞いたら……」

「仰天するだろうな」

「四階に足立さんがいる状況であれば、なおさらです。すぐに詰所を飛びだすでしょう」

「何が言いたい?」

「これが犯人のトリックだったのです。南階段で大きな音をたて、警備員の注意を惹《ひ》く。警備員が北階段に向かった隙に南階段を駆け下り、監視カメラのないドアから外に出る」

福家が再度、ストップウォッチをかざした。

「時間的には充分可能です」

「ふむ。筋は通っている」

「恐れ入ります。音をだすのに使ったのは、おそらく凶器に使った鉄棒でしょう。二つの用途を兼ねる。実に合理的です」

福家は意味ありげに是枝を見上げた。

「見事な推理だ、とでも言ってほしいのか?」

「いえ、実を言いますと、これは私が考えたわけではないのです。事件の発生時刻に北ではなく南の階段で物が落ちる音を聞いた人がいまして、供述を聞いて思いついた次第です」

「ほう。君の粘り勝ちというわけだな」

「ただ、いくつか問題があります」

「そうだろうな。問題がなければ面通しをするだろうし、何より、供述書を持って私のところに乗りこんでくる」

「物音を聞いたのは、串田熊五郎《くしだくまごろう》、通称熊さんという方で、この周辺で寝起きされています」

「つまりホームレスか」

「これが供述書です」

福家はポケットからコピーを取りだし、是枝に見せた。

『物音を聞き、確認に赴こうとするも、肉体が動くことを好まず、その場に止《とど》まった。甘き眠りを誘う黄金色の美酒をすすり……』

「泥酔状態だったわけだ」

是枝は思わず声を上げ、笑ってしまった。

「君は実験によって、犯人が逃走できる可能性を示した。だが、そこまでだ。犯人が実際にそうしたかどうか証明はできない。誰が彼女を殺したかについても同様だ」

「おっしゃる通りです」

「謎が解けたというのは君の早合点だ。謎はまだ解けていない」

「いえ、謎というのは、このことではなく手袋のことです」

「足立君が転落したとき片方の手袋を外していた、というあれかね？」

「はい。ずっと引っかかっていたのですが、ようやく解けました。熊さんの証言のおかげです」

「その件についてなら、私も興味があるね」

「階段の物音を聞くまで、熊さんは泥酔して眠っていました。ではなぜ目を覚ましたのか。階段の音のせいではありません。その直前に、別の何かで目を覚ましたのです。それが救急車のサイレンです。普段、この建物の前を緊急車輌《しゃりょう》が通ることはないそうです。問い合わせてみましたら、昨夜は大通りが渋滞していたので、そこを通ったと回答がありました。時間は午後九時五十三分。階段上で足立さんが殺害されたと思われる時刻です」

「君はいま、手袋について話しているんだぞ」

「犯人は何らかの理由で足立さんの手袋を外したのです。本当は、はめ直してから逃げるつもりだったのでしょう。けれども、それができなくなった」

「サイレンのせいでかね？　仮にも人を殺そうと考える人間が、サイレンごときに驚いて逃げだすとは……」

「音に驚いたわけではないのです。この建物の向かいにマンションがあります。聞きこみによれば、四階に住む男性が昨夜、サイレンに驚いてベランダに出ました。ベランダは、現場が真正面に見える位置です。犯人は男性に目撃されることを恐れ、手袋をはめ直さずに逃げたのです」

「なるほど。一つ質問させてくれ。男性がベランダに出ていた時間は？」

「二分ほどだったとか」

「ならば、その後で現場に戻ればいいじゃないか。君の言う音のトリックを使ったのであれば、犯人は急いで現場を離れる必要はないわけだろう」

　福家は人差し指をピンと立て、うなずいた。

「さすが先生です。犯人も同じことを考えたのでしょう。ただ……」

　福家はバッグから現場写真の一枚をだす。郁美の右手のアップだ。

「右手親指に血がついています。ベランダの男性をやり過ごしているうちに、血だまりが広がり、指に血がついてしまったのでしょう。そうなると、手袋をはめ直すことはできません。手袋をしているのになぜ指に血がついているのか、疑問が生じますから」

　是枝は無言で続きを待った。だが、福家は黙っている。

「君の話はそれで終わりかね」

「はい」

「たしかに、手袋の謎は解けたように見える。だが、音のトリック同様、あくまでも可能性にすぎない。第一、手袋を外した理由は不明だし、そもそも足立君の死が殺人だというのは、君の考える可能性の一つにすぎないではないか」

「おっしゃる通りです」

「その点については、素直に認めるのだな」

「ええ」

「そう言いながら、君はまだあきらめていない。何とかして私を追い詰めようと考えている」

驚いたことに、福家ははっきりとうなずいた。

「私には確信がありますから。あなたが犯人だという」

「だが証拠はない」

「その通りです。警察はお手上げです」

福家はそう言って、両腕を上げた。是枝は勝利を確信する。

「では、帰らせてもらうとしよう。安心したまえ、今回の件を上司に報告したりはしない。警察の横暴を訴えるつもりもない。君は明日から、別の事件を追えばいい」

「はい。そうします」

「では、失礼するよ」

「先生、最後に一つだけお願いが」

「私に頼み事ができる立場だとは思えないが？」

「首筋が痒くてたまらないのです。もう一度、診ていただけませんか」

「何かと思えば」

是枝はポケットからカード型のルーペをだし、福家の背後に回った。拡大鏡を使うまでもなく、刺された痕は沈静化していた。

「この状態で痒い？　おかしいな」

福家が一歩進んでくるりと振り向き、是枝のルーペを指す。

「先生、それを押収します。ポケットにある軟膏も一緒に。いま令状をお持ちします」

是枝はルーペを手に、呆然と立ち尽くす。

数人の男がやってきた。皆、制服を着ている。先頭の男を見て福家が声を上げた。

「あら二岡君。入院したのではなかったの」

「今夜のことを聞いて、外出を認めてもらいました。この仕事が終わったら戻ります」

二岡と呼ばれた男は是枝の脇に立ち、ルーペを渡せと無言の圧力をかけてきた。

「何だ、このルーペがどうしたというんだ？」

「先生は、患部を診るときいつもルーペをお使いになる。そして、軟膏は直接、指におつけになる。その過程で、ルーペにも軟膏が付着しているのではないかと考えました」

「それは……付いていても不思議はないが」

福家は肩にかけたバッグから、一枚の写真を取りだした。

「被害者の右手首です。ここのところ、お判りになりますか。小さな文字が書いてあります」

「ああ、そのようだね」

「被害者は携帯で話しながら、ここにメモを書く癖があったそうです。6―15―市とあります。6は六日、15は十五時、市は病院名で……」

「それが、ルーペや軟膏の押収とどう関係するんだ？　君、いい加減にしないと……」

「被害者の手袋は外されていました。従って、犯行時、犯人もこの文字を見たと思うのです。そこで私、考えました。もし犯人が非常階段の暗がりでこの小さな文字を見たら、気になって仕方がないのではないか。何が書かれているか、絶対に確認したくなる、と」

福家の目が、是枝の手にあるルーペに注がれる。

「もしルーペを持っていれば、使うだろう。そこで、遺体の右手首周辺をもう一度、調べ直してもらったのです」

「何か出たのかね」

「いいえ」

「そうだろうな」

「ですが、被害者の手袋からは出ました」

「何?」

「犯人がルーペを使ったとき、そこに付着していた薬が犯人のはめていた手袋に移ったのです。そして犯人はそのまま被害者の手袋を掴み、移動させた。被害者の手袋から、微量ですがステロイド軟膏の成分が検出されたそうです。その軟膏には保湿剤が配合されていました。混合比率は……」

是枝は手を上げて、福家の言葉を止めた。ルーペと軟膏入りの容器を、二岡という鑑識課員に差しだす。

「何てことだ……」

是枝が築き上げてきた過去、これから迎えるはずであった華々しい未来が、すべて崩れ去っていく。その向こうに見えるのは、郁美の毒々しい笑い顔だ。

是枝は拳を握り締める。

「あんな女のために……」

「もう一つ、お伝えすることがあります」

福家は、いままでとは打って変わった険しい目で是枝を見ていた。

「検死の結果判明したのですが、足立郁美さんはステージ四の肺癌《はいがん》でした。余命半年から一年の宣告を受けていたそうです」

是枝の足からストンと力が抜けた。何かにすがらねば、立っていられないほどの衝撃だった。

そんな是枝に、福家は容赦なく言葉を浴びせる。

「足立さんには、判っていたのかもしれません。あなたに離婚する気のないこと、自分への愛情などまったくないこと、そして、追い詰めればどういう行動に出るかも」

「……バカな」

「彼女は自分の命と引き換えに、復讐《ふくしゅう》をしたのです。そしてあなたは、まんまと彼女の術策にはまった」

「そんな……そんなはずはない。この私が、あんな女に……」

「あんな女。そう思っていた足立郁美さんに、是枝先生、あなたは負けたのです」

# ガンコロリン

海堂　尊

海堂　尊（かいどう・たける）
一九六一年、千葉県生まれ。医学博士。外科医、病理医、Ａｉ情報研究推進室室長。二〇〇五年、『チーム・バチスタの栄光』で「このミステリーがすごい！」大賞を受賞し翌年デビュー。同作はベストセラーとなり注目される。〇八年、『死因不明社会』で科学ジャーナリスト賞受賞。他の著書に『ジェネラル・ルージュの凱旋』『極北クレイマー』『極北ラプソディ』『スリジエセンター１９９１』『玉村警部補の巡礼』『氷獄』『コロナ黙示録』『医学のひよこ』『コロナ狂騒録』など多数。

1

「博士、ついにやりましたね。長年頑張ってきた甲斐《かい》があったというものです」

茫然《ぼうぜん》自失している倉田《くらた》教授の隣で、助教の吉田《よしだ》が感極まった声を出す。倉田教授はグラフ上の輝点を凝視していた。そう、このドットさえ出ればノーベル賞級、いや、それを超えるかもしれない大発見をしたことになる。

「これで、ほろほろ鳥のひらめきが……」

そう呟《つぶや》くと、吉田がすかさずフォローする。

「テトラカンタス酵素の相転換がレフトスピンに振れるプロモーション・エフェクトは、理論上は予想されていましたが、これまでは証明されていませんでしたからね」

痒《かゆ》いところに手が届くような説明を聞きながら、倉田教授は助教の吉田を見つめた。

天才型のスター研究者の倉田教授は口べただった。それは学会発表が拙い、などというレベルではない。人前に出ると、失語症的な譫妄《せんもう》状態になってしまうのだ。

今回の大発見は、悲劇的な遺伝子異常疾患に対し劇的な治療法を提供できるもので、早老病のテトラカンタス症候群の治療法にもつながる。その中身は「ヒトの正常発生時の最終段階においてテトラカンタス酵素の相転換が、癌《がん》遺伝子ギルバートZの初期発現段階におけるトリポリソームAの抑制遺伝子として機能する」というもので、専門家が聞けば、なるほど、と即座に膝を打つくらいの基本的な発見だ。ところがこれが倉田教授にかかると、単語が無関係な語に変換されてしまう。テトラカンタス酵素は緑のサイコロとなり、世紀の大発見は「緑のサイコロがころころ転がり、赤いお月さまになる」という童話みたいな説明になってしまう。

これではまるで、研究に行き詰まり幼児退行した研究者だ。

だが、天はこの天才を見捨てなかった。入局してきた新人の吉田がなぜか、倉田教授の言葉を完全に正確に翻訳できたのだ。奇妙奇天烈な倉田語を聞くとぱちんと手を打ち、「なるほど。トリポリソームAとの関係を位置づける、ポロッタ－Pの発現上昇を証明できれば、この律速段階の反応が制御できるんですね」と、打てば響くように答えてくれるのだ。

学会発表では、倉田教授は喉を痛めているということにして、吉田が側に侍《はべ》り、質問に対する倉田教授のおとぎ話的な回答をすかさず翻訳するというやり方で乗り切ったのだ。

「赤いロウソクが大河を渡るときに必要な、黄色いフェリーの時刻表を調べる」という倉田語を、「その問題はリバプール遺伝子群のサッカリン統御問題に帰結すると思われます」と瞬時に吉田が通訳するわけだ。

考えを口にする寸前までその説明とまったく同じ文章が浮かんでいるのに、いざ言おうとするとなぜか、「黄色いドラム缶」だの「屋久杉のトックリ」などという得体の知れない言葉に自動変換されてしまうということを正直に告白すれば、あるいは倉田教授は精神科領域の大スターになれるかもしれないが、ひとつ間違うとお笑い芸人界に引きずり込まれてしまう危険もある。

こう書くとお笑い芸人をバカにしているかのように思われるかもしれないが、実は正反対だ。お笑いの世界ほど競争が激しく、ライバルの凄《すご》さを感じさせる領域はないと思っているが故のリスペクトであり、リスペクト故の敬遠なのである。

敬遠という言葉は、敬して遠ざける、という意味なのである。

今回の画期的な研究成果をひとことで言うと、「飲むだけで癌を抑制できる、夢の予防薬ができた」ということだ。素人でもそれが画期的な新薬だと理解できるだろう。

素晴らしい発見だった。この反応が証明できれば安価な基本薬、ペニシリンに数回、簡単な化学反応をさせるだけで癌の予防薬と特効薬が同時に出来てしまうのだから。

「そうそう、何せこのコンニャク大魔神は無敵だからな」

倉田教授がそう言うと、助教の吉田は珍しく顔を歪《ゆが》めた。

「教授のクセは重々承知しておりますが、さすがにこの薬をコンニャク大魔神というのだけは、何とかなりませんか？」

「吉田君はコンニャクが嫌いなのか？」

「いえ、そういうことではなくてですね……」

吉田は言い淀《よど》んでいたが、やがて意を決して顔を上げると、続けた。

「この世紀の大発見の後には取材が殺到するでしょう。もちろん先生のお側で翻訳させていただきますが、ノーベル賞級の発見となると、私が対応できなくなる可能性もあります。ですのでせめて名前くらい、ご自分で言えるようにしていただかないと」

倉田教授は納得した。だが、納得することと対応できることは違う。

倉田教授の中ではこの夢の癌特効薬がコンニャクで出来た大魔神像に自動変換されてしまうのだからどうしようもない。だが吉田は根気強く、問いかける。

「何か他のイメージになりませんか。言い換えのヒントが見つかるかもしれません」

倉田教授は助教の吉田の言う通り、自分の中の夢の癌特効薬のイメージを変形させてみる。するとコンニャク大魔神はぐにゃぐにゃと動き、黒い丸い物体になった。

「……おにぎり」

「コンニャクからおにぎりですか。よっぽどお腹が空いているんですね、倉田先生は」

吉田は呆《あき》れ顔で言う。と倉田教授は首を振る。もともと彼は草食動物のように小食だ。

すると倉田教授の心象風景の中で、海苔に包まれたおむすびがころりと転がった。

「……おむすびころりん」

「やれやれ、日本昔話に逃避するなんて、私がいじめっ子みたいじゃないですか」

次の瞬間、吉田は口の中で何かをもごもごと言い始める。そして倉田教授に言う。

「ん？　おむすびころりん……先生、ころりん、というイメージだけ残せませんか？」

自分の中のイメージを操作されるのは初めての経験だったので多少戸惑い、少々むっとしながら目を閉じて考える。すると夢の癌特効薬兼予防薬はコンニャク大魔神から丸いおむすびに変わり、それがころりと転げて輪郭だけが残された。

そのイメージが、そのまま口をついて出た。

「ガンコロリン」

吉田はぱちんと手を打つ。

「癌特効薬だから癌がころりん、ガンコロリンなんて素晴らしいネーミングです」

倉田教授はガンコロリン、ガンコロリン、と繰り返した。すると教授の中で特効薬のイメージと、ガンコロリンという言葉の響きがぴたりと重なり合った。どれくらいぴったりかというと、ガンコロリンの前では、コンニャク大魔神もおむすびころりんも入り込む余地がないくらいのフィット感だった。

「よかった。これなら倉田先生のけったいなイメージに引きずられずに翻訳できます」

わがことのように喜んでいる吉田を見ているうちに、研究が一段落したら、カニをご馳走してやろうと思った倉田教授なのであった。

## 2

サンザシ薬品の創薬開発部の木下《きのした》部長は悩んでいた。正確に言えば部屋で息を潜め木下をちらちらと見ている部下たちに、悩んでいるように見えるよう振る舞っていた。

だが、悩みがないわけでもない。実際に悩みは深かったが、木下は深刻ぶる性格ではなかっただけだ。営業上がりなのに、ひょんなことから開発部門のトップに祭り上げられた。社内の政治力学の賜物だ。ライバルは異例の出世を羨んだりやっかんだりしたが、本人にしてみればさほどおいしい状況ではない。営業部から引き離されたため接待費を使えなくなり、クラブやスナックの飲食代をねじこめなくなり、木下のプライベートライフは貧弱になっていた。

──営業課長の方がよかった。

開発部部長の悩みは根深い。創薬開発部は新薬を作り出す研究部門だが、画期的な新薬などそうそうできるものではない。試験管レベルでの実験段階でいけると思っても、次段階のマウス実験レベルで致命的な副作用が出現してお蔵入り、などは日常茶飯事だ。新薬の製品化など滅多になく、ましてやその薬が爆発的に売れるなどということは、少なくとも木下は一度も経験したことがない。そんなサンザシ薬品がここまで生き延びてこられたのは、日本的な企業体質を徹底的に追求したおかげだ。独創的な新薬が出るとすぐにコピーし、売り出す。こうした薬をゾロ薬《やく》と呼ぶ。

「マラソンの先頭ランナーは辛《つら》い。二番手で行き、ラストでトップに躍り出るのが効率的だ」というのが先代社長の決まり文句だった。

開発は二の次、ゾロ薬を徹底して売り伸ばし、セールスでナンバーワンになれ、というわけだ。だからサンザシ薬品では営業部が花形で、その花形部署のトップセールスを誇ったのが、若き日の木下だったのである。

だが「サンザシ薬品はゾロの帝王、薬品ゾロリだ」などと自画自讃《じがじさん》して悦に入っていた先代社長が肺炎でぽっくり亡くなった。二代目はロクデナシというのが通り相場だが、跡を継いだ二代目社長は、ケセラセラの先代社長を反面教師としたのか、真面目の上にクソがつくくらい真面目だった。先代の四十九日の喪が明けるのを待って社長に就任すると、翌週から勇躍、社内の機構改革に乗り出した。

ゾロのサンザシというレッテルを剝がすべく、創薬開発に力を入れる方向にシフトするという、社是をひっくり返す一大方針転換は志が高く、まっとうすぎて古参の重役連中も反対できなかった。もっとも、強力なワンマン社長の下、イエスマンばかり揃《そろ》えた前社長の腹心たちに、新社長に異を唱える硬骨漢もいなかったのだが。

そんな社内機構改革の真っ只中《ただなか》、営業課長の木下は社長室に呼び出された。

「木下君、君はサンザシ薬品を牽引《けんいん》してきてくれたトップセールスマンだ。その突破力を生かし、今後は創薬開発部門の再生に尽力してくれ」

木下は途方に暮れた。自分は薬の売り子としては有能だが、創薬などできるはずがない。がまの油売りが、がまの油を自分では作れないのと同じ理屈だ。だが、異議を唱えることはできなかった。どこからどうみても部長の椅子は栄転だし、社長の所信表明演説で、創薬部門がこれからの主力になることもわかっていた。断る理由などどこにもなく、会社を辞めますとでも言わなければ誰も納得しない。しかも木下はサンザシ薬品が気に入っていたので、辞める気持ちなどさらさらなかった。

人が羨むような栄転辞令をしぶしぶ受けたこの瞬間、サンザシ薬品から有能な営業課長がひとり消え、無能な創薬開発部部長がひとり誕生したのだった。

そもそも、他の会社の画期的な薬を効率よくパクって新しい薬に見せかけることに粉骨砕身すればよい、という前社長の方針を頑なに守り続けた創薬開発部門の研究者たちに、いきなり画期的な薬を作れと方向転換を指示したところで、できるはずもない。人間通だけあって、そうした内部事情を看破した木下は、新社長に気づかれないようにこっそり方針転換しある日、朝礼で言った。

「諸君はこれまで、画期的な薬を作る工夫をしたことなど、一度もない。そうだな?」

五名の部員は顔を見合わせたが、一番年かさのキャップの多々良《たたら》が答えた。

「おっしゃる通りです、部長」

「ところが新社長は画期的な薬を開発せよ、とのご命令だ。しかしこの一ヶ月、諸君の働きをみていると、そのような気持ちが薄いように思われるがどうだ？」

「おっしゃる通りです、部長」

コイツは上司に対し、この言葉ひとつで済ませてきたんだな、と確信した木下は憮然とする。だが話を進める上ではこの答えは都合がいいので、咳払《せきばら》いして続ける。

「そこで提案がある。私は新社長の命令に従いつつ、その中身を少し修正しようと思う。画期的な新薬をここで開発するのではなく、新薬を開発している大学の研究室とタイアップするのが一番効率がいいように思うが、どうだろう？」

「おっしゃる通りです、部長」

さすがに多々良に対し殺意が浮かんだが、木下はそれを呑《の》み込んで言った。

「では今後の方針を指示する。大学の薬学教室との共同研究企画を提出したまえ。ただし東京の大学は除外する。新幹線で少なくとも一時間以上かかる小都市にあり、かつできればこれまで目ぼしい業績がない大学が望ましい」

「お言葉ですが、後の方の条件の意味がよくわかりません」

質問したのは一番若い女性、といっても三十代半ばで未婚の大浜《おおはま》だ。

「理由は簡単だ。業績がなければ協力金を値切れるだろ？」

だが、実は木下にとって東京から新幹線で一時間以上かかる場所、という条件の方が重要だった。交通費を誤魔化し、遊興費として落とせるからだ。こうして木下は新しい枠組みを提案し、独創性のない部員たちと折り合いをつけた。あとはたまに巡回にくる新社長の目を誤魔化せばいい。それは木下にとってはお手の物だ。そうやって木下は出世街道を駆け上ってきたのだから。

　かくして、三ヶ所の研究協力大学が選定された。

　木下がかつて営業で勤務していて土地鑑がある、桜宮《さくらのみや》市の東城大学。

　木下はうどんが大好物だったので、四国の金比羅《こんぴら》大学。

　そして北海道は雪見《ゆきみ》市にある極北《きょくほく》大学である。

　ちなみに木下はカニも大の好物だった。


　一年が過ぎ、研究協力大学からの吉報はなく、社長が木下を見る視線が次第にとげとげしく感じられ始めていた。なので木下は、いかにも悩んでいるように見える素振りをしていたのだった。

　そんなその朝、電話が鳴った。応対していた大浜が「直ちに検討させていただきます」と答えて電話を切ると、木下の机にやってきた。

「極北大の倉田教授から、画期的な薬を開発したとの報告がありました」

　ここのところ、画期的な薬を開発した、というのは部下たちの報告の枕詞になっていたが、「眠たくなってから飲むとよく眠れる薬」（眠たくなれば飲まなくても眠れる）だの、「講演会の前に飲むと滑舌がよくなる薬」（講演会に出るという対象者が少ない上、講演会に出て喋《しゃべ》るようなヤツはそんな薬を飲もうなんて思わない）など、どうでもいいような薬ばかりだった。木下が鼻毛を抜きながら「どんな薬だって？」と尋ねると、大浜は半信半疑の口調で答えた。

「ガンコロリン、だそうです」

その瞬間、木下の脳裏に、おむすびころりん、という昔話が浮かんだ。小学校の学芸会で主役のおじいさん役を演じた自分が、あたふたとおむすびを追いかけて小さな穴に吸い込まれていくという芝居をした時の記憶が鮮やかに蘇《よみがえ》った。

3

木下は大浜と北海道へ向かった。極北大学薬学部・倉田研で開発されたガンコロリンという新薬の中身を確認するためだ。こうした場合現地に飛ぶ必要はなく、東京に来てもらっても構わない。相手も東京で接待を受けられるから、その方が喜ばれたりする。だが木下は即座に極北大行きを決定した。冬の真っ盛り、カニも真っ盛りの季節だったからである。こうした場合、部長の木下に同行するのは開発部キャップの多々良だが、今回は本人の強い希望で、電話を受けた大浜を帯同することになった。木下が渋面になったのは、女性の部下が一緒だと仕事の後のお楽しみ、ススキノ探訪がオジャンになってしまうと心配したからだ。

だが、実は大浜もカニが大好物だったのだ。

大浜が隠し持った真の同行理由を、機上での会話で探り当てた木下はひそかにほくそ笑んだ。これならカニさえ食べさせておけば、仕事の後に羽を伸ばしても、問題なさそうだ。同時に、こんな風にとんとん拍子に行く時は、得てして落とし穴があるものだということを、木下は長年培った経験から予感していた。

そして木下の予感は半日後、ずばり的中してしまう。

そう、木下の一行はカニを食することはできなかったのだ。

機体が降下します、というアナウンスに反比例して、期待を上昇させていたふたりに、そんな悲しい未来が待っていることなど、想像すらできなかった。

※

「うう、しばれますねえ」

大浜が両肘を抱き、ぶるりと震える。地味な顔立ちなのに、粉雪が舞う北国の白い町をバックにすると、そこそこ可愛くみえてしまうのは〝スキー場での美人度二割増しの法則〟だ。だが思い切り厚着のその姿は灰色の雪だるまのようにも見え、一瞬可愛いと思えた幻想はあっという間に地吹雪と共に吹き飛ばされてしまった。

雪見線は単線で本数も少なく二時間に一本しかないので、十五分後の汽車を逃すと大変だ。ふたりは身を寄せ合うようにして駅舎へと急いだ。汽車で一時間。雪見駅に到着すると、駅前ロータリーの路上には雪が凍りついていた。

頭上で爆音が響いた。見上げると雪空に、白地に赤いラインが入ったヘリコプターが、テイクオフしたところだった。極北救命救急センターのドクターヘリだ。

「昔、桜宮にいた先生がここに移ったと耳にしたが、元気かな」

ロータリーにぽつんと止まったバスが、二人の姿を見て車体を震わせ、エンジン音を響かせる。バスの時間は、列車の到着時刻と連動しているのだろう。

バスに乗り込んだ大浜は、がらがらの座席に座ると、木下に尋ねる。

「どうして極北大学が、極北市ではなく雪見市にあるんですか？」

「極北市が財政破綻したからじゃないかな」

「さっきの看板にはSince 1999と書いてありました。それって破綻前ですよね」

うっとうしく思いながら、木下は適当に答える。

「たぶんその頃から財政が危なくて、極北大がトンズラしたんだろ」

するとうつむいて携帯をいじっていた大浜が顔を上げた。

「それは違うようです。極北市が潰れそうになったから極北大が雪見市に疎開したのではなく、極北大が雪見市に逃げ出したせいで、極北市の財政が悪化したらしいです」

どっちでもいいだろ、そんなこと、と木下はうんざり顔で大浜の横顔を眺めた。

ちぐはぐな二人を乗せたバスはのんびりと、粉雪が舞う国道を進んで行った。

一時間後。木下と大浜は、極北大学薬学部の通称倉田研の部屋にいた。ぱりっとした白衣を着こなした、若い男性が名刺を差し出しながら言う。

「はじめまして、助教の吉田です。そしてこちらが倉田教授です。ほらほら、教授、お名刺を出して」

倉田教授はこくりとうなずき、白衣のポケットから名刺の束を取り出した。机の上に並べられたのは木下と同業者、製薬会社のプロパーの名刺の束だった。その中から一段としわくちゃの名刺を選び出し、ぬっと突き出した。

木下はのけぞりながら、名刺を受け取る。返しの名刺を差し出すと、倉田教授は名刺の山に紛れ込ませ、シャッフルしてから、ポケットにしまった。

ええと、今の行動には何か深い意味があるのかな?

木下が気を取り直して尋ねる。

「で、今回新たに開発に成功したという、画期的な薬の特徴を教えてください」

もじもじしていた倉田教授は、ぼそぼそと言う。

「ええと、おむすびころりんの特徴は……」

その途端、隣の吉田が倉田教授の白衣の袖を引いた。

「違うでしょ、教授。ガンコロリンです」

「あ、そうそう、ガンコロリンの特徴は、広い野原の小さな穴めがけて一目散にころりんと」

吉田がずい、と身体を前に乗り出して、木下の視界から倉田教授を遮蔽した。

「倉田教授のお言葉を翻訳させていただきますと、癌抑制遺伝子であるテトラカンタス第五遺伝子を発現させるための特異抗原を鍵穴とすると、ガンコロリンは、そこにぴたりとはまる鍵になるという仕組みを証明したんです」

営業畑一筋だった木下にはちんぷんかんぷんだった。今の営業はMRと呼ばれ、薬物の専門試験に合格した専門家の顔を持つが、木下の頃はプロパーといい、医者の雑用が主な仕事だった。だが、大浜は研究部門に属している研究者の端くれだけあって、ぴんときたようだった。

「テトラカンタス第五遺伝子の抑制機構の発現亢進《はつげんこうしん》ですって？　まさかナチュラルキラー発現の引き金と呼ばれた、マイルストーン因子の存在が確認できたのですか？」

倉田教授がこくこくと激しくうなずく隣で、助教の吉田が冷静に言う。

「その通りです。この薬が製品化されますと、癌予防の事前投薬が可能になります」

「ほんとですか？　それって大発見じゃないですか」

なぜか助教の吉田が頭を掻《か》く。

「いやあ、それほどでも」

その様子を見て木下が小声でおそるおそる、大浜に尋ねる。

「何がそんなにすごいのかね」

すると大浜は目をくわっと見開いて、木下をにらみつけた。

「このすごさがわからないなんて信じられない。いいですか、ガンコロリンは癌の予防薬にしてかつ、特効薬にもなるんです。これまでの抗癌剤は、癌にかかった人しか買わなかったけれど、ガンコロリンは癌にかかっていない、すべての人が買うわけです。おまけに癌にかかった人も飲む。つまり日本国民が一人残らず服用する可能性のある、ポテンシャルの高い大衆薬です。抗生剤のシェア争いなんて目じゃありません。このガンコロリンのライバルは、しっとりお肌のヒアルロン酸や、〝不味い〟がウリの青汁くらいで、マーケットは今のウチが扱っている製品の十倍以上は見込めますよ」

「な、なるほど」

大浜の勢いに気圧《けお》された木下だが、すぐに営業上がりの根性を見せて立ち直る。

「それはめでたい。何はともあれ、まずは今夜はカニで乾杯だな」

「部長。部長はほんとに、製薬会社の創薬開発部の部長なんですか」

大浜は大きく見開いていた目をさらにくわっと見開く。眼球がこぼれ落ちてしまいそうだ。いや、自分は元々営業で、薬の中身なんてちっともわからないんですけど、と言い訳しそうになるのをかろうじてコラえて、こくりとうなずく。

「では、今からトンボ返りして社長に帰朝報告しましょう。お二人もご同行願います」

「え？　あのう、今からすぐに、ですか？」

助教の吉田が裏返った声で尋ねたのに対して、大浜が断固たる口調で言う。

「当たり前でしょう。あなた、それでも本当に薬学部の助教なんですか」

うくく、俺と同じ叱責をされてやがる、と含み笑いをした木下は、大変なことに気がついた。

「大浜クン、今からトンボ返りするとなると、その、つまり、今晩のカニ三昧は……」

「カニ？　そんな下等な節足動物なんてどうでもいいです。吉田先生、データのコピーを準備してください。タクシーを飛ばせば東京行きの最終便に間に合います」

「あ、はい。かしこまりました」

吉田はあたふたし、木下は部長の面目丸つぶれだとひしひしと感じ、倉田教授はひとり、ぼんやりした表情で「おむすびころりん」と呟いていた。


帰りの機内で、すっかり打ちひしがれてしまった様子の木下は、眼下に広がる雪の大地をぼんやりと眺めていた。ひとつ前の座席では、左右に倉田教授と吉田助教を従えた大浜が三人席の中央に陣取り、主に右隣の吉田と激論を闘わせていた。漏れ聞こえてくる会話のかけらからは、どうやらこの発見は本当にすごいらしいということがひしひしと伝わってきた。

だが木下にとって画期的な新薬の大発見よりも、北海道一泊カニ三昧ツアーが、いきなり無味乾燥な業務お持ち帰りの日帰り出張になってしまい、死ぬほどカニを食い倒したいというささやかな願いがあえなく潰えたことの方が問題だった。

木下は傷ついてもいた。カニ好きという共通点を見出し、ひそかにシンパシーを感じ始めていた大浜があっさり言い放った〝下等な節足動物〟なるこころないフレーズが、木下の胸にあったひそやかなカニへの憧憬を粉々に打ち砕いてしまったからだ。

ところが、そんな木下のもやもや感は帰社したとたん吹き飛んでしまった。畏れ多くも大浜が、社長を呼び出したのだ。しかも驚いたことに社長は〝散歩に行くわよ〟といわれた柴犬《しばいぬ》のように、はあはあと息を切らしながら飛んできた。

大浜のプレゼンを聞き終えた社長は、天を仰いで拳を握り、吠《ほ》えるように叫んだ。

「これでサンザシ薬品もメジャーになれる。パパ、とうとう僕はやったんだよ」

年明け。サンザシ薬品はIMDAに新薬「ガンコロリン」の薬事申請をした。発見してからわずか三ヶ月での申請という異例の早業が可能だったのは、薬の構造がペニシリンと瓜《うり》二つのため、予想される有害事象もペニシリンとの、差異部分だけ確認すれば事足りたからである。

4

時風《ときかぜ》新報社の社会部記者の別宮《べっく》葉子《ようこ》は、虎ノ門にあるIMDAに取材にきていた。IMDAとは国際薬事審議会の略称で、新薬の国内使用を決定する機関だ。厚生労働省が管轄する独立行政法人で、初代所長には元厚生労働省の医薬局長が就任している。独立行政法人と言いながらもその実態は、職員の二割は厚生労働省からの出向だ。その比率は、幹部職になると八割に激増する。現在の八神直道《やがみなおみち》所長は元厚生労働省の医療安全啓発室課長で、当時はミスター厚生労働省とも呼ばれた逸材だったが、事務次官レースに敗れ、ここに天下りしたという経歴を持つ。

「レティノブラストーマの転移抑制薬『サイクロピアン・ライオン』の認可が、先日の理事会では見送られる方針だったのが急転直下、認可されたのはどうしてですか」

「時風新報さんはいつもしつこいな。いいじゃないか。審議が遅すぎる、と非難ばかりなんだから。たまに認可がすんなり通った時くらい、褒めてほしいね」

「あの薬は直前まで八神所長だけが反対していた、という情報もあるんですけど」

「それはデマだ」

　ちらりと時計を見て、八神所長は即座に断言する。別宮は口調を変える。

「所長は現在、未来医学探究センターの所長も兼務されていますね。この認可が唐突に方向転換したのは、そちらとの関わりなのではないのですか」

「き、君は一体、何を言いたいのかね」

　あからさまに動揺を見せた八神はしどろもどろになった。別宮は舌鋒《ぜっぽう》鋭く追及する。

「あのセンターで凍眠しているスリーパーはレティノブラストーマの患者で、サイクロピアン・ライオンの認可を待つために凍眠したと、とある方からお聞きしたもので」

「ああ、そうだ。それに関連した力が加わったということもなきにしもあらず、だ。ただし裏付けは取れないから記事にはできないだろうな」

「記事にできる、できないは八神所長ではなく、ウチの部長が決めることです」

別宮葉子がにっと笑い、八神はぐっと詰まった。隣でそのやり取りを眺めていたサンザシ薬品の社長と木下、大浜は、話がとぎれそうもない様子に業を煮やしていた。

大浜が突然、二人の会話に割り込んだ。

「取材も大切ですが、こっちはＩＭＤＡの本業の薬事申請ですから、そのあたりで区切っていただけませんか。これは世界を変えるような、画期的な新薬なんです」

「ば、バカ、何を言う」

社長と木下が同時に言う。ＩＭＤＡといえばその胸先三寸で新薬の申請が滞りかねない、製薬会社からすると神の如き組織だったので、その所長のご機嫌を損なうなどあってはならないことだ。だが幸い、大浜の暴挙はプラスに作用した。

別宮の取材を切り上げたかった八神は、すかさず言った。

「確かにＩＭＤＡの本業をおろそかにしては国民に申し訳がない。別宮さん、申し訳ないが、取材は終わりだ」

別宮は、すでに八神など眼中になく、目をきらきらさせて大浜を見つめていた。

「世界を変えるような画期的な新薬って、どんな薬ですか？」

「ガンコロリン、です」

即答した大浜に、社長と木下は肝を潰した顔で言う。

「大浜クン、これはまだ企業秘密だからみだりにあちこちに言いふらしては」

大浜は社長と木下をにらみつける。

「何を弱気なことをおっしゃっているんですか、社長。これは絶好のチャンスです。薬事申請さえ通れば商品化できるんですよ。構造はペニシリンと瓜二つだから申請はあっという間に通るし、夢の癌予防薬を申請前から宣伝できるなんてラッキーです」

「癌予防薬ですって？」

別宮は瞬時に前のめりになっていた。そして、くるりと八神に向き合った。

「八神所長、この薬について時風新報が取材しても構いませんよね。もちろん申請者がOKと言えば、ですけど」

八神はほっとした口調で答える。

「もちろんですとも。何しろわがＩＭＤＡは、情報の迅速な公開を常に心がけているのですからね。こうした情報開示がなされず閉鎖的になりがちなのは、ひとえにメーカーサイドの思惑なんです」

そう言うと八神はそそくさと部屋を出ていった。

扉の向こうで「すると本日申請するんですね」という別宮の声が聞こえたが、それが後でどんな事態を呼び起こすのか、その時の八神に想像できなかったとしても、そのことで彼の浅慮を責めるのは酷というものだろう。

翌日。

『夢の癌予防薬、ガンコロリンをＩＭＤＡに申請――サンザシ薬品』という見出しの記事が時風新報の一面を飾った。そこには申請書を手に、にっこり笑う大浜女史の姿がでかでかと報じられ、その片隅におどおどとした表情の木下が写っていた。

5

日本医師会薬事検討委員会では「ガンコロリン対策委員会」なる看板の下に、四名の委員が鳩首《きゅうしゅ》会議をしていた。参加者は重鎮揃いだったが、委員会の名称があまりにもしまらないので、緊張感を失なっていた。

座長の中尾《なかお》副会長が言う。

「何ともすさまじい反響ですな」

「困ったものですね。実際の薬効もわからないのに、やたら煽《あお》るような書き方をして」

委員の菊間《きくま》が応じる。浪速《なにわ》で診療所をやっている開業医だ。数年前のインフルエンザ・ワクチン騒動の時は陰で八面六臂《はちめんろっぴ》の活躍をしたというウワサがある。

三人目、鹿島《かしま》は外科系の開業医だ。

「ガンコロリンなる薬が発売されると、外科手術が激減します。外科学会としては看過できません」

「でも予防医学によって医療費の削減に寄与できるのでは？」

四人目の委員、内科医の笹崎《ささざき》がそう言うと鹿島が応じた。

「医療費が削減されると、医療機関がダメージをうけますよ。簡単な算数も考えずに、軽々しく理想論を言わないでいただきたい」

「医療が人々の幸せのためにあるとすれば、ガンコロリンは福音になるでしょう」

「だが外科医への死刑宣告にもなるぞ。そうか、予防医学は内科領域で、内科医は肥え太るからいいんだな」

一触即発、つかみ合いになりそうな雰囲気を、柔らかな口調で菊間が抑える。

「この場で我々がいがみ合っても仕方あらへん。今、話し合うべきは、ガンコロリン報道に対し日本医師会の姿勢を決定しておく、ということですやろ」

「確かに報道が正しいとしたら、医師会としても何らかのコメントを出さざるをえないだろうな」

興奮していた鹿島がうなずくと、座長の中尾が言う。

「落ち着いてください。記事はＩＭＤＡに申請したとあります。日本ではここからが長い。今から腰を据えて落ち着いた議論をすればいいのではないでしょうか」

「申請が通るまでに一年以上はかかる。その間にこの検討会で結論を出し、日本医師会の提言として出せばいいだろう。予防医学はまじないみたいなものだから、導入後に広範なコホート研究を必要とするということに触れておけばいいのではないかな」

腕組みをしていた鹿島が言うと笹崎がうなずく。

「日本医師会としては、この新薬導入が、医療機関にとって経済的にプラスになるか、マイナスになるかを検討するのが喫緊の事案でしょう。まずは日本医師会のシンクタンク、日医統研に試算させればよろしいかと」

「おっしゃる通りですな。では今回の会議の結論はその方向で」

座長の中尾がまとめようとしたその時、事務局の人間が飛び込んできた。

「何だ、騒々しい。今は、検討事案について議論をしている最中だぞ」

中尾が眉をひそめると息を荒らげた事務員が一枚のファックスを差し出した。

「先ほど、ＩＭＤＡがガンコロリンを認可すると発表したんです」

「な、何だって？　新聞記事が出てからたった二週間だぞ」

中尾は事務員からファックスをひったくり読みふける。時風新報の一面記事だ。

『ガンコロリン、緊急認可へ——ＩＭＤＡ』

記事によると認可申請の記事が出てから、ＩＭＤＡには一日百件を超える問い合わせが殺到し、機能が麻痺《まひ》する事態になってしまったという。模様眺めをしていた事務員も、問い合わせ件数が日に日に増加していくにつれ、今回はさっさと検討に入った方がよい、と幹部に強く勧告するという異例の事態に発展したのだ。

普段は従順な事務員の強硬な申し入れは聞き遂げなければ大変なことになるということは、出向者にもよくわかっていた。そして薬学の関係者が書き込むネット掲示板に解説が書き込まれるに至り、一般大衆のガンコロリンへの期待は高まり、発売前から常備薬並みの知名度を得てしまった。おまけに認可の遅さイコールＩＭＤＡのサボタージュだとあからさまに非難されてしまった。

ＩＭＤＡのような、お役人体質の組織は、市民の要望には鈍感だが、非難のまなざしには敏感だ。ひとたびこうした空気を感じてしまうと、気の小さい彼らは普段と逆に結論を急ぐ。こうして申請後半月での審査通過という、薬事審査史上、稀有《けう》なことが起こったのである。

その後、各製薬会社の開発チームのデスクには、サンザシ薬品の大浜女史のポートレートが飾られるようになった。ＩＭＤＡ審査を通過するおまじないとして、アイドルの生写真並みの扱いを受けていたのだ。申請書を提出する時、この写真に三跪九拝《さんききゅうはい》し、カニ缶のお供えをすると御利益がある、というウワサがまことしやかに流れていた。ただ残念なことに、当の大浜女史自身がその事実を知らされることはなかった。

## 6

役員室で寛いでいた木下常務が呼び鈴を押すと、秘書が姿を見せた。

「木島《きじま》君、先ほど頼んだ資料を持ってきてくれ。それと大浜部長をお呼びして」

隣の部屋に戻った秘書は、両手にスクラップブックを抱えて戻って来た。

「資料です。大浜部長は創薬開発会議が終わり次第、こちらにお見えになるそうです」

木下常務は鷹揚《おうよう》にうなずくと、資料を手に取った。それは「ガンコロリンの軌跡」という表題のスクラップブックだった。ページをめくると、そこには数多くの新聞記事の切り抜きが貼られていた。

○ ガンコロリン、緊急認可へ（時風新報社会部・別宮葉子）
独立行政法人ＩＭＤＡ（国際薬事審議会）は、来月初頭にもサンザシ薬品から申請中の癌予防薬『ガンコロリン』を認可する見通し。申請から半月での認可は異例。癌の予防が可能になり医療費削減に役立つとＩＭＤＡ幹部は語っている。

○ 拙速な新薬認可に懸念表明（日本医師会）
ＩＭＤＡが癌予防薬『ガンコロリン』を早期認可する方針との報道を受け、日本医師会は以下のコメントを発表した。「薬品は副作用など、重篤《じゅうとく》な事象を引き起こす可能性もあり、慎重な対応を要望する。特に予防薬は健常者が服用するので、副作用のチェックは厳しく行なわれるべきであり、申請後半月という拙速な認可は望ましくない」。

○ ＩＭＤＡ会報　vol.855

独立行政法人国際薬事審議会（ＩＭＤＡ）は先週行なわれた第８２３回定例審議会にて、癌抑制治療薬『ガンコロリン』を認可することを決定した。発売開始は公示の三ヶ月後とする。

○　厚生労働省への抗議文全文（日本医師会）

癌予防治療薬『ガンコロリン』が申請後半月という異例の速度で認可されたことに懸念を表明する。予防薬による副作用を検証するためには広範なコホート研究が必要である。認可後三ヶ月で販売に至った経緯も含め、関連の薬品メーカーとＩＭＤＡの幹部に癒着がなかったかどうか、監督省庁の厚生労働省は確認すべきである。

○　「ガンコロリンでハッピー」　58歳公務員　匿名希望（時風新報　読者の広場）

私は、役場で戸籍係をしております。仕事上、人の生き死にに深く関わり、死亡診断書を受け取るたびに病気の恐ろしさを感じ、憂鬱な気持ちになっておりました。でもこれも仕事と割り切り、毎日を過ごしていました。ところが先般、夢の癌予防薬、ガンコロリンが認可申請され、何と半月後にその新薬が承認されたというニュースを聞き、欣喜雀躍《きんきじやくやく》いたしました。それなのに、日本医師会がこの画期的な新薬の認可に反対している、と知りました。

ガンコロリンに対する日本医師会のご判断には納得できません。悩める小市民の幸せな生活のため、ガンコロリンの認可を妨害しないよう、お願いします。

○ 時風新報宛抗議文（日本医師会）
先般、貴紙、読者の広場に掲載された投稿記事は、薬事法に違反するおそれがあるため、削除を要望する。また投稿者が製薬会社関連の人物でないという確認をお願いしたい。

○ 日本医師会からの抗議文に対する回答書（時風新報社会部）
先般、日本医師会から頂戴した抗議文に対し回答いたします。○月○日付け朝刊、読者の広場の匿名希望氏の投稿文に関し、その内容に偽りがないことを確認しました。

○ 厚生労働省、医療費削減傾向を実感（今年度厚生労働白書）
昨年発売された癌予防薬『ガンコロリン』の影響で日本人の癌罹患《りかん》率が2ポイント低下し、これに伴う医療費削減効果は約五千億円と見られる。日本薬剤協会は、今年度の薬事アワード（最優秀新薬開発賞）にサンザシ薬品のガンコロリンを選出した。ガンコロリンは今年度の製薬売り上げで他剤を引き離し、同社の株価は急騰した。

○ サンザシ薬品、ガンコロリン本舗へ名称変更（大日本帝国データバンク）
経常黒字一兆円という異例の収益を上げたサンザシ薬品は「ガンコロリン本舗」に社名

変更すると発表した。正式な社名変更は来年一月一日。

常務室の扉が開いた。白衣姿で佇《たたず》む大浜部長を木下常務は立ち上がって自ら迎え入れた。彼女の胸には、カニのペンダントが燦然《さんぜん》と輝いていた。

7

鋪道《ほどう》に落ちた新聞が風に吹かれて舞っている。日本医師会の先々代副会長で今は隠遁《いんとん》生活を送る中尾は新聞を拾い上げると、一面に掲載された『ガンコロリン二十年』という記事にざっと目を通す。

それは確かに夢の薬だった。発売から七年後、倉田教授がノーベル生理学・医学賞を受賞したのは遅すぎたという批判の声も聞かれた。ストックホルム・コンサートホールで行われたノーベル賞授賞式で、倉田教授が挨拶した時に発した「おむすびころりん」という言葉は、誰一人解釈できなかったにもかかわらず、その年の世界的な流行語となった。

日本の医療構造も変化した。外科医は医療の王様だったが、ガンコロリン発売後は、癌治療のための外科手術が激減した。すると外科医の出番は救急現場での外傷処置しかなくなり、人材プールだった消化器外科は消滅した。このため外科医は絶滅危惧種といわれたが、癌が撲滅されたため、そんな状態も容認されてしまった。

病気は医学の進歩によって駆逐されてきた。二十世紀中頃まで死因のトップだった感染症はワクチンや特効薬の出現で簡単に治るようになり、死因順位で下位になった。二十世紀後半、死因の第一位に躍り出たのが悪性新生物、つまり癌だ。しかしガンコロリンの登場によって、この強力な疾病《しっぺい》も死因となり得なくなってしまった。

人はなぜ病気に罹《かか》るのか。それは、人は死ぬべき生き物だからである。

ここで次元を変えて、地球という惑星から見れば、人類はその身体を食い荒らす病原菌になるのかもしれない。地球が自分の身を守ろうとするなら、人類を駆除しようとするだろう。それは人間が病原菌を殲滅《せんめつ》しようとするのと同じ発想だ。

するとガンコロリンを服用した人間は薬剤耐性の病原菌とみなされる。すると、ガンコロリンを手にした人類に対し、地球はガンコロリン耐性の癌を投入してくるだろうということは、簡単に予想できたはずだ。

疫学者でもあった中尾は、そうした耐性獲得を恐れたがために、ガンコロリンの導入に反対し続けた。ところが薬事検討委員会の面々は、目先の利益から反対したため市民から反発され、理解を失った。思えば日本医師会はこうした過ちを繰り返してきた。公益のため高い理念で始めたことも、欲にまみれた連中がよってたかって利益誘導してしまう。だからいつまで経《た》っても、日本医師会は開業医の利益団体だと揶揄《やゆ》されてしまうのだ。

中尾は、拾い上げた新聞を広げると、その裏面の記事に目を遣った。

『新型悪性新生物、ガンコロリン耐性獲得腫瘍の出現か』

ついにガンコロリンが効かない癌が出現した。ガンコロリンが発売されて二十年。手術件数は激減し、今や外科医は絶滅寸前だ。なのに外科手術を必要とする患者は増えていて、来年には致命的状況になりそうだ。その時、手術を出来る外科医はいない。

これで人類が滅ぶのなら、地球の免疫機構の戦略は賢明で優秀だ。

中尾は空を見上げた。

そこから人類の悪戦苦闘をひややかに見下ろしているであろう、神々の冷たい視線を思い、深々とため息をついた。

# 笑わない薬剤師の健康診断

塔山　郁

塔山郁（とうやま・かおる）
一九六二年、千葉県生まれ。「このミステリーがすごい！」大賞・優秀賞を受賞し、二〇〇九年、『毒殺魔の教室』でデビュー。『薬も過ぎれば毒となる　薬剤師・毒島花織の名推理』シリーズが好調で、『甲の薬は乙の毒　薬剤師・毒島花織の名推理』、『毒をもって毒を制す　薬剤師・毒島花織の名推理』と第三弾まで刊行されている。他の著書に『悪霊の棲む部屋』『ターニング・ポイント』『人喰いの家』『F　霊能捜査官・橘川七海』がある。

水尾《みずお》爽太《そうた》がその黒縁眼鏡の女性をはじめて見たのは、吹く風もまだ冷たい三月初旬の頃だった。

神楽坂《かぐらざか》のホテル・ミネルヴァに勤める爽太は、その日、〈風花《かざはな》〉という喫茶店にいた。ナポリタンが美味《おい》しいという噂《うわさ》を聞いて、一人で昼休みにやって来たのだ。午後一時を過ぎていたが、店内はまだ混んでいた。空いていた窓際の席に座り、ナポリタンとコーヒーのセットを注文する。内装は昔ながらの喫茶店といった風だった。壁にはコーヒー豆の産地を記したポスターが貼られ、細長いカウンターの奥には色とりどりのコーヒーカップが並んでいる。時間つぶしにスマートフォンを見ようとポケットに手を入れた。

しかしそこには何もない。どうやら仕事場に忘れてきたようだ。混んでいるせいか、注文した料理はなかなか来ない。手持ち無沙汰《ぶさた》にしていると隣のテーブルの会話が耳に入ってきた。そこには若い女性の二人連れがいて、退職する同僚にどんな餞別《せんべつ》を贈るかで揉《も》めていた。

「そんなの花束で決まりじゃない」花柄のスカーフを首に巻いた、メイクの濃い女性がスマートフォンを見ながら面倒くさそうに言った。

「花束を渡すのは当然じゃない。私が言いたいのは、それ以外にも何かを贈ろうっていうことよ」ショートカットの女性がムッとしたように言い返す。

「でも同期とはいえ、私、彼女とはそんなに親しくしてないし」

「それは私だっておんなじよ。でも何もしないわけにはいかないじゃない。あの二人は彼女を妬んでいる、そんな噂を立てられるかもしれないし」

「そんなの放っておけばいいじゃない」花柄スカーフが、背もたれに体を預けて足を組み替える。

「あんたがよくても私は嫌なの。協力する気がないならそれでもいいわ。私一人で贈るから」ショートカットは不満そうに口を尖《とが》らせた。

「ちょっと待ってよ。贈らないとは言ってないわよ。いいわ。協力するわよ。それで何を贈るつもりでいるわけよ」

「だからそれを一緒に考えてほしいって言ってるの」

ショートカットが怒ったように言うと、花柄スカーフはあきらめたようにスマートフォンをテーブルに置いた。「わかったわよ。そうね――ブランド物の文房具なんかどうかしら。実用的だし、お洒落《しゃれ》で個性的なデザインの物ならプレゼントには最適だと思うけど」

「でも仕事を辞めて家庭に入る人に文房具を贈るのは変じゃない」

「じゃあ、可愛《かわい》いマグカップとか食器とかは」

「無難だけど、ありきたりかな。なんだか結婚式の引き出物みたいだし」

まだまだ話は続きそうだった。盗み聞きするのも悪いと思い、爽太は気をそらすつもりで周囲を見回した。

斜め向かいのテーブルの客に目が留まった。長い髪をゴムで束ねて、黒縁のスクエアな眼鏡をかけた二十代後半くらいの女性が本を読んでいる。真っすぐな鼻筋と意志の強そうな太い眉をしているのが印象的な風貌だ。黒いニットのセーターにゆったりした辛子色のパンツという服装で、真剣に文字を追っている横顔になんとなく目を奪われた。

見るともなしに見ていると、ふいにその女性が顔をあげて目が合った。爽太は視線をそらして俯《うつむ》いた。そこにタイミングよく注文したナポリタンが運ばれてきた。爽太はほっとしてフォークを取りあげた。ケチャップの匂いが食欲をそそる。フォークに麺を巻きつけ口に入れると、ほのかな酸味を含んだ甘さが口一杯に広がった。もちもちした麺にケチャップがよくからみ、嚙《か》むほどに玉ねぎやピーマン、ベーコン、マッシュルームの旨味《うまみ》が滲《にじ》み出し、ケチャップの味を引き立てる。朝から何も食べてないこともあり、がつがつと一気に食べ終えた。味はもちろんボリュームも十分だ。仕事場の近くにこんな店があるとは知らなかった。ナプキンで口を拭いながら、これからもちょくちょく来てみようかな、と考えた。その間も隣の会話は続いていた。

「――スイーツはどう？　普段買わないような高級チョコレートを贈るとか」

「彼女、たしか甘い物が好きじゃないはずよ」

「じゃあ、お酒とかコーヒーは？」

「ダメよ。お腹《なか》に赤ちゃんがいるんだもの。アルコールやカフェインはNGよ」

「ああ、もう面倒だな。いっそのことカタログギフトにでもしたらどうかしら」花柄スカーフが投げやりな意見を口にする。「もう私には無理。今度はあんたの意見を言いなさいよ」

「私の意見を言うならハーブティーとかはどうかしら。カフェインが含まれていないから母胎に影響はないはずよ」

「ハーブティー？」花柄スカーフが顔をしかめる。「私の意見にあれだけダメ出ししておいて、それで自分の意見がハーブティー？　やめてよ。それだって十分にありきたりじゃない」

「そうだけど、他にいいアイデアもないし、このへんで手を打つのが無難じゃないかしら」

「あんた、最初からそれにしようと思って、私の意見に片っ端からダメ出ししたわけね」

「そんなことないわよ。いい意見があればそれにしようと思ってたわ」

そう言いながらショートカットはスマートフォンを取り出した。

「ミント、カモミール、レモングラス――どう？　このあたりならお洒落な響きがあるじゃない」

「やめてよ。ハーブティーがお洒落だなんて、いまどき田舎の女子高生だって言わないわよ」

「じゃあ、これはどう？　ほら、これを見て——」

　ショートカットがスマートフォンの画面をかざす。

「ちょっと面白い名前のハーブじゃない。その由来も面白いわよ。ヨーロッパでは〈聖ヨハネの草〉と呼ばれて、古くから万能薬として崇拝されていたんですって。効果が一番高まるのは夏至の前夜で、その日に摘んだものは特別な魔力を持って、一年間病気や死の恐怖から解放されるという伝承があるらしいわよ。女性は一年以内の結婚や出産が叶《かな》えられるとかで、当時は年頃の娘が必死になって探しまわっていたそうよ」

　スマートフォンを見ていた花柄スカーフが口をへの字にして頷《うなず》いた。「まあ、これならいいかしら。……でも、これだと話が逆じゃない。そんな効き目があるのなら彼女じゃなくて、私たちこそそのハーブティーを飲むべきじゃない」

「言われてみたら、たしかにそうね」

　そこで二人は顔を見合わせると、楽しそうにケラケラと笑った。

「三人分頼んで、私たちも飲んでみる？」花柄スカーフが笑いながら言う。

「それもいいかもしれないわね。このハーブ、別名をハッピーハーブとかサンシャインハーブというんですって。幸福感を感じさせるセロトニンの分泌を促す作用があるみたい」

とショートカットが言葉を返す。

「飲めば幸せになれるのね。いいじゃない。もうそれに決めましょうよ」

「じゃあ、この通販サイトで注文するわよ。プレゼント用の包装もしてくれるみたいだから、どれがいいか選んでよ」

二人は一緒にスマートフォンをのぞき込んでいる。話がまとまったようで他人事《ひとごと》ながらほっとした。ハーブティーに興味はなかったが、今の話を聞いて興味をひかれた。聖ヨハネの草なんて、昔話に出て来る魔女が使いそうな薬草だ。正式な名称は何というのだろう。まさかこの二人に訊《き》くわけにもいかないし、ホテルに戻ってスマートフォンで調べてみようかな。

そんなことを考えながら食後のコーヒーを待っていると、隣から「何ですか、あなた」という声がした。そちらを見ると黒縁眼鏡をかけた女性が隣のテーブルの横に立っている。斜め向かいの席にいた女性だった。

「もう一度言います。さしでがましいとは思いますが、やめた方がいいと思います」と冷静な口調で二人連れに声をかけている。

「──あなた、誰ですか。他人の話に口出しするなんて失礼じゃないですか」

ショートカットが眉間に皺《しわ》を作って硬い声を出す。

「はい。たしかに失礼とは思いました。でも仕事柄、放っておけないこともあるんです」

と黒縁眼鏡はひるむことなく言葉を返す。

「放っておけないことって何ですか」今度は花柄スカーフが声をあげる。

「プレゼントに選んだそのハーブティー、セントジョーンズワートですよね」

ショートカットと花柄スカーフはぎょっとしたように顔を見合わせた。爽太も少し驚いた。名前は口にしてはいなかった。

「聖ヨハネの草と聞いてわかりました。たしかにセントジョーンズワートには軽度から中度のうつ病の治療に効果があり、リラックス作用があることから健康食品やサプリメントによく使われています。しかし成分に子宮を収縮させる作用があるため、妊婦は摂取を控えるべきとされているんです」

「えっ、嘘《うそ》――！」

ショートカットは液晶画面をタップしながら、「そんなこと、どこにも書いてないわよ」と言ってから、「あっ」と短く声をあげた。

「妊娠中はご注意くださいって、最後の方に書いてある。何よ。こんな後ろの方に、こんな小さな文字で書くことないじゃない！」

「見せて」と花柄スカーフがスマートフォンをのぞき込む。「本当だ。でもこんな書き方じゃわからないわよね」

「ねえ、もし私たちがこれを贈って、お腹の赤ちゃんに何かあったら、私たちが悪かったことになるの？」

「そうなるわね。でも彼女が気づいて飲むのをやめたかもしれないわよ」

「それだって私たちが悪者になるじゃない。無知な女だと思われるならまだいいけど、同期の妊娠と結婚を妬んで、流産させようとした悪意の塊みたいに思われるかも」

「やだ。そんなのってありえない！」

二人は顔を見合わせて、ぶるりと肩を震わせた。

「早めに気づいてよかったわ」

「本当、知らずに贈っていたら、どんなことになったか」

二人は、ほっと息をついてから、「――あの、教えてくれてありがとうございます」と首を縮めて横を向いた。しかしそこに黒縁眼鏡の女性はいなかった。二人がスマートフォンを見ている間、会計を済ませて店を出て行ったのだ。二人はポカンとした顔で、あたりをきょろきょろと見まわした。

「いなくなっちゃった」

「お礼を言おうと思ったのに残念ね」

「仕事柄とか言っていたけど、もしかしてハーブ関係のお店の人かしら」

「そうかもね。もしまた会えたらお礼を言わなくちゃ」

「でも、贈り物はどうしよう」

「それはまた今度にしましょうよ。私たちもそろそろ行かないと」

「やだっ、もうこんな時間。遅れたらまた課長に嫌味を言われちゃう」

二人はバタバタと会計を済ませて店を出て行った。

残された爽太は、狐《きつね》につままれたような気分で今の出来事を振り返る。

どうやら妊娠した女性が飲んではいけないハーブティーがあるらしい。あの二人がそれを知らずに贈ろうとしたために、たまたま隣に居合わせた黒縁眼鏡の女性がそれを注意したということらしかった。

運ばれてきたコーヒーを飲みながら、あの黒縁眼鏡の女性は何者なのだろう、と爽太は考えた。ハーブ関係のお店の人かしら、とあの二人は言っていたが、雰囲気的に違うようにも思われた。それでもこの近くで働いている女性であることは間違いないだろう。

それならばまたこの店に来れば会えるだろうか。

これからもちょくちょくこの店に足を運んでみようかな、と爽太はそんなことを考えながらコーヒーを飲み干した。

# 1

痒《かゆ》い――。水尾爽太は歯を食いしばって、襲ってくる痒みを必死に耐えた。

親指の付け根から広がったムズムズ感は、いまや耐え難い痒みとなって足の裏全体に広がっている。すぐにでも靴と靴下を脱ぎ捨てて、思う存分に足の裏を搔《か》き毟《むし》りたかった。

しかしそれは出来ない相談だった。到着するエレベーターからは、宿泊客が引きも切らず降りてくるからだ。

爽太はホテルのフロント係だった。二十五歳。大学を出て三年目のまだ駆け出しとも言える存在だ。仕事の最中、痒みに苦しむ顔を人前にさらすわけにはいかない。痒みに身をよじりながら、笑顔を作ってチェックアウトの応対をした。接客に集中している間は痒みを忘れるが、途切れて、ほっとした瞬間、それは二倍三倍になってぶり返す。爽太はフロントに立ったまま、足をもじもじさせながら、買い替えたばかりの革靴の中で、十本の指を必死に動かした。

梅雨が終わる頃に患《わずら》った水虫は、市販の水虫薬はもちろん、病院で処方された薬を塗っても良くならなかった。水虫の原因は白癬菌《はくせんきん》というカビである。用法用量を守って薬を患部にしっかり塗ること。そして足を清潔に保つこと。それが完治への第一歩だと調剤薬局の薬剤師に教えられた。だから仕事用の革靴も買い替えたし、シャワーも朝と夜に浴びている。それなのに痒みは一向に治まろうとはしなかった。

時刻は午前十一時になるところ。夜勤の終わりまではあと一時間。早く進め、と壁にかかった時計の針をにらむが、もちろんそんなことで気がまぎれることはない。無意識のうちに、足をもぞもぞさせていたようで、隣にいた先輩の馬場《ばば》さんが声をかけてきた。

「なんだよ。さっきから足をくねくねさせちゃって。トイレでも我慢しているのか。それなら早く行ってこいよ。ここは俺が見ていてやるからさ」

爽太はムッとしながら、「大丈夫です」と返事をした。

馬場さんは御年五十五歳、日本全国の様々なホテルを渡り歩いてきたベテランのフロントマンだった。仕事は出来るし、客受けもいいが、バツ二でお調子者、酒とギャンブルに目がない御仁だ。その馬場さんが、年季の入った水虫の持ち主なのだ。こいつとは二十年来の腐れ縁だ、とぼやきながら、休憩中は裸足《はだし》になって、薬を塗りながら団扇《うちわ》であおいで乾かすのが日課となっている。さすがに客前ですることはないが、バックヤードでは人目を気にすることもない。

「もう、馬場さん、ここで裸足になるのはやめてくださいよ。見ているだけでこっちも足が痒くなってきます」

若い女性社員に怒られても、「いやあ、乾燥させないと悪化しちゃうからさ」とまるで悪びれることがない。

最近は、半ば苦々しくも、羨ましい気持ちでその様子を爽太は見ている。インターネットで調べたところ、白癬菌は何より高温多湿を好むと知ったからだ。乾燥させることが完治の条件となるらしい。しかし女性社員の反応を見れば、さすがに真似《まね》することは出来なかった。さらに忌々しいのは、爽太の水虫が馬場さんから伝染《うつ》されたとしか思えないことだ。

爽太は千葉県浦安《うらやす》のマンションで、両親、妹と暮らしている。しかし家族に水虫を患っている人間はいない。職場で他にそれらしい人間もいない以上、馬場さんから伝染されたと考えるのが妥当だった。

あれは足が痒くなりはじめる半月ほど前のことだった。仕事帰りに馬場さんに飲みに誘われた。そこは座敷席しかない居酒屋で、帰り際、酔っぱらった馬場さんが間違えて爽太の靴を履いて帰りかけた。すぐに気づいて呼びとめたが、足の裏が痒くなったのは、それからしばらくしてのことだった。ドラッグストアで水虫薬を購入して塗ったが効き目はなかった。それでホテルの近くのクリニックに行った。塗り薬を処方してもらい、調剤薬局の薬剤師に言われた通りに塗布したが痒みはなかなか治まらなかった。

それどころか最近では前にも増してひどくなっている。足の裏に広がる痒みに耐えながら、とんだ貧乏くじを引かされたと爽太は歯嚙みした。

馬場さんの人柄は嫌いではないし、一緒に仕事をして勉強になることは多い。これで人並みの衛生観念さえあれば、きっと素晴らしい先輩であったろうに、と爽太はこっそりため息をついた。

また痒みの波が来た。爽太は足をもぞもぞさせながら、目をつぶって、奥歯を嚙みしめた。知らないうちに体がゆらゆら揺れはじめる。

「なんだ。大きい方か。我慢すると体に悪いぞ。早くトイレに行ってこいよ」馬場さんが耳元で囁《ささや》いた。

「違いますって」と言いかけて、そこではっと気がついた。

「すみません。じゃあ、ちょっと行ってきます」

フロントから出ると、バックヤードから私物を入れたバッグを取り上げ、従業員用のトイレに駆け込んだ。素早く個室のドアを閉めると、もどかしい思いで靴と靴下を脱ぎ捨てる。タオルで足の裏を拭いてから、薬のチューブの蓋を取り、指にとったクリームを患部に塗りつけた。ひやりとした感触が心地よい。しかしチューブに薬はあまり残っていなかった。両足の患部に塗りつける前にぺしゃんこになって、指先で押し出そうとしても出てこない。

たしか新しいチューブがもう一本あったはず。バッグからそれを取り出そうとして手が滑った。新しいチューブは便器の中にぽちゃんと沈んで、すぐに浮いて来た。個室を飛び出し、用具入れにあった掃除用のトングで拾った。まだ開封する前とはいえ、便器に落ちた薬を使う気にはなれない。これが最後の一本だったのに。薬がないと思うと、さらに痒みが増してくる。仕方ない。またクリニックに行くしかないようだ。時計を見るとあと二十分ほどで正午になるところ。時間になったらすぐにあがろうと爽太は決めた。

## 2

「水尾さんね。それでその後はどんな具合かな」

背もたれのついた大きな椅子に背中を預けたまま、金縁の眼鏡をかけて、口ひげを生やした五十歳くらいの医師が言った。ホテルから歩いて十分ほどの場所にある是沢《これさわ》クリニックの院長だ。

「薬を塗ってもあまり効果がないようで。痒みがなかなか治まりません」

「薬が効かない？　ちゃんと言われた通りに塗っているのかね」院長はパソコンを見ながら、疑うような声を出す。

「はい、一応」

「一応じゃダメだよ。薬剤師の指示通りにちゃんと塗らないと」

治らないのは薬の塗り方が悪いとばかりの言い方だった。

「じゃあ、足を見せて」

院長は爽太の方を向く。仏頂面で、容易に話しかけられる雰囲気ではない。爽太は丸椅子に座ったまま、言われた通りに靴と靴下を脱いだ。

「……ふん。前より赤くなっているかな」

ちらりと見てから、「もういいよ」と椅子を回してパソコンに向き直る。

「同じ薬をもう一度出すから、今度はきちんと塗るように。それでも治らなかったらまた来なさい。そのときはもっと強い薬に替えるから」

爽太の顔も見ずに院長は言った。どうやら診察は終わりらしい。

「あの、薬の塗り方ですけど、どこが悪かったんでしょうか。朝昼晩と言われた通りに塗ったつもりなんですが」

爽太の質問に、院長は面倒そうに首を巡らした。

「そんなことは薬局で訊きなさい。そのために薬剤師がいるんだから。餅は餅屋って言うだろう。薬は医師の管轄じゃないんだよ。医薬分業って言ってね、厚労省がそう決めたんだ。だからその質問は僕が答えることじゃない」

質問するなら薬剤師、と院長は面倒そうに言い捨てる。物を知らない若造を鼻で笑うような言い方だった。

「わかりました。ありがとうございます」

ムッとする気持ちを抑えて頭を下げる。前回もそうだが、どうにも横柄な態度だった。よくこれでやっていけるよな、と爽太は思う。ホテルやレストランといった接客業の人間があんな態度を取ったら、すぐにクレームの嵐が吹き荒れることになる。

もっともそのせいなのか、待合室に人はあまりいなかった。杖《つえ》をついた老人が一人と、身なりのいい中年女性が一人いるだけだ。それでもつい足を運んでしまうのは、この是沢クリニックが内科、心療内科、小児科、皮膚科といくつもの診療科目を掲げているからだ。どんな症状であっても、とりあえずここに来ればなんとかなるような気がする。さらに仕事柄ということもある。こういうクリニックが近くにあると便利なのだ。具合の悪くなった宿泊客が出たとき、子供であれ、大人であれ、よほど重篤《じゅうとく》な症状でない限りは、とりあえずここを紹介すればことは済む。

待合室に座っていると次第に眠気が催されてくる。うとうとしかけて、それと同時に足の裏がまた痒くなりだした。早く薬を塗りたいところだが、そのためには処方箋をもらって、それを調剤薬局に持って行かなくてはならない。これが医薬分業ということか。

「――さん」

うとうとしかけていると、受付の女性の声がした。一瞬、自分かと思ったが、中年女性が席を立ったので違うとわかった。女性は財布を出して、一万円札を二枚、カウンターの上に置いた。健康保険があるはずなのに、あんなにお金を払うのか。自分の財布には一万円しか入っていない。不安になって、初診のときのことを思い出す。たしか数千円で済んだはず。今回だって処方箋をもらうだけだし、一万円以上かかることはないはずだ。

ドキドキしながら待っていると、ようやく爽太の名前が呼ばれた。当然ながら前回よりも安い額だった。とりあえずほっとしたが、あれだけの診察で金を取られること自体、法外なことにも思えてくる。

釈然としない気持ちになりながらも会計を済ませてクリニックを出た。

入れ違いに太鼓腹が突き出た背広姿の男性が入っていく。たぶん近くの会社に勤めているのだろう。昼食を終えた後なのか、爪楊枝《つまようじ》をくわえたまま、そそくさとクリニックの中に消えていく。患者が少ないことを見越して来る人もいるということか。院長がどれだけ横柄で不愛想であっても、待ち時間が短いことがメリットになることもあるわけだ。

エレベーターで一階に降りると、エントランスでビルの名前に目が留まった。是沢ビルと書いてある。ああ、そういうことか、と爽太は納得した。患者が少なくても横柄でいられる理由がわかった。診察料を補って余りある家賃収入があるのだろう。

爽太は肩をすくめて外に出た。九月の半ば。初秋の爽やかな風が心地よい。近くに調剤薬局は二軒ある。一軒はクリニックのそばだが方向が駅とは反対だった。もう一軒は少し歩いた先にある。あの風花のはす向かいだ。前回はそちらに行って、薬をもらった後で風花に寄ったのだ。今回も同じルートで、薬をもらった後でナポリタンを食べよう。

爽太はすぐに歩き出した。ビルの建ち並ぶ通りから、石畳が敷かれた路地に入った。ジグザグに折れ曲がる路地をしばらく歩くと坂道に出る。その下った先に目的の調剤薬局はあった。〈どうめき薬局・どちらの処方箋でも受け付けます〉と書かれた看板が入口の横に置いてある。

中に入ると、受付の女性に処方箋と保険証を渡して、番号札をもらった。椅子に座り、壁に掲げてある薬剤師の名前をちらっと見る。あるのはすべて女性の名前だ。調剤薬局で薬を処方してもらうのが嫌なのは、足を運ぶのが面倒だという理由の他に、薬剤師のほとんどが女性だからということもある。たとえ薬剤師とはいえ、水虫だということを女性に知られるのは恥ずかしい。

前回、薬を渡してくれたのは四十歳前後に見える薬剤師だった。女性だが年上ということで我慢は出来た。今日、同じ人はいるだろうか。カウンターの中を見たが、それらしい姿は見当たらない。いるのは別の二人の薬剤師だった。二人とも女性で若そうだ。自意識過剰だとは思うが、なんとなく憂鬱な気分になってくる。

落ち着かない気持ちで、二人の女性薬剤師の様子を盗み見る。それぞれ白いマスクをしているために、はっきりした顔立ちはわからない。一人は眼鏡をかけた暗い感じの女性だった。長い髪を黒いゴムで無造作に結び、額に皺を作って、手元のタブレットをにらんでいる。

もう一人は、背格好は同じだが、年齢は少し若くて、ウェーブのかかったゆるふわのセミロングをバレッタでまとめた女性だった。目がくっきりと大きく見えるのは、化粧をしっかりしているせいだろう。顔立ちも可愛らしく、どこか小動物めいた雰囲気がある。老人に薬の説明をするのに、身振り手振りをまじえて一生懸命なところも好感がもてる。

他の場所で接客を受けるとして、どちらを選ぶかと言われたら、即座にゆるふわセミロングを選ぶだろう。しかしこの場に限ってはその答えは逆になる。この場限りであっても、向こうはこちらのことなど気にかけてはいなくても、とにかく恥ずかしいものは恥ずかしいのだ。

しばらくして爽太の番号が呼ばれた。願いが通じたのか、カウンターには眼鏡の地味な女性が立っている。ほっとして爽太は立ちあがる。

「水尾爽太さんですね」

訊かれて、はい、と返事をした。何気なく薬剤師の胸元に目をやって、ぎょっとした。白衣を押し上げる胸のふくらみが思った以上にあったから――ではなく名札に毒島《ぶすじま》と書かれていたからだ。どくじま、いや、ぶすじま、か。でも薬剤師なのに毒島って。驚くと同時に、ふと何か気の利いたことを言いたくなった。

――珍しいご苗字《みょうじ》ですね。ところでこの薬は大丈夫ですか。まさか毒が入っているなんてことはないですよね。

しかしすぐに思いとどまった。冷静に考えてみれば、そんな台詞《せりふ》はまるで気が利いていない。彼女からすれば、そんなジョークは、きっと耳にタコが出来るほど聞かされていることだろう。

「こちらが処方箋のお薬です」

眼鏡の薬剤師――毒島さんが薬袋からチューブを取り出してカウンターに置いた。ラベルにはアスサットと書いてある。たしかに前回もこれだった。

「はい。間違いないです」

「症状はいかがですか。改善されていますか」

どこかで聞いた覚えのある声だ。爽太は顔をあげて毒島さんを見た。口元を覆った白いマスクのせいではっきりした顔立ちはわからない。しかしスクエアな黒縁眼鏡と眉の太さで気がついた。前に風花で見かけた女性だ。

そうか。薬剤師だったのか。薬をもらったらすぐに帰るつもりでいたが、そうとわかれば話は別だ。風花でのことを訊いてみたいと思ったが、いきなりその話を持ち出すのも唐突だろう。そのとき是沢院長の言葉が頭に浮かんだ。餅は餅屋、薬のことは薬剤師に訊ければいい。

「――実はあまり症状が改善されなくて。先生に言ったら、薬の塗り方が悪い、薬剤師に塗り方を訊きなさい、と言われたんですが」

とりあえず薬の話をきっかけにした。

「前回、塗り方を説明しませんでしたか」毒島さんは手元のパソコンに目を落とした。

「方波見《かたばみ》が担当してますね」

たしかにそんな名前の人だった。爽太は頷いて、

「説明は聞きました。丁寧に説明してもらって、その通りにしたつもりです。でもよくならなくて……。もしかしたら聞き間違えたのかもしれません。出来たらもう一度説明してもらえますか」と言葉を続けた。

「わかりました。どういう風に塗りましたか」

爽太は教えられた塗り方を説明した。

「間違ってはいませんね」毒島さんはあっさり言った。「塗り忘れたことはありますか」

「仕事が不規則なので、二度か三度、塗り忘れたことはありますが」

「ご自身の判断で薬の量を変えたり、途中で塗るのをやめたことは?」

「いえ。それはありません」

「前回出たのは一か月分ですね。手元に残っている薬はありますか」

「えーと、チューブ一本余りました。アクシデントがあって、使えなくなって、それで今回もらいに来たわけです」

余ったということは、塗る量が少なかったということか。爽太が質問すると、その可能性はありますが、でもそれが原因だとも言い切れないですね、と毒島さんは言った。

「症状ですが、よくなったり、悪くなったりを繰り返すという感じですか。あるいはよくも悪くもならずに小康状態が続いているとか」

「後の方ですね。最初は薬を塗って、よくなったような気もしたんですが、実際はあまり

改善されてないようで、最近になってまた痒みがひどくなっているような気がします」

「なるほど。そういうことですか」

毒島さんはパソコンの画面を見たまま、何かを考え込んでいる。

「立ち入ったことをお訊きしますが、是沢先生は症状に対して、どんな診断を下されましたか」

爽太は戸惑った。薬を処方しているのだから、病名くらいわかりそうなものだけど。

「……水虫です」

恥ずかしいという気持ちはおきなかった。たぶん毒島さんが真剣な顔をしていたからだろう。爽太は病院にかかるまでの経緯をかいつまんで説明した。話が終わると毒島さんは眉間に皺をよせた。

「もうひとつお訊きしたいのですが、最初の診察のとき、顕微鏡検査はしましたか」

「顕微鏡検査ってなんですか」意味がわからず爽太は訊いた。

「ピンセットを使い、患部の皮膚、角質、爪の一部を採取して、薬液を使って菌を抽出する検査です。顕微鏡で見て、そこに白癬菌を確認できれば白癬感染症――足白癬という診断が下されます」

「足白癬――？」

「水虫の正式な診断名です」

「いえ、そんな検査はしてないですが」

是沢クリニックの院長は患部を見ただけで、ああ、水虫ね、と言ったのだ。

いや、正確に言えば、最初に水虫と言ったのは自分だった。どうしました、と訊かれたので、水虫だと思うんですが市販薬を塗っても治らないので診てもらいに来ました、と答えると、院長はちらりと患部を見ただけで、じゃあ、薬を出すから、と頷いたのだ。

市販薬を塗ったら痒みが増したような気がするんですが、と言ったところ、素人判断で勝手に薬を塗るからそんなことになる、処方薬を出すからもう市販薬は塗るな、と怒られたこともついでに話す。毒島さんは頷くと、

「足白癬に似た症状の皮膚病はいくつかあります。本当に足白癬かどうかは皮膚の一部を顕微鏡で見て、白癬菌がいるかどうかを確認しないとわかりません」と重々しく言った。

「是沢クリニックの院長先生は見ただけで水虫だと言いましたけど」

「長年、経験を積んだ医師なら、患部を見ただけである程度の判断はできるかもしれません。でもそんな先生であっても、しっかりと診断を下すには、必ず顕微鏡検査をすると思います。実際に、患部を見て足白癬と思われても、検査をしたら白癬菌は見当たらなかったというケースもあるようですから」

毒島さんの話を聞いても、爽太はすぐには信じられなかった。そこで水虫だと思った原因――馬場さんの靴の取り違えの件を爽太は口にした。すると毒島さんはあっさりとかぶりを振った。

「白癬菌はその程度では伝染らないと思います。空気感染はもちろんですが、患部に接し

てもすぐに感染することはないはずです。感染部位から剝がれ落ちた皮膚に潜んでいる白癬菌に触れることが、主な感染の原因になるはずですから」

「でも、水虫じゃないとしたら、この痒みの原因は何ですか」

「私は医師ではないので、はっきりしたことはわかりませんが」と前置きをしてから、「最初に痒みが出たのはいつ頃ですか」と毒島さんは言った。

「梅雨の終わりです。足の裏や指の間に痒みが出て、放っておいたらどんどんひどくなって」

「最初に塗布した市販薬の名前を覚えていますか」

思い出そうとしたが出てこない。すると毒島さんはタブレットを取り出して、水虫の市販薬の画像を呼びだした。

「そのOTC薬、一般薬のことですが、それはここにありますか」

「えーと……これです」

爽太が指さす薬を見て、毒島さんは小さく頷いた。

「この薬は痒みを抑える効果に加えて、殺菌効果もあるため、足白癬の治療にはよく使われます。しかし他の症状、たとえば接触性皮膚炎などの場合、症状が改善しないばかりか、さらにひどくなることもあるようです」

説明を聞きながら、水虫じゃないって、じゃあ、是沢クリニックの院長の診断はなんだったんだよ、と爽太は思った。あの金縁眼鏡の口ひげ親父、偉そうな態度を取っていたくせに、とんだヤブ医者だったというわけか。

「接触性皮膚炎の原因は、何らかの外的刺激が肌に接触することで起こります。植物や昆虫の毒などによる刺激の他、アレルギー反応による炎症も含まれます。そういったことに心当たりはありますか」

そう言われても思い当たることはない。自宅はマンションで庭はないし、観葉植物の類いも置いてない。仕事で植物や昆虫に触れる機会もないし、ひどいアレルギー体質というわけでもない。

「別にないです――」と言いかけて、ふと思い出したことがある。特売で通気性のいい靴下を安売りしていたとかで、母親が大量に買ってきたことがあったのだ。それが梅雨の頃だった。これから暑くなるし、使いなさいよ、と渡された。外国製で、十足千円で売っていたそうだ。言われてみれば痒くなり出したのは、あの靴下を履いた頃からだ。馬場さんのことがあり、ここまでそれを痒みとつなげて考えたことはなかった。その話をすると、毒島さんは頷いた。

「それが原因の可能性はありますね。外国製の粗悪品には、化学薬品が付着している物もあるようですから」

化学薬品のアレルギーを起こしたのに、原因を水虫と思い込み、素人判断で塗った市販薬がそれを悪化させたということか。

「水虫の薬を塗っても治らないのはそのせいですか。じゃあ、アレルギーに効く薬をください」爽太は言ったが、毒島さんはあっさりとかぶりを振った。

「今の話はあくまでも可能性の話であって、そうと決まったわけではありません。いま水尾さんがするべきは、再度、クリニックを訪れて、顕微鏡検査を行うことだと思います」

顕微鏡検査と聞いてうんざりした。ようやく帰れると思ったのに、またクリニックに行かなくてはいけないということか。

「本来の筋からすれば、もう一度是沢クリニックに行き、事情を話して顕微鏡検査をしてもらうべきですが――」

毒島さんの言葉に爽太は思わず、げっ、と口にした。いくらなんでもあの院長に検査をしてもらいたいとは思わない。爽太の反応で心情を察したのか、「それなら他の病院に行くことをお勧めします。駅の向こうに皮膚科があります。足立《あだち》皮膚科というところです。そちらで診てもらうのはいかがですか」と毒島さんは言った。

そこは爽太が候補から消した女医が院長の皮膚科だった。なんだ。結局、最初の選択に戻るのか。面倒臭いという気持ちに襲われる。

「……とりあえず今日はこの薬をもらって、そこに行くのはまた後日でいいですか」

他人事のような台詞が口をつく。すると毒島さんは眉根をよせて、厳しい顔をした。

「これは先送りして、どうにかなることではありません。ご自身の健康のことですし、もっと真剣に考えた方がいいと思います」

「ダメですか」

「私が決めることではありません。ご自身で判断してお決めください」

ご自身で、と言いながら、毒島さんの目は、答えはひとつしかないと言っていた。

「その皮膚科の先生は信頼できる人ですか」仕方なくそう訊いてみる。

「親切で腕がいいと評判です」

毒島さんはあくまでも冷静だった。ここまで感情の動きがまるで見られない。その態度に、ちょっとだけ反発心が湧いた。

「ということは、是沢クリニックの院長は親切でなく、腕も悪いということですね」

皮肉まじりに言ってみる。しかし毒島さんは動じることなく、

「是沢院長が、医師として腕がいいかどうかを論評する立場に私はいません。ただ薬剤師として、この薬を一か月塗り続けて患部がよくならないのなら、その診断に疑義を抱く必要があるだろうとは思います。だから専門医にかかった方がいいと言ったのです」

「専門医って、是沢院長は皮膚科の先生でもありますよね」

是沢クリニックの看板には内科、心療内科、小児科、皮膚科と書いてあった。すると毒島さんは鼻の付け根に皺をよせて、「標榜《ひょうぼう》科目というのをご存知《ぞんじ》ですか」と言った。

医師は開業にあたって、専門分野や経験年数に関係なく、好きな診療科目を自由に掲げていいそうだ。よって患者を集めたい医師ほど、多くの科目を看板に掲げることになる。

「一般的な医師の常として、自分の専門、得意な科目ほど先に掲げる傾向があるようです。その線で行くと、是沢院長の得意とするのは内科です。あのクリニックも、昔は、それぞ

れの科の先生が外からいらしていたと聞いています。でも最近はそれがなくなり、院長が一人で全部を診《み》ているとか。一人で様々な症状の患者さんを診るのは大変なことだと思います。そういう事情もあって、色々と行き届かない面があるという評判は耳にしています」

　なるほど。そういうことだったのか。きっと外から医者が来なくなったのは、あの院長の性格や人間性に原因があるのに違いない。爽太は納得したが、それでも問題は何ひとつ解決していないことにも気がついた。やはり専門医に行くしかないようだ。女医ということが恥ずかしいが、この期に及んでそんなことを言ってはいられない。いや、待てよ。そもそも水虫でないなら、恥ずかしいと思う必要もないわけか。

「わかりました。行ってみます。でも、この薬はどうすれば」

「キャンセルします。処方箋はお返ししますから」

　毒島さんは塗り薬のチューブを手元にさげて、代わりに爽太が持ってきた処方箋を差し出した。「ちなみにですが、是沢クリニックに持って行って、この処方箋を取り消してもらえば、処方箋発行料が返金されますが」

「そうなんですか。でも面倒です。たいした金額じゃないし放っておこうかな。このままにしても問題はないんですよね」

「処方箋の期限は発行日も含めて四日間ですから、それを過ぎればただの紙切れです。でも水尾さん、まだ誤診と決まったわけではないですよ。もしかしたら是沢先生の診断が正しくて、私の推察が間違っているかもしれません」

毒島さんはあくまでも冷静に言う。

「わかりました。その足立皮膚科に行ってみます。色々ありがとうございます」

「お大事にどうぞ」毒島さんは表情を変えずに頭を下げる。

用事は終わったが、そのまま帰るのはもったいない。何か気の利いたことを言って気を引きたい。しかしうまい台詞は浮かばなかった。仕方なく、「ここだけの話ですが、是沢院長ってヤブなんですか」と声をひそめて質問した。

頭をあげた毒島さんは驚いたように爽太を見た。眼鏡のレンズの向こうで、大きな瞳が爽太の顔をまじまじと見る。その子供みたいな真っすぐな眼差しに、逆に爽太の方がどぎまぎした。

「すいません。なんでもありません」と言いかけた爽太の耳に、「大きな声では言えませんが、ヤブというよりモリだと思います」と毒島さんのひそめた声が聞こえてきた。

3

ヤブ医者より下手な医者には、土手医者や筍《たけのこ》医者、雀《すずめ》医者などがいるという。藪《やぶ》にもなれていないのが土手医者で、藪の下に生えているのが筍医者、藪を目指して飛んでいくのが雀医者というわけだ。

落語のネタとして爽太はそれを知っていた。父親が落語好きで、子供の頃によくテープをかけていたのを聞いていたからだ。しかしモリ医者という言葉は初めて聞いた。モリとは森のことだろう。藪が繁殖を続けた末に森になったというわけか。

薬の知識はともかく、毒島さんのジョークのセンスは今ひとつのようだった。

それでも毒島さんの言った通り、足立皮膚科の先生は親切で腕がよかった。爽太の申し出を受けて、すぐに顕微鏡検査をしてくれた。きびきびした動きで言葉遣いも丁寧だ。少し待つだけで結果が出た。やはり白癬菌は発見されなかった。つまり足白癬ではないということだ。結果を聞いた瞬間、複雑な気持ちになった。水虫ではなくてよかったという気持ちと同時に、それならあの診察は何だったんだと怒りが湧いた。

診断は、アレルギーによる接触性皮膚炎。ステロイド外用薬が処方された。隣に調剤薬局があったので、そこに処方箋を出して薬をもらった。外用副腎皮質ホルモン剤と表示のあるチューブを渡された。そこの薬剤師に言われた通りに薬を塗ると、翌日にはほとんど痒みが治まった。こんなことなら、最初から足立皮膚科に行けばよかったのだ。

三日もすると足の痒みは完全に治まった。ようやく普段の日常が戻ったが、そうなってみるとあらためて毒島さんのことが気になった。ヤブというよりモリです、と囁くように言った声が、ふとしたはずみに耳の中に蘇《よみがえ》る。

今さらながら、足立皮膚科でもらった処方箋をどうめき薬局に持って行けばよかったと後悔した。夜勤明けに加えて、クリニックを二軒はしごした疲れもあって、つい隣にあった調剤薬局に入ってしまったのだ。

あらためて毒島さんにお礼を言いたいと思ったが、気恥ずかしさが先に立ち、なかなか足が向かなかった。

その翌週のことだった。爽太は街中で見覚えのある女性を見かけた。夜勤明けで帰ろうとしているとき、偶然コーヒーショップに入っていく姿を見かけたのだ。誰だっけ、と目で追いかけて、そうだ、最初にどうめき薬局に行ったときに応対してくれた薬剤師の女性だと思い出した。名前はたしか方波見さんだ。爽太はとっさに同じ店に入った。さりげなく隣のテーブルに席を取る。当然ながら、向こうは自分に気づいていない。それとなく横目で様子を窺《うかが》いながら、「あの、すいません」と話しかけた。

「あの、失礼ですが、どうめき薬局の方ですよね」

方波見さんはびっくりしたように爽太の顔を見た。

「一か月ほど前に、そちらで薬をもらった者です。水――いや、足白癬の薬です。是沢クリニックの処方箋でしたけど――あの、僕のことは覚えてないですよね」

「ごめんなさい。一日に何十枚もの処方箋を扱うので」方波見さんは警戒した様子を隠そうとせずに頭を下げる。

「いえ、それはいいんです。実はその後もあまりよくならず、十日くらい前にまた同じ薬の処方箋をもらったんです。それでまたそちらの薬局に行ったんですが、そのときに応対してくれたのが毒島さんという女性で、実はそのときに――」

爽太は、その後にあったことを手短に話した。方波見さんは硬い表情をしていたが、足立皮膚科で接触性皮膚炎という診断をもらい、ステロイド外用薬を塗って完治したという話をすると、ほっとしたように、「そうですか。それはよかったです」と笑顔を見せた。クレームを言われるのかと警戒していたようだ。

「それであらためて毒島さんにお礼を言いたいのですが、いつ行ってもお忙しそうで」

こんなことを訊くのは何ですが、薬局の余裕がある時間って何時頃でしょうか、と爽太は尋ねた。

「迷惑にならない時間に、あらためてお礼を言いに伺いたいのですが」

方波見さんは少し考え込んでから、「開店してすぐか、閉店間際なら割と空《す》いてます。あとは木曜日か土曜日ですね。近くのクリニックがお休みなので、他の曜日よりは余裕がありますよ」と返事をくれた。

土曜日はホテルが混むので、仕事を抜けるのは爽太の方が無理だ。すると木曜日か。幸いなことに今日は水曜日で翌日は夜勤だった。

「わかりました。じゃあ、明日の九時頃に行ってみます」

怪しい者ではないと証明するつもりで、爽太は自分の名刺を差し出した。勤め先を見て、方波見さんの顔が少し緩んだ。「ホテル・ミネルヴァって、あの坂の上にある」

「そうです。フロントの仕事をしています」

「そうなんですか。……じゃあ、馬場さんってご存知ですか。そちらにいらっしゃると思うのですが」方波見さんの口から意外な名前が出た。

「はい。います。馬場をご存知なんですか」

「前に地域の防災活動の会合でご一緒したことがあります。話が上手で、面白い方ですよね。そうですか。馬場さんの同僚の方ですか」

それで安心したのか、方波見さんははじめて爽太の顔を正面から見た。

「そういうことなら協力してもいいですよ」どこか意味ありげな言い方をする。

「明日は私も一緒のシフトです。だから二人で話をする場所と時間を提供してもいいです。毒島はあの通り、愛想がまるでない娘《こ》ですが、真面目で、責任感が強くて、患者さんのことを何より第一に考えています。ただ薬以外のことには興味がなくて、テレビや映画も見なければ、ファッションやグルメにもあまり関心がないようです。もし水尾さんが彼女と親しくなりたいのであれば、なんでもいいからとにかく薬の話をすることをお勧めします」まるで見合いを仕切る仲人のような口ぶりだった。

「いや、そういうつもりじゃなく、ただお礼を言いたいだけですが」

下心を見透かされたような気になって、爽太は慌てて言い訳をした。すると方波見さんは困ったような顔をした。「なんだ。そうなんですか。でもそういうことなら、わざわざ来ていただかなくてもいいですよ。お礼は毒島に伝言すれば済むことですから」

そう言われると返す言葉がない。

「いえ、あの……明日、お伺いします」と俯きながら口にする。

「そうですか。よかったです」と方波見さんはにっこりと微笑《ほほえ》んだ。

「薬剤師の仕事って、患者さんに文句や無理難題を言われることは多くても、お礼を言われることは滅多にないんです。だから彼女にはたくさんお礼を言ってあげてくださいね。顔には出しませんが、きっと心の中では喜ぶだろうと思います」

方波見さんは時計を見ると、そろそろ時間なので、とトレイをもって立ちあがる。

「あの、ありがとうございます」爽太は立ちあがってお礼を言った。

「明日お待ちしています」と方波見さんは店を出て行った。

# 4

その夜、自宅に帰ると、「何か飲んでいる薬はある？」と爽太は母親に訊いた。

「なによ。藪から棒に」夕食の支度をしながら、母親は怪訝《けげん》な顔をする。

薬の話題を探そうと、帰り道にスマートフォンで検索をしたけれど、出てくる話は専門的すぎて爽太にはとても理解できなかった。自分の経験を話題にしようと思ったが、風邪薬以外の薬を飲んだ記憶もない。生まれついての健康体で、こうなったら家族を頼るしかないと考えたのだ。

「父さんは前に薬を飲んでたよね。あれって、どんな薬だっけ」

「血圧の薬のこと？　お酒を控えるようになってからは飲んでないわ」

「じゃあ、母さんはどうなのさ。前によく動悸《どうき》や息切れがすると言ってたじゃない」

「あれは更年期のせいだったみたい。一過性だったから、今は元気になったわよ」

「親戚でもいいから、持病があったり、薬を飲み続けている人のことを教えてよ」

「そんなこと言われても、すぐに話せることはないわよ」

フライパンに火を入れているせいか、母は台所から出て来ようとはしない。仕方ない。半分だけ本当のことを打ち明けよう。

「実はさ、ホテルの近くにある調剤薬局の薬剤師と親しくなったんだ。それでせっかくだから、薬のことでわからないことがあれば聞いておこうと思って」

「へえ。その人って男、女？」

「女だよ」

「あら、そうなの。でもすぐにどうこうは――」言いかけた母が言葉を切った。「ああ、そういえば」

「そういえば、何？」爽太は身を乗り出した。

「あっ、ごめん。なんでもないわ」

「なんだよ、それ。なんでもいいから教えてよ」

母親はあらためて考え込んだ。「……そうねえ。義郎《よしろう》兄さんの具合が悪いということはあるけれど」

母は四人兄妹の三番目で、兄が二人と妹が一人いる。義郎兄さんは長兄で、バブルのときに資産を増やし、今は横浜で貸しビル業を営んでいるそうだった。

「義郎伯父《おじ》さんって、たしか一昨年再婚して、若い奥さんをもらったんだよね」

「そうなのよ。奥さんが亡くなって時間が経《た》って、子供が独立したのをきっかけにね」

「具合が悪いって、どんな感じ？」

「去年、脳梗塞で倒れたの。血栓ができて、あわや半身不随になるところだったのよ。奇跡的に後遺症はなかったんだけど、でも夏のはじめくらいから、また体調が悪くなってたみたい。朝起きられないことがあるとか言ってたわ」

前に法事で会ったときのことを思い出す。母とは年が離れていて、もうすぐ七十に手が届こうかという年齢のはずだった。

「とにかく病院が嫌いで、よほどのことがない限り行こうとしないのよ。それでいてお酒が好きで、毎晩のように飲み歩いていたでしょう。そりゃあ、脳梗塞にもなるって話よね。さすがに倒れた後は控えているらしいけど。薬もきちんと飲んで、食事も毎日家で摂《と》るようにしたと言ってたわ」

「でも薬を飲んでいるのに、体調が悪くなるって変だよね。診断が間違っているとかはないの」自分の経験をもとに爽太は言ってみる。

「大学病院で診てもらっているから大丈夫よ。でも春先に電話で話したときは元気だったのよね。お嫁さんが体のことを心配して、毎食のように納豆と青汁が出てくるのがたまらないって笑っていたけど」

奥さんはまだ三十代で、過去に水商売をやっていた人らしい。再婚するときには財産目当てじゃないかということで、親族の間で一悶着《ひともんちゃく》あったという話も聞いている。

「でもこうなってみると、再婚していてよかったという気がするわ。食事の支度はもちろんだけど、病院の行き帰りも奥さんが毎回付き添ってくれているみたい。診察が終わったら近くの喫茶店で待っていて、その間に奥さんが薬をもらって来るとか言ってたわ」

病院で薬を出せばいいのに、どうしてわざわざ外の薬局に行かなくちゃいけないんだ、と義郎伯父さんが毎回文句を言うため、奥さんが代わりに行くようになったらしい。

その気持ちはよくわかる。たまにしか病院に行かない自分でも同じことを思うのだから、定期的に薬をもらいに行かなければいけない人にすればなおさらだろう。

「その薬の名前ってわかるかな」

「ちらっと聞いたけど覚えてないわ。ワーなんとかって薬だと思うけど」

「ワーなんとかね」

その後も質問を重ねたが、母親の返事はどんどん曖昧になっていく。爽太はその話を続けるのをあきらめた。もう一度インターネットで調べてネタを探すしかなさそうだ。

「そういえば颯子《さつこ》はまだ帰ってないのかな」大学三年の妹のことを訊いてみた。

「ゼミの飲み会ですって。遅くなるって言ってたわよ」

妹にネタになることがないかと訊こうと思ったが、そういうことなら仕方ない。父親も帰りが遅くなるというので、母親と二人で食事を済ませると、リビングのサイドボードにある薬箱をこっそり覗《のぞ》いた。しかし入っている薬といえば、総合感冒薬と解熱鎮痛剤、葛《かっ》根湯《こんとう》くらいのものだった。これといった持病もなく、そこそこ健康な家族なのだった。ならばと洗面所へ行ってみる。洗面台をあけると薬用スカルプトニックとリアッププラスが目に入った。父親の育毛剤だ。別の棚にはクレアラシルとプロアクティブが置いてある。妹が使っているニキビの薬だろう。医薬部外品と書かれた各種のクリームのチューブは母親の化粧品だった。名前を検索すると、皺改善クリームにしみとりのクリームとわかった。うーん、話題にするには弱すぎる。

やはり薬の話は難しい。それなら基本に戻って化学の話はどうだろう。高校のときに、元素記号をアニメ風のキャラに擬人化した本を買ったことがある。あそこにネタになるような話はないだろうか。自室に戻って本棚を探すがどこにもない。そういえば大学受験のときに颯子に貸したことを思い出す。返してもらった記憶がないから、きっとまだ妹が持っているのだろう。

妹の部屋に行く。勝手に入るのは後ろめたいが、本を取るだけだと言い訳をした。目的の本は本棚の隅に押し込まれていた。本を取って、部屋を出ようとしたとき、屑籠《くずかご》に目が行った。空になった薬のシートが捨ててある。持病はないし、体調が悪いという話も聞いてない。一体何を飲んでいるのだろう。空のシートを拾ってみる。薬は二種類あるようだ。シートの裏にはマルダクトンとアンジェと書いてある。

スマートフォンで検索するとマルダクトンは利尿剤とわかった。高血圧の治療に使うものらしい。颯子はまだ二十一歳のはずだけど。父親の薬を飲み間違えたのかな。でもどういう理由でそんなことが起こるのだ。首をかしげながら次にアンジェを検索した。

それを見た瞬間、爽太は自分の目を疑った。再度検索したが結果は一緒だ。爽太は妹の部屋の屑籠を覗くという軽はずみな行動を深く悔いた。アンジェとは低用量の避妊薬《ピル》だった。

# 5

翌日、約束の時間にどうめき薬局に行くために、爽太は眠い目をこすりながら満員電車に乗った。ぎゅうぎゅうづめの電車で潰されそうになりながら、頭の中では同じ思いばかりがぐるぐるまわった。

妹がピルを飲んでいる。それは兄としては、いささかショックなことだった。颯子が、まさかそんな薬を飲んでいるなんて。決まった相手がいるならまだいいのだ。しかし颯子にそんな相手はいないはずだった。最近はお互いに遠慮して、直接プライベートの話をすることはないが、母親の口を通してそう聞いている。しばらく前まで彼氏はいたが、夏前に別れたそうだった。それなのに、どうしてあんなものが屑籠に捨ててある？　特定の恋人はいないが、不特定多数の男性とそういう関係があるということか。

学校にあがる前、爽太、爽太、と言いながら、どこに行くにも後をついてきた颯子の姿が脳裏に浮かぶ。おかっぱ頭につぶらな瞳。小学校にあがる年になってもまだ自転車に乗れず、泣きべそをかきながら練習していた姿が懐かしい。あの少しとろくて、可愛らしかった妹が、いまや家族に隠れてそんな薬を飲むようになるなんて。

爽太は自分の軽率な行動を再び深く悔いた。家族とはいえ、勝手に屑籠を覗くような真似をするべきではなかったのだ。

飯田橋《いいだばし》駅で電車を降りると、外堀《そとぼり》通りを歩き、神楽坂をのぼった。路地を曲がってしばらく歩くとどうめき薬局が見えてくる。店の前で白衣を着た方波見さんが待っていた。結局、話題になるような薬のネタは見つからなかった。仕方ない。出たとこ勝負でなんとかしようと考えた。

「こっちに来て」方波見さんはビルの横に爽太を連れて行く。

「お店じゃないんですか」

「事務さんもいるし、落ち着かないでしょう。薬局の休憩室は関係者しか入れないから、ビルの談話室を使えるようにしておいたわ」

通用口から中に入って、通されたのは階段横の小さなスペースだった。パーテーションで仕切られて、中央には小さなテーブルと椅子が四脚置いてある。

「ここで待っていて。いま呼んでくるから」

方波見さんは言うと、すぐに毒島さんを連れてきた。白衣にマスク、黒縁眼鏡で長い髪を後ろで一本に結んでいる。仕事をしているときと同じ格好だ。どこか不得要領な顔をしているのは、これから仕事というときに呼ばれたせいか。

「こちら、水尾さん。さっき言った通り、あなたのアドバイスで白癬感染症の誤診がわかって、感謝しているそうよ」

「水尾です。本当にありがとうございます。言われた通りに別の皮膚科で顕微鏡検査をしてもらいましたが、白癬菌は見つかりませんでした。ステロイド外用薬をもらって、それを塗ったらすぐに治りました。あのとき正しいアドバイスをしてもらったお陰です。そうでなければ効かない薬をいまだに塗り続けていたかもしれません」

本当にありがとうございます、と頭を下げる。

「まあ、立ち話もなんだから、とりあえず座ったら。ほら、患者さんじゃないんだからマスクくらい外しなさい」

方波見さんに促されて、毒島さんと正対して座る。

「私はお店に戻るわね。まだ患者さんは来ていないから、急いで戻らなくてもいいわよ。ゆっくり水尾さんの話を聞いてあげて」

方波見さんはそう言って姿を消した。マスクを外した毒島さんの顔を見て、やはり風花で見た女性だと爽太は思った。化粧気がなく、表情に乏しいせいで冷たい印象を受けるが、きちんと化粧をすればけっこう美人なのかもしれないとも考える。

「あらためてお礼を言います」

爽太は自己紹介をしてから、「本当に助かりました。ありがとうございます。なんとお礼を言っていいかわかりません」と言葉を続けた。

「お礼なんていいです。私は自分の仕事をしただけですから」

爽太は感情を込めて謝意を伝えたが、毒島さんはどこか当惑した表情だ。

「でも、よく誤診だって気づきましたね。そういうのって何かコツがあるんですか」

「コツとかありません。あのときに処方された薬は、足白癬には間違いなく効果がある薬です。完治するのに時間はかかりますが、一か月塗ってほとんど効果が出ないということはないはずです。水尾さんは、用法用量を守っているのに、一向に患部に改善は見られないとおっしゃいました。そうであれば、医師の診断が誤っていると考えるのは当然です」

「薬剤師の仕事って、薬を作って、渡すだけかと思っていました。でも違うんですね。そこまで考えているなんて驚きです」

「いえ、そんな。たいしたことじゃありません」

爽太の言葉に毒島さんの表情が一瞬緩んだ。よし。これを突破口に頑張ろう。爽太は勢い込んだが、しかしそこから先はさっぱりだった。美辞麗句を並べたて、仕事ぶりを褒めそやしたが、そこからの毒島さんの反応は薄かった。形ばかりの追従には無反応という態度を返された。そのうち腕時計をちらちら見だした。十五分が経過している。爽太は焦った。別の話題と思ったが、興味を引くような話は思いつかない。

「すみませんが、そろそろ戻らなくては――」

まずい。席を立たれたらそれで終わりだ。爽太は焦って、「あの、はす向かいに風花って喫茶店がありますよね」と言った。「ナポリタンが絶品ですよ。今年の春に初めて行ったんですが、病みつきになってしばらく通ったりもしました。毒島さんは昼休みに行くことはないですか」

「前に何度か行ったことはあります。でも外食自体が好きではないので、最近はほとんど行くこともないですね」

会話が途切れた。爽太はさらに焦った。この状況でハーブティーの話題を出すのはさすがに強引すぎるだろう。やむをえない。こうなったら妹の話をするしかない。

「あの、実は相談したいことがあるんです」と切り出した。

「家族が飲んでいる薬のことなんですが、相談できる人がいなくて困っているんです」

「どういうことですか」

毒島さんは浮かせかけた腰を下ろして爽太の顔を見た。

「妹なんですが、こっそりピルを飲んでいるようで、大学生なんですが、そういうのって見過ごしていいのか、意見をすればいいのか、それで悩んでいるところなんです」

「ピルですか。医師が処方したものを飲んでいるなら、はたでとやかく言うことはないと思いますが」

思い切って打ち明けたというのに、毒島さんの態度は変わらない。そう言われて返す言葉がなくなった。「問題ないということですか」

「目的にもよりますね。ピルは避妊だけではなく、月経前症候群《PMS》の治療に使われることもあります。妹さんは月経前、情緒不安定になったり、体調を大きく崩すことがありますか」

「えーと、よくわかりません」

妹の月経なんか気にしたこともない。

「飲んでいる薬の名前はわかりますか」

「アンジェという名前でした」

「第二世代の低用量ピルですね。血栓などの副作用の危険性は少ないと思います。他に併用している薬はありますか」

「はい。マルダクトンとかいう薬を飲んでいるようです」

「マルダクトン……利尿薬ですね」毒島さんは少し考え込んでから、納得したように頷いた。「なるほど。そういうことでしたら、問題はまったくありません」

「問題がないって、どういうことですか」

「つかぬことをお聞きしますが、妹さんは尋常性ざ瘡《そう》で悩まれているのではないですか」

「尋常性……？」いきなり奇怪な言葉を言われて戸惑った。

「尋常性ざ瘡というのは、一般的に言うにきびのことです」

にきびか。そういえば洗面台にはクレアラシルやプロアクティブが置いてあった。

「そうかもしれません。最近は仕事が忙しく、面と向かって話す機会もないので、くわしいことはわかりませんが」

「大人にきびと呼ばれる二十歳を超えてから出来た尋常性ざ瘡の治療に、マルダクトンと低用量ピルが使われることがあるんです」

にきびの形成には男性ホルモンが影響しているそうだ。だから基本的には男性の方がにきびを発症しやすい。しかし男性ホルモンの量が過剰だったり、男性ホルモンの感受性が強い女性は成人後もにきびに悩まされることになる。

「マルダクトンとはカリウム保持性利尿薬に分類される薬です。体内の水分を尿として排出させる作用があります。その際にカリウムを残して、ナトリウムを排出するという特徴があるんです。これを服用するとむくみが解消されて血圧が下降します。よって高血圧の治療に使用しているわけですが、他にもエストロゲン様作用、および抗アンドロゲン作用もあるので、服用すると男性ホルモンが抑制されて、ざ瘡の新生が阻止されます。ただし副作用として、不正性器出血や月経周期の異常などが生じるので、これを回避するため、低用量ピルを併用する治療法がとられるわけです」

毒島さんは何も見ずにすらすらと専門用語を口にする。

「じゃあ、妹はにきびの治療のために、その薬を?」

意外だった。ピルにそんな使い方があるなんて。薬の効果の説明はよくわからない。しかし目的が避妊ではないということは理解できた。

「ただし一言、言い添えるなら、専門医の中にはスピロノラクトンの内服は推奨できないという意見もあります。治療が長期にわたるため、全身のホルモン動態に影響を与える可能性があるという理由です」

　将来的に副作用が出る可能性もあるということか。いや、でも毒島さんが口にした薬の名前が違っていたような。それを指摘すると、「スピロノラクトンとはマルダクトンの一般名です」と毒島さんは言った。

　一般名というのは薬の主成分の名称で、それに対して製薬会社がつけた商品名が別にあるとのことだった。ジェネリックなど別の名前の薬でも、一般名が同じなら同じ効果が期待できるということらしい。

「しっかりした先生に治療を受けているならいいのですが、副作用のリスクをきちんと伝えずに、営利目的で治療に誘導するお医者さんもいるようなので、それについては注意をした方がいいと思います」

「わかりました。教えてくれてありがとうございます。折を見て今の話を母にして、あらためて妹に伝えてもらうようにしてみます」

　気持ちがすっと楽になった。とんだ早とちりだった。妹は隠れて不埒《ふらち》なことをしているわけではなかったのだ。

「お医者さんの中には金儲《もう》け優先で、患者さんのことは二の次に考える人もいますからね。何事にもお医者さんの言いなりにならず、自分の健康状態は自分できちんと考える習慣をつけた方がいいと思います。お医者さんの言葉を妄信して、こんなはずじゃなかったと後で後悔するのは、他ならぬ自分ですから」

毒島さんの言葉は手厳しかった。きっと是沢院長のことを言っているのだろう。

「わかりました。ヤブならぬモリ医者には気をつけます」

毒島さんは虚をつかれたような顔をして、その直後にぽっと頬を赤らめた。自分が前に言ったことを思い出したのだ。やった、と思った。彼女の無表情を打ち破って生の表情を見ることが出来た。この顔を見ただけでも、今日、ここに来た甲斐《かい》がある。

毒島さんは慌てたように時計を見た。「じゃあ、私はこれで」とそそくさと立ち上がる。

「あの、毒島さん――」

食事に誘おうと思ったが、しかしいざとなると心が挫《くじ》けた。拒絶されたらどうしよう。そんな恐れに続く言葉が出てこない。

「なんでしょうか」

そう口にする毒島さんはすでに普段の顔に戻っている。ダメだ。言えない。

「もうひとつ相談があるんですがいいですか」そんな台詞が口をつく。

「母方の伯父のことなんですが、脳梗塞を患って、いまはよくなったんですが、薬が合わないのか、最近調子が悪いそうで、それってどう思われますか」

自分で言っておきながら、意味がよくわからない質問だと思った。それに母は、伯父の体調が悪いと言ったが、薬が合わないなんてことは言ってない。とりあえず間をもたせるために口にした質問だ。

「薬は何を飲まれているのですか」

「はっきりわからないのですが、ワーなんとかという薬です」

「ワーなんとかですか。脳梗塞を患ったのは間違いないのですね」

「はい。そう聞いてます」

「それならたぶん、ワーサリンですね。血液を固まりにくくする薬です。血栓症の予防に使います。よく使われているお薬なので、合う合わないはないと思いますが」

あっさり言われて気が抜けた。どんな薬だろうかという話題で、しばらく時間を引き延ばせると思ったのに。

「薬が合わないと思うなら、主治医の先生に相談することをお勧めします。患者さんの状態を一番ご存知なのは主治医の先生です。患者さんの状態がわからないことには、薬剤師としても下手なことは言えません」

正論中の正論だ。そう言われたら、これ以上は何も言えない。

「そうですね。奥さんも旦那さんの体調を心配して、食事のたびに納豆や青汁を出しているようですし、まわりがごちゃごちゃ言うことではないですね」しゅんとしながら爽太は言った。

その瞬間、毒島さんの顔が強張《こわば》った。

「今、なんと言いました？」

「えっ、いや、まわりがごちゃごちゃ言うことではないですね、と」

「その前です。食事のたびに何を出していると言いましたか」

「納豆や青汁です。両方とも健康にいい食品ですよね」

「奥さんがそれを毎食出しているわけですか」

毒島さんはこれまで見せたことがない真剣な顔をした。眉間に深く太い皺が刻まれる。

「それは大変気になる話です。可能であれば、その方に連絡をして、薬の名前がたしかにワーサリンなのか確認してもらえませんか」

「確認って、いまですか」

「はい、そうです」

「でも、もう仕事に戻らないといけないのでは」

時計の針は九時二十分を過ぎている。

「いまはこちらが優先です。その話を聞いた以上、放っておくわけにはいきません。すぐにそれを確かめてください」

そんなに重要なことなのか。

「わかりました。じゃあ、母に電話して、伯父の奥さんに訊いてもらいます」爽太はスマートフォンを取り出した。

「待ってください。奥さんではなく、ご本人に訊くようにしてください」

「でも食事の支度や薬の管理については、奥さんが一手に引き受けているという話ですが」

「そこが一番の問題です。服薬は自身の健康に深く関係することですよ。それを家族とはいえ、人任せにしてどうします。自分がどんな薬を服用して、その薬にはどんな効果や副作用があるのか、それを知らないで自身の健康を保てるはずがありません」

　毒島さんは厳しい言葉を口にする。

「ざっくりした言い方ですが、血管内に血栓ができるのはビタミンKの働きによるものです。ワーサリンはビタミンKに作用することで、血液凝固因子の生合成を減らし、血液を固まりにくくする効果を持っています。しかし服用中、食事などで大量のビタミンKを摂取すると、その効果が薄れてしまいます。そして納豆や青汁にはビタミンKが多量に含まれています」

「じゃあ、毎食、納豆や青汁を摂っていたら大変じゃないですか」

「そうです。薬の効果が著しく減退します」

「じゃあ、それを奥さんにすぐに伝えないと」

「問題はそこです。ワーサリンを飲んでいる方は、納豆や青汁の摂取を控える必要があるということは、薬剤師には常識中の常識です。薬を渡す際には、必ずそれを伝えているはずです。ましてや本人ではなく代理の方が受けとるとなれば、それこそくどいほどに念押しをしていると思われます」

　首筋の毛がぞわっと逆立った。

「奥さんは知っていて、わざと納豆や青汁を出しているということですか」

　財産目当てじゃないかと非難されたという話を思い出す。まさかテレビドラマにあるような事件が、自分の身近で起こるなんて。もしかして伯父さんの具合が悪いというのはそのためか。「大変だ。すぐに伯父さんに伝えなくちゃ」

慌てる爽太を、毒島さんが止めた。

「落ち着いてください。大学病院であれば、ワーサリンを処方するとき、止血作用を担う凝固因子の働きを調べる検査をしているはずです。患者さんがビタミンKを多く摂っていれば薬の効果は薄れます。その結果を見て、医師は処方量を多くしていると思います。納豆や青汁を多く摂ったからといって、すぐに命の危機に至ることはありません。診察室に付き添っていない奥さんは、旦那さんがそんな検査をしていることを知らないのでしょう。薬剤師から、この薬を飲む際には納豆や青汁を摂らないようにしてくださいと言われて、それを思いついたのかもしれません」

「じゃあ、奥さんのしていることに危険はないですか」

「危険はないということはありません。ワーサリンが過剰投与されている状態ですので、今後色々な場面で副作用が出る可能性があります。とにかく本人に確認することが第一です。そのうえで主治医の先生に早急に相談した方がいいと思います」

爽太はすぐに母親に電話をした。毒島さんから聞いた話をかいつまんで伝えたが、しかし母親は納得しない。「いきなりそんなことを言われても」と戸惑ったような声を出すだけだ。

「大事なことなんだ。とにかく薬の名前といま飲んでいる量を確認してよ」

「それはいいけど、お嫁さんに内緒でってどういうことよ。まさかあの人が、義郎兄さんの命を狙っているとでも言いたいの」

「その可能性があるかもしれないんだよ」

「馬鹿言わないでよ。そんなドラマみたいな話があるわけないじゃない」

「でも薬剤師さんが確かめてくれと言っているんだよ」

「信じられないわ」

　堂々巡りだ。すると毒島さんは指で自分の顔と爽太のスマートフォンを交互に指さした。電話を代わると言いたいようだ。「じゃあ、薬剤師さんと代わるから、直接話をしてよ」

爽太はスマートフォンを毒島さんに差し出した。

「はじめまして。どうめき薬局の毒島と言います。──はい、薬剤師です」

　毒島さんは的確に要点だけを繰り返した。オブラートに包んではいるが、言うべきことははっきり言っている。

「──そうです。ワーサリンとビタミンKの組合せは、薬の効果を打ち消し、血栓ができるリスクを高めます。至急、薬の名前と現在飲んでいる量を確認してください」

　母親はようやく事の重大さに気づいたようだ。慌てている様子が毒島さんの口調で窺えた。すぐに義郎兄さんに確認するということで電話を切った。

　五分後、母親から電話があった。やはり薬はワーサリンで間違いなかった。飲んでいる量を毒島さんに伝えると、やはり普通より多いとわかった。

「よくよく聞いたら納豆や青汁が出ていたのは夏までという話だったわ。病院の検査で薬が効いてないという結果が出て、お医者さんに納豆や青汁は絶対に摂ってはダメだって怒られたんですって」

伯父さんがそれを伝えると、奥さんは平身低頭して謝って、薬剤師から言われたことを誤解していたと言い訳をしたそうだ。それ以来、食卓に納豆と青汁が出ることはなくなった。母親が納豆や青汁がよく出るという話を聞いたのはその出来事の前だったのだ。

「でも、それなら処方されるワーサリンの量は減るはずだよね。今でも普通より多い量が処方されているのはおかしいんじゃないのかな」

爽太が意見を言うと、「そうなのよ」と母親は同意した。

「それで思ったんだけど、今でもあの女が、義郎兄さんの食事にビタミンKを混ぜているんじゃないかしら。向こうだって馬鹿じゃないわよ。おおっぴらにすれば問題になるから、誰にも気づかれないようにこっそりやっているのよ」

受話器の向こうで母親は憤慨したように鼻を鳴らした。すぐに親族会議を開いて善後策を練るという。それだけ言うと電話は切れた。かなり慌てているようで、毒島さんにお礼を言うことも忘れている。

「すみません。色々とありがとうございます」

爽太が代わりに礼を言ったが、毒島さんは気にかけることもなかった。

「薬剤師として当然のことをしただけです」とだけ言う。

それではこれで、と立ち上がる。すでに九時四十分を過ぎている。これ以上は引き留められない。お礼に来たはずが、また世話になってしまった。

「本当にありがとうございます。このお礼はあらためて――」

爽太は深々と頭を下げた。結局、風花のことも訊けなかった。

## 6

一か月が経った。あの後、義郎さんをめぐっては一騒ぎがあったそうだ。親族会議でその話を訊かれた義郎さんは、納豆と青汁をやめても薬の量が減らないことをおかしいとは思っていたが、それを言えば奥さんが怒って出て行ってしまうかもしれないと思い、言えなかったと打ち明けたのだ。

皆に問い詰められた奥さんは、知らぬ存ぜぬを繰り返したそうだが、言い逃れが出来ないと見るや、「もういいわよ。私は何もしてないけど、ここまで疑われたら、もう夫婦を続けていく意味なんかないわ」と捨て台詞を残して出て行ったそうだ。

義郎さんは食事を改善して、ようやく体調も回復してきたところだという。ワーサリンだけでそこまで体調を崩すことはないから、こっそり他の薬も混ぜていたのではないかと周囲は疑っているそうだ。警察にも相談したが、事件とするには証拠がないと言われてあきらめた。このままでは、また同じような性悪女に狙われるのではないかという心配もあるために、息子夫婦が義郎さんと同居することを決めたという。

「これで一安心ね」母親はほっと息をつく。

「まあ、とりあえずはよかったよね」爽太も頷いた。父親は仕事で、妹もまだ帰っていなかった。

「それにしてもその薬剤師さんには感謝しなくちゃね。あのとき気づいていなければ、本当にあの女にいいようにされていたかもしれないわ。ところでその人、おいくつなの。あんたとはどういう関係の人なのよ」

母親はお茶をすすりながら、探るような視線を向けてきた。

「はっきりした年は知らないけれど、二十代後半くらいかな。勤め先の近くにある調剤薬局に勤めている人だよ」爽太は正直に言った。

「もしかしてお付き合いをしているってこと？」

「違う。違う。そんなのじゃないよ」爽太は慌てて手を振った。

「前に足が痒くなって、勤め先の近くにあるクリニックに行ったことがあったんだよ。そこで水虫という診断を受けたけど、でも薬を塗っても、まるでよくならなくてさ。そのときに色々と助言をもらったのが、あの人だったんだ。ちゃんとした皮膚科に行って、別の薬をもらったらすぐに治ってさ。そのお礼を言いに行ったとき、たまたまその話をしたら、それはおかしいということになったんだよ」

「本当かしら。なんか怪しい話だわね」

「嘘なんかつかないよ」

お茶をずずっとすすって、まあいいわ、と母親は呟《つぶや》いた。「お世話になったお礼はしなくちゃね。何か買って送ろうかしら。食べ物は何が好きか、あんた知っている？」

「知らないよ。でもたぶん受け取らないいんじゃないかな。薬剤師として当然のことをしただけだって、何度も言ってたから」

爽太はそっけなく言った。これ以上、母親には関わってほしくないという気持ちがあった。あらためてお礼に行くタイミングを考えてはいるが、仕事の忙しさもあり、なかなか訪ねることが出来ないでいるのだ。それにどんな話をすれば、興味を持ってもらえるかがわからない。これではまた訪ねても、ありがとうございました、いえ、薬剤師として当然のことをしただけです、という会話のやりとりで終わってしまう。

なにか話題はないだろうか。そんなことを考えている間にこれだけ時間が経ってしまったのだ。でも、もうこれ以上は引き延ばせない。そろそろなんとかしないと、と焦りを感じていたところだった。

「じゃあ、あんたに任せるわ」母親は財布から一万円札を抜き出すと、爽太の前にぽんと置いた。

「なに？　これ」

「あんたの知り合いなんでしょう。あんたがきちんとお礼をしなさいよ。若い女性が喜びそうな物を買って送るもよし。落ち着いたレストランに食事に誘うもよし。それは自分で考えなさい」母親はそれだけ言うと立ち上がる。

「いいよ。こんなの」爽太は紙幣を押し返す。しかし母親は取り合わない。

「世の中には礼儀ってものがあるのよ。あんたがしないなら、私が直接お礼に行くけど、それでもいいの？」

ぐっ、と爽太は言葉を飲み込んだ。出来ればそれはやめてほしい。

「ならしっかりやりなさい。あんたももう二十五歳なんだから、ガールフレンドの一人もいないと恰好《かっこう》がつかないでしょうに」

「なんだよ。それは関係ないだろう」爽太は焦って、横を向く。

「颯子にも彼氏が出来たみたいだし、あんたもせいぜい頑張りなさいよ」

「えっ、颯子に彼氏が出来たの？」

驚くと同時に、飲んでいた薬のことを思い出した。そういえばその話を母親にまだしていなかった。義郎伯父さんの騒ぎで忘れていたのだ。しかし爽太が口を開くより早く、母親は言った。

「バイト先の先輩ですって。自分から告白してOKをもらったみたい。そのためにわざわざニキビの治療までしてたのよ。病院に行って薬をもらった甲斐があったって喜んでたわ。私も病院に付き添ったけど、ピルがニキビの治療に効くなんて知らなかったわ。お父さんと爽太には絶対に言わないでって頼まれたから、今まで黙っていたけどね」

だから、あんたも頑張りなさい、と母親は爽太の肩をぽんと叩《たた》いた。

わかったよ、と爽太は頷くと、ありがとう、と机の一万円札を手に取った。

作中に出てくる薬の商品名は架空のものです。

# リビング・ウィル　葉真中顕

葉真中顕（はまなか・あき）
一九七六年、東京都生まれ。二〇〇九年『ライバル』で角川学芸児童文学賞優秀賞。一三年、『ロスト・ケア』で日本ミステリー文学大賞新人賞を受賞しデビュー。一九年、『凍てつく太陽』で大藪春彦賞および日本推理作家協会賞を受賞。映像化された『絶叫』も話題となる。『謎々　将棋・囲碁』『沈黙の狂詩曲』などアンソロジー参加も多い。他の著書に『ブラック・ドッグ』『コクーン』『W県警の悲劇』『Ｂｌｕｅ』『そして、海の泡になる』『灼熱』などがある。

①私の傷病が、現代の医学では不治の状態であり、既に死が迫っていると診断された場合には、ただ単に死期を引き延ばすためだけの延命措置はお断りいたします。
②ただしこの場合、私の苦痛を和らげるためには、麻薬などの適切な使用により十分な緩和医療を行ってください。
③私が回復不能な遷延性意識障害（持続的植物状態）に陥った時は生命維持措置を取りやめてください。
以上、私の宣言による要望を忠実に果たしてくださった方々に深く感謝申し上げるとともに、その方々が私の要望に従ってくださった行為一切の責任は私自身にあることを付記いたします。

——日本尊厳死協会　終末期医療における事前指示書（リビング・ウィル　Living will）より

◇

その知らせを私が受けたのは、金曜日の夕方。映画研究会の部室で、いつものようにみんなでダべっているときだった。

お腹《なか》も減ってきたので、ファミレスにでも行こうかという話になったとき、突然、テーブルに置いてあった私のスマートフォンが震えながら、ダース・ベイダーのテーマを奏で始めた。

「何、松山《まつやま》さん、着メロ、ダース・ベイダーなの？」

隣にいた先輩の突っ込みに「いや、実家のお母さんだけです」と答えると、みんなから笑いが漏れた。

別にそこまで怖いわけじゃないんだけど、ネタ半分で設定している。もちろん、母は知らない。

自分自身でも苦笑しながら電話に出ると、しかし母は笑い事ではない事実を告げた。

『飯能《はんのう》のお祖父《じい》ちゃんがね、事故に遭って、いま、意識不明の重体なんだって――』

私は思わず「嘘《うそ》！」と声を漏らした。周りのみんなは、何事かと怪訝《けげん》な顔をしている。

私はジェスチャーで「ちょっとごめん」と周りに伝え、部室から出て母の話を聞いた。

埼玉県飯能市に住む母方のお祖父ちゃんが、渓流釣りの最中に足を滑らせて川に流されたという。同じ場所にいた釣り人たちが救助してくれたけれど、水から引き上げた時点で呼吸がなく、ヘリで市内の病院に救急搬送されたとのことだった。

『――お義姉《ねえ》さんの話だとね、危ないかもしれないって……。うん、私もお父さんと一緒に行くけれど、千鶴《ちづる》はどうする？』

「あ、行く。行くよ、もちろん。明日、休みだし。うん、電車で。いいよ、大丈夫。こっちの方が早く着くし、駅からはタクシー拾うから。うん。じゃあ、あとで」

電話を切って部室に戻ると、みんなに事情を説明してファミレスに行けなくなったことを謝った。

サークル棟を出て自転車にまたがったとき、これは入学祝いにお祖父ちゃんに買ってもらったものだと思い出した。五万円もするブリヂストンのシティサイクルだ。それに乗って大急ぎでアパートに戻る。学校の荷物を置いて、鞄《かばん》に着替えとスマホの充電器を突っ込む。それからまた自転車で最寄りの江古田《えこだ》駅までダッシュする。駅前の駐輪場に自転車を停《と》めて、駅の改札を通る。飯能までは西武池袋《せいぶいけぶくろ》線一本だ。東京の大学に進学して独り暮らしを始めてから、お祖父ちゃんの家は実家よりも近くなった。一番線のホームに下りて、ちょうどやってきた各駅停車の小手指《こてさし》行きに乗る。江古田には各停しか止まらないので、飯能行きを待つよりも、とりあえず来た電車に乗るのが一番早い。案の定、石神井公園《しゃくじいこうえん》駅で急行飯能行きとの待ち合わせがあったので、そちらに乗り換える。

電車に揺られている間、私はずっと頭の中で繰り返していた。

お祖父ちゃん死なないで、と。

お祖父ちゃんは今年でちょうど七十歳。母の実家でもある飯能の家で、設計事務所を営む息子夫婦とその娘（つまり私の伯父《おじ》さんと伯母さんと従姉《いとこ》だ）と、四人で暮らしている。私が最後にお祖父ちゃんに会ったのは二ヶ月くらい前。池袋までパソコンを買い換えに行くというので、それにつきあったのだ。

お祖父ちゃんは長年勤めた大手商社を定年退職したあと「これまで仕事ばかりだったから、これからは趣味を思い切りやるんだ」と、週に一度は山歩きや釣りに出かけているという。髪は真っ黒に染め、背筋もぴんと伸びていて、お年寄りという感じは全然しない。頭の方もすごくしっかりしていて、パソコンについても詳しく、聞けば最新のクラウドサービスなんかも使いこなしているという。正直、私の付き添いなんてなくても問題なく買い物はできたと思う。

それでもお祖父ちゃんは「今日はありがとうな。千鶴のお陰でいい買い物ができた」と、帰りに千疋屋《せんびきや》フルーツパーラーに寄ってパフェをご馳走《ちそう》してくれた。

「千鶴が近くに来てくれて嬉《うれ》しいよ。また今度、お祖父ちゃんとデートしてくれな」なんて悪戯《いたずら》っぽく笑ったお祖父ちゃんと、またそのうち一緒に買い物に行こうって約束していたのに……。

終点の飯能駅に着いて、タクシーで病院に向かうと、集中治療室の隣にある家族待合室へ通された。そこには顔色を失った伯父さんと伯母さんがいた。お祖父ちゃんはまだ治療室で、担当の医師からは「最善を尽くすが最悪の事態を覚悟しておいて欲しい」と伝えられたという。

「私ね、本当はお義父《とう》さんのこと、心配だったのよ。すごくお元気だったけれど、歳《とし》が歳でしょう……。山とか、水のあるところとか、危ないんじゃないかって。だけど、釣りが生きがいだって仰《おっしゃ》ってて、いつもすごく楽しそうに出かけるから……。ああ、こんなことになるんだったら、無理にでも引き留めればよかった」

伯母さんは目を真っ赤に腫らし、そんな悔いを漏らした。

「あまり自分を責めるな。俺もそうだよ。心配だけど、親父《おやじ》なら大丈夫だろうって高をくくっていたんだ。いや、きっと大丈夫さ。あの元気な親父の生命力を信じよう」

伯母さんを励ます伯父さんの目にも、光るものがあった。

お祖父ちゃんは昔からアウトドアが好きで、夏休みによくキャンプに連れて行ってくれたのを覚えている。パソコンだって、用途の半分以上は釣りに行ったときに撮った写真の管理だという。釣りの話をするお祖父ちゃんは本当に楽しそうで活《い》き活《い》きとしていた。私が伯母さんの立場でも、たぶんお祖父ちゃんを引き留めることなんてできなかったと思う。

伯父さんと伯母さんが心から、お祖父ちゃんの身を案じているのが伝わって来た。ただ、従姉の早苗《さなえ》の姿がないのは、気になった。

それとなく訊《き》いてみたところ、伯父さんと伯母さんの顔が曇った。早苗は友達と遊びに行っていて、連絡はしたのだけれどまだ来ていない、とのことだった。「本当にあの子は、こんなときまで……」と、伯母さんがため息をつく。私も憤りを覚えた。

百歩譲って知らないならまだしも、連絡を受けているなら、何はなくとも飛んでくるべきじゃないの？

早苗は私より三つ年上の二十二歳。小さな頃は従姉妹同士で仲よくしていた記憶がある。早苗は運動神経がよく活発で、中学のときには陸上の走り幅跳びで県大会で優勝したこともある。私にとってはちょっとしたあこがれの存在だった。アウトドア好きのお祖父ちゃんとも気が合うようで、キャンプのときはすごく楽しそうにしていた。

けれど、高校に上がってから早苗は変わってしまった。髪の毛を染めたり、やたらと濃いお化粧をしたり、どぎついピンク色のジャージを着たり、ギャル、というかヤンキーみたいになってしまった。学校をさぼるようになり、よくない仲間と遊び歩いているという話も聞くようになった。正直、私はああいう感じがすごく苦手だし、早苗の方も親族が集まる場には、ほとんど顔を見せなくなり、自然と疎遠になっていった。もう何年も直接話をしていない。

「早苗も千鶴みたいにしっかりしてくれたらなあ。根はいい子なんだけどなあ、つらいことがあったからなあ……」

一緒に買い物に行ったとき、お祖父ちゃんはそんなことを言っていた。

早苗が変わったのは、高校一年の冬にアキレス腱《けん》を切って、陸上部を辞めてからだ。

高校を卒業したあとは就職もせずしばらくぶらぶらしていたけれど、今年から美容の専門学校に通い始めたという。が、生活態度はあまり改まらず、夜遊びばかりしているそうだ。

「学校に行くようになったのはよかったけれど、毎晩遊び歩いているみたいでなあ……。俺が起きているような時間には帰ってこないんだよ」

お祖父ちゃんは早苗のことをとても心配していた。

なのに、こんなときまで、すぐ来ないなんて。

私が到着してから一時間ほどあとに、両親も病院にやってきた。それから更に三十分以上あと、ようやく早苗が姿を現した。

久しぶりに見た早苗は、髪はまっキンキンで、目元はマスカラで真っ黒、唇には濃いピンクのルージュを引いていた。金の刺繍《ししゅう》が入った白いパーカーを羽織っている。髪の色も身なりも前に会ったときと全然違っていたけれど、雰囲気は変わらない。いかにもヤンキー、っていう感じだ。アルコールの匂いをぷんぷんさせて、顔を赤らめている。目が潤んでいるのは、きっとお酒のせいだろう。

彼女の姿を見るなり伯父さんが「お祖父ちゃんが大変なときに、何をしていたんだ！」と、怒鳴りつけた。しかし早苗は悪びれもせず「うっせーな」と口を尖《とが》らせた。

「ふざけるな！」と更に怒鳴り散らそうとする伯父さんを、母が「兄さん、病院だから」と、なだめる。

腹を立てる伯父さんの気持ちは私にもよくわかる。でも、おもむろに早苗がこちらを向いたときには、つい、目を逸《そ》らしてしまった。

それからほどなくして、待合室のドアがノックされ、白衣を着た年配の医師と女性の看護師が入ってきた。

「あの、父は」

思わず立ち上がって尋ねる伯父さんに医師は答えた。

「危険な状況は脱しました」

狭い部屋に、ほっと胸をなで下ろす音が重なるようだった。お祖父ちゃんは助かったのだ。よかった、本当によかった。

「ただし――」と医師は続ける。「残念ながら意識は回復しておりません」

「え、それは……いつ戻るんでしょうか?」

今度は伯母さんが尋ねる。

「今のところはなんとも言えません」

「あの、ずっと目を覚まさないということは、ないんですよね」

医師はかすかに首を振る。

「残念ながら、その可能性もあります」

伯母さんが「ひっ」と小さく息を漏らした。

「こちらとしてはまだ判断を下すことはできません。一晩経過を観察し、いくつかの検査をさせていただいた上で、今後の治療方針について、ソーシャルワーカーを交えご相談させていただきたいと思います。ついては明日の午後にまたお集まりいただきたいのですが、よろしいでしょうか」

「我々は構いませんが……」と伯父さんが、私の両親に目配せをした。

「うちも大丈夫です。こちらに泊まる気で来たので」父が言った。「私も」と、私も頷《うなず》いた。早苗は何も言わずに、ずっとそっぽを向いたままだった。

両親は駅前のビジネスホテルに泊まり、私は病院の家族用の宿泊室が一部屋空いているというので、そこを使わせてもらうことになった。

独りになってから私は、自分がお腹を空《す》かせていることにやっと気づいた。そう言えば夕食をとっていなかったのだ。病院の売店はもう閉まっていたけれど、近所にコンビニがあるというので、そこでカロリーメイトと野菜ジュースを買ってきて食べた。夜遅いので、カロリーを気にしてチョイスしたのだけれど、こういう食べものは病院で食べるといっそう味気ない。ちょっと失敗したなと思った。

そのあとシャワー室を借りた。病院のシャワー室はきれいだけれど、独特の尖った匂いがした。

ベッドに入ったのは、ちょうど日付が変わる頃だった。枕が変わったせいか、なかなか寝付けなかった。

医師は、意識が戻らないかもしれないと言っていた。それって、いわゆる「植物状態」

というやつのことなのだろうか。

だとしたら、お祖父ちゃんはきっと……。

私は、最後に会ったとき、お祖父ちゃんが話したことを思い出していた。

次の日の午後二時、私たち家族は再び家族待合室に集まった。いかにも不機嫌そうな顔をしていたけれど、早苗もいた。

昨日の医師と看護師の他に、もう一人別の若い女性の看護師と、眼鏡をかけたスーツ姿の男性が同席した。彼はこの病院のソーシャルワーカーだという。

まず最初に、医師から経過観察と検査を経た上での所見が述べられた。それは、昨夜私が思ったとおりのものだった。

「――現在、雄三《ゆうぞう》さんは深い昏睡《こんすい》状態に陥っており、意識を確認することができません。CTスキャンの結果からも、大脳の広範囲にわたりダメージを受けていることが窺《うかが》えます。これは呼吸停止により脳が一定時間、無酸素状態に置かれたためと思われます。ただし、脳の機能がすべて停止しているわけではありません。瞳孔反射などの反応は見られ、また非常に浅いのですが自発呼吸もしてはおります。生命を維持するのに必要な脳幹などの中枢神経は大部分が損傷せず生き残っているということです。また、心臓をはじめとする内臓にも目立った問題はなく、脈拍、血圧ともに安定しております。今後、容体が急変するということもまずないでしょう。ただし、意識が戻るかというと……一般的に無酸素状態で脳がダメージを受けた場合、回復することはきわめて稀《まれ》です。百パーセントの断定をすることはできませんが、私の経験からしても、このまま遷延性意識障害、いわゆる植物状態になる可能性がきわめて高いと思われます」

たぶん、みなある程度は予想、というか覚悟はしていたのだろう。誰も取り乱すことはなかった。

「あの、それでも、父は生きているんですよね？」

伯父さんがどこかすがるように尋ねる。

「はい。医学的には、いま雄三さんが生きているのは間違いありません。しかし先ほど申しましたとおり、自発呼吸は非常に浅くなっており、実はそれだけでは生命を維持することができません。そこで人工呼吸器を使い補助をしております。これは一時的な処置であり、今後も人工呼吸器を使い続けるのであれば、喉のところの気管を切開し、繋《つな》げるという処置が必要になります。ついては、そういった処置を希望するかどうか、ご家族で話し合って欲しいのですね」

「それをしなければ父は死んでしまうのでしょうか？」

「そうなります。ただ、回復の見込みがないのであれば、尊厳死を希望する方も多くおりますが」

「尊厳死、ですか……」

伯父さんは戸惑うように視線を泳がせた。

するとソーシャルワーカーが、医師のあとを引き取るように口を開いた。

「私の方から説明させていただきます。尊厳死というのは、いわゆる終末期におきまして、延命的な措置をせず可能な限り苦痛を和らげて、人間としての尊厳を保ったまま、患者さまに安らかな最期を迎えていただくことを指します」

「つまり、安楽死ということですか？」

「いえ、言葉の定義の問題なのですが……日本では『安楽死』というと、筋弛緩剤《きんしかんざい》などを投与して積極的に患者さまの死期を早めることを指します。ただし、これは殺人にあたる可能性があり、過去に刑事事件に発展してしまった事例もあります。無論、当院では行っておりません。対して『尊厳死』は、あくまで延命をせず苦痛を緩和する処置です。積極的に死期を早めるような処置はいたしません」

「なるほど」

「この尊厳死も、現状、法的な規定があるわけではないのですが、厚生労働省が『終末期医療の決定プロセスに関するガイドライン』という指針をつくっております。当院としては、患者さまの自己決定権を尊重し、このガイドラインに準ずるかたちで延命をするか、あるいは尊厳死を迎えるかを選択していただいております」

ソーシャルワーカーは一度言葉を切ると、指で眼鏡の位置を直してから続けた。

「この場合、最優先されるのは患者さまご本人の希望です。しかし雄三さまには意識がなく、直接希望を確かめることができません。ですので、まず確認したいのはご家族で雄三さまの希望を推定できるかです。たとえばご本人がリビング・ウィルを書いていたか、わかりませんでしょうか」

「リビング・ウィル？」

聴き慣れない言葉を伯父さんは訊き返した。

「はい。『事前指示書』とも言われていますが、万が一の際に尊厳死を希望されるか否か、あらかじめその意思を書面に記したもの。一種の遺言書のようなものです。こういったものがあれば、その内容を尊重して治療方針を決めることになります」

なるほど、だから「生前の意思《リビング・ウィル》」というのか。ソーシャルワーカーは一同を見回して尋ねる。

「最近はドナー・カードのように携帯できるリビング・ウィル・カードもありますが、雄三さまはお持ちではなかったようですが……どうでしょうか？」

みな無言で顔を見合わせる。やがて伯父さんが答えた。

「私は知りません。というか親父はそういうものは書いてないと思います。なあ？」

伯父さんに同意を求められた伯母さんも「ええ」と頷いた。

「一緒に住んでいる兄さんたちが知らないんじゃ、ねえ」「うん」と、うちの両親もかぶりを振る。

「あ、あの……」

やっぱり、これは言っておいた方がいいよね――そう思った私は、小さく手をあげた。

「私、実は、前にお祖父ちゃんと会ったとき、その、まさに、自分が植物状態になったら、尊厳死を望むかどうかという話をしたんです」

「え?」

「千鶴ちゃん、本当なの?」

「う、うん」

「書面で残ってなくても、ご本人がどのような考えを持っていたかがわかれば、それはリビング・ウィルの代わりになり得ます。是非、雄三さまとどのような話をしたか、お教え願えますか?」

ソーシャルワーカーに促され、私は口を開いた。

「は、はい。お祖父ちゃんと一緒に買い物に行ったときのことなんですが——」

あの日、千疋屋フルーツパーラーでパフェを食べていたとき、お祖父ちゃんはなんとなく会話を探すように言った。

「そういや、千鶴は映画が好きなんだって?」

「うん。大学でも映画のサークルに入ってるよ」

「そうか。こないだな、釣り仲間に勧められてな、『海を飛ぶ夢』ってのを観《み》たんだよ。千鶴、知ってるかい?」

「あ、うん。あれだよね、安楽死の映画——」

『海を飛ぶ夢』は、実話をベースにした二〇〇四年公開のスペインの映画だ。船乗りだった主人公は、若い頃に事故に遭い、首から下がまったく動かせなくなってしまう。以後、長い間、家族の献身的な介護を受けて寝たきりの生活を送っている。そんな中、主人公は他人の負担になり生き続けるよりも、安楽死することを望むようになる――という物語だ。世界的に評価が高く、アカデミー賞の外国語映画賞をはじめ、いくつもの賞を獲《と》っている。日本でも結構話題になった作品で、私もＤＶＤで観たことがあった。

お祖父ちゃんはこの『海を飛ぶ夢』を観たことがきっかけになって、改めて自身の死生観について見つめ直したという。

「俺は漠然と長生きするのがいいって思ってたんだけどな。まあ、死にたくねえし、釣りだってまだまだ楽しみたいしな。でも生きがいをなくしたまま、誰かの世話になって生きるのは、つらいと思うんだよな。俺だって、もし寝たきりになって釣りにも行けなくなっちまったら、死にたくなるかもしれない」

映画の中で、寝たきりの主人公が見る「海を飛ぶ夢」は、彼が失ってしまった生きがい、あるいは自由の象徴だ。お祖父ちゃんにとってのそれは釣りなのだろう。

「ましてなあ、抗がん剤やなんかで苦しい思いをしながら生きるくらいなら、楽に逝きたいとは思うんだよ。うちのが死んだときは、そりゃ悲しかったし、こっちはがっくりきたけど、いま思えば、あれはあれで、ポックリ逝けて幸せだったと思うんだよな。ピンピンコロリってやつでさ」

ピンピンコロリというのは、元気に生きて死ぬときは苦しまずにコロリと死のう、という意味のスローガンだという。死んだお祖母《ばあ》ちゃんがまさにそうで、お祖父ちゃんよりも元気なくらいで病気知らずだったのが、ある日、心筋梗塞で突然死してしまった。確かに安らかだったと思う。

人間はいつか必ず死ぬのだから、苦しまずに死ねるのは理想的なのかもしれない。

「それとな、気になって色々調べたんだけどな。植物状態で傍《はた》からは意識不明に見えても、当人には意識があることがあるそうなんだよ。さすがにそれはぞっとしねえよなぁ」

意識不明というくらいだから、当然、夢も見ずに眠っているのと同じく、本人は何も感じていないのだと、私は思っていた。けれど、実際にはそうとも言いきれないという。

外界に対してまったく反応を示さない植物状態の人でも、脳波を調べてみると、健康な人と同じくらい脳が活動していることがあるというのだ。また、奇跡的に植物状態から回復した患者の中には「ずっと意識があった」と証言している人もいるという。

つまり、そういう人たちは、まったく身体《からだ》を動かせず誰ともコミュニケーションを取れないまま、肉体の中に閉じ込められているのだ。ぞっとしない、どころか、恐ろしく思える。

「さすがに、俺はそんなになってまで生きていたいとは思わない。日本では安楽死はさせてもらえないみたいだけど、せめて延命はしないで、尊厳死させて欲しいもんだよ」

お祖父ちゃんは確かにそう言っていた。

「――ですから、お祖父ちゃんは尊厳死を望んでいたと思います」

「なるほど、それはいつ頃ですか？」

　メモを取りながら話を聞いていたソーシャルワーカーが顔を上げて尋ねた。

「あ、えっと、夏休みに入ってすぐだったから、ちょうど二ヶ月くらい前です」

「そうですか。比較的最近ですね。十分、リビング・ウィルの代わりになるのではないでしょうか。雄三さまは尊厳死を希望していると考えるのが――」

「あの、待ってください！」

　伯母さんが突然大きな声をあげて、椅子から立ち上がった。みなが注目する。伯母さんは我に返ったようにうろたえた。

「いえ、急に、ごめんなさい」

「どうされましたか？」

「あ、はい。いまの映画の話で、急に思い出したことがあって」

　伯母さんは、少し照れくさそうに椅子に座り直すと話し始めた。

「実は、つい先週のことなんですけど、義父《ちち》がリビングで映画を観ていたんです。あの、えっと、潜水服が、蝶《ちょう》の？」

　私はぴんときた。それはたぶん、私が教えた作品だ。

「もしかして『潜水服は蝶の夢を見る』ですか？」

「そうよ、それ」

お祖父ちゃんが『海を飛ぶ夢』の話をしたときに、思い出して私が名前を挙げたのだ。あのときお祖父ちゃんは興味深そうにして「じゃあそれも観てみるか」と言っていたけれど、本当に観てくれていたようだ。

二〇〇七年公開のフランス映画『潜水服は蝶の夢を見る』も、『海を飛ぶ夢』と同じように実話をベースにした映画で、やはり同じように主人公は脳梗塞で身体を動かせなくなってしまう。それどころか麻痺《まひ》の度合いはずっと重く、『潜水服は蝶の夢を見る』の主人公は、動かせるのは左目のまぶたのみで、声を出すことすらできなくなってしまう。かなり植物状態に近いと言えるだろう。しかしこちらの主人公は、そこに希望を見出《みいだ》す。左目のまばたきの回数で言葉を伝える方法で、周囲とコミュニケーションを取り、自伝を出版するまでになるのだ。

「義父はその映画を観て、いたく感動したようで『俺もどんなふうになっても、最後まであきらめずに生きていたい』って言っていたんです……」

「それが先週ですね？」

ソーシャルワーカーが尋ねた。

「は、はい」

「だとすると、雄三さまの考えに変化があり、延命を望まれるようになった可能性がありますね」

そんなことがあったのか……。

でも、いまのお祖父ちゃんは、まぶたさえも動かせない。それでもやっぱり生きていたいと思っているのだろうか。

「それならば」今度は伯父さんが口を開いた。「私はやっぱり、どんなかたちでも、親父には生きていて欲しいと思います」

感極まったのか、最後の方は少し涙声になっていた。

「私もです」伯母さんが同意する。こちらも目に涙を浮かべているようだった。「これでお別れだなんて……嫌です……」

伯母さんは涙をこぼす。改めてお祖父ちゃんは慕われていたのだと思う。実の息子の伯父さんだけでなく、お嫁さんの立場の伯母さんまでこんなことを言うなんて。

私ももらい泣きしてしまいそうになった。

けれどその二人の娘が冷や水を浴びせるようなことを言った。

「馬鹿みたい。植物人間になっちゃうんでしょ？　生きてる意味ないじゃん。殺してあげればいいじゃん」

「早苗、なんてこと言うんだ！　おまえだって散々世話になっているだろう！」

伯父さんがテーブルを叩《たた》いて怒鳴りつける。早苗は舌打ちをして、ぷいとそっぽを向いた。その態度には私もむっとしたし、うちの両親も顔をしかめた。お祖父ちゃんはあんなに早苗のことを心配していたのに、酷《ひど》いと思う。

「少しよろしいですか」

　ずっと黙っていた医師が低い声を出した。みなが注目する。

「繰り返しになりますが、雄三さんが回復する見込みは、ほとんどありません。仮に延命する場合も、そのことはよくよく承知いただきたいのです。また、一部は保険適用されますが、それなりに医療費やベッド代もかかります。……正直申し上げまして、このようなケースでは延命措置をされて後悔される方が多くいらっしゃるのが現実です」

　医師の口ぶりからは延命に反対なのだということがありありと窺えた。

「あの、回復の見込みがほとんどない、ということはゼロではないということですよね？」

　伯父さんが言い返すようにして尋ねた。

「う、うむ……そうですね。可能性がゼロと言い切ることはできませんが……」

「でしたら、やっぱり、希望を棄《す》てずに生きていて欲しいと思います。それに私、話を聞いていて思ったんですが……。その患者の自己決定権とか、親父の希望を優先すると言っても、結局、いま親父がどう思っているかは、わかりようがないんですよね？」

「それは、そうです」ソーシャルワーカーが答えた。「ですから、推定できる場合はそれを尊重することになるのです」

「あの、でしたら、その推定が外れている可能性も考えた方がいいんじゃないでしょうか」

「と、申しますと？」

「はい。親父が本当は延命を望んでなかったのに延命させてしまった場合と、本当は延命を望んでいたのに延命せずに殺してしまった場合——、つまり、間違って生かすのと間違って殺すのでは、前者の方がいくらかましに思えるんですが……」

「ふうむ」

医師はうなり声をあげた。

なるほど、と思う。伯父さんの言うことはもっともに感じられた。意識のない人の希望が百パーセントわかるなんてことはあり得ない。私は確かに「尊厳死させて欲しい」という言葉を聞いているけれど、伯母さんは「最後まであきらめずに生きていたい」という言葉を聞いたという。最終的にどう思っていたのかはわからない。ならば取り返しがつかない尊厳死は、選択すべきじゃないのかもしれない。

「本来、ましかどうかで、決めるべきことではないのですが……。一つの考え方ではあると思います」

ソーシャルワーカーが目配せをすると、医師も頷いた。

「そうですな。ご本人が延命を希望されている可能性があり、ご家族の理解があるのなら、私としても雄三さんが生きていられるよう努力はするつもりです」

「お願いします。お金のことは、私がなんとかします。自分の親のことですから」

伯父さんがきっぱりと言い切った。

こうして結局、お祖父ちゃんは人工呼吸器の取り付けをはじめとする延命措置を受けることになった。

◆

遠くから家族の声が、聞こえる。

「血色もいいし、いまにも目を覚ましてくれそうなんだけどな……」

息子の茂《しげる》だ。

「本当に。ねえ緑《みどり》さん、ここ触ってみて。お髭《ひげ》がね、生えているのよ」

この声は嫁の俊子《としこ》。

ぼんやりと、厚い膜の上から身体を触られたような、かすかな感触がある。けれど、どこを触られているのか具体的にはわからない。

「本当だ。お父さん、やっぱり生きているのね」

娘の緑が、感心したように言う。

「そうなんですよ。髪の毛やね、爪も伸びているんです。こんなふうにね、一生懸命、生きようとしているんですね」

「でも、兄さん、本当に大丈夫なの？　その、治療費とか」

「気にすんなって。保険のお陰で、そんなにはかかんないんだよ。そっちこそ、無理に出すことないんだぜ」

「ううん。うちは本当に少しだけだから。ねえ？」

「ああ。きみにとってもお父さんなわけだしな」

これは緑の嫁ぎ先の旦那だろう。

「みんなに思われていて……お義父さんは本当に幸せね……」

俊子が涙声で言う。

またぼんやりとした感触。どこか、ひょっとしたら手でもさすっているのだろうか。

「そうだな、親父は幸せ者だな」と同意する茂の声が聞こえる。

俺の胸の裡《うち》には、憤怒の炎が巻き起こる。

白々しい！　何が幸せだ！　冗談じゃない！

おまえら夫婦は、俺のことなんかこれっぽっちも考えてないだろうが！

「ねえ、千鶴ちゃん。よかったでしょう？　尊厳死なんてさせないで、こうしてお義父さんに生きていてもらえて」

「……はい」

孫娘の千鶴の小さな声。

千鶴、おまえは、俺の本心を知っているはずなのに、どうして……。

ちくしょう！　どうしてこんなことになっちまったんだ！

最初は、何が起きたのかまったくわからなかった。目を覚ますと、俺は真っ暗闇の中にいた。否、暗いのではない、まぶたが開かないのだ。まぶただけでなく身体のどこも、指先一つも動かせない。それどころか、手足をはじめ身体の感覚がまるでない。自分がいまどこでどんな姿勢でいるのかすらわからない。それに酷く息苦しい。誰かを呼ぼうとしても、声をあげることすらできない。辛うじて、匂いと音だけを感じる。どちらも明瞭とはいえないが、匂いはかすかな刺激臭。音はどこか遠くで機械が動いているような轟々《ごうごう》という音。それから人の話し声のようなものもするが、はっきりとは聞き取れない。

次第に頭がぼんやりとしてくる。眠い。眠い。眠い。猛烈な睡魔に襲われる。あえぐこともできない息苦しさと、眠りに落ちる前のあの心地よさを同時に感じる。真っ暗闇の中で、光に包まれるような錯覚も覚える。俺は眠りに落ちてゆく――

そして再び目を覚ます。やはり目が開けられず、何も見えない。ただ、さっきのような息苦しさはない。そして、ほんの少しだが、身体感覚らしきものがある。しかしそれは、解像度が酷く粗い。首も胴も四肢も、巨大にふやけてしまったように曖昧だ。わかるのは、自分がどこかで横になっているらしいということだけだ。

どうなっているんだ？　俺はいまどこにいる？

記憶の糸をたぐり寄せる。

俺は何をしていたんだっけ……そうだ、釣りだ。ニジマスを釣りに有間《ありま》渓谷に行ったんだ。それで、どうした？　いつものように釣りを始めて……ああ、そうだ、そうだ、足を滑らしたんだ。ポイントを変えようと思って、川に入って歩いているときだ。水かさが少し増しているから気をつけていたつもりだったのに。まるで初心者みたいなへまをやらかした。

それで俺はそのまま深みにはまって、流されたんだ。思い返してもぞっとする。とにかく冷たかった。しこたま水を飲んじまった。頭の後ろを岩か何かにぶつけたような気もする……あれ？　それから、どうなった？

記憶がない。そこで途切れている。川に流されて、俺はどうなった？　まさか死んでしまったのか。ここは死後の世界か？

俺は耳を澄ます。どうであれ、いま手がかりはわずかでも聞こえるこの音だけだ。

さっきとは違う種類の機械音と、ピ、ピ、ピという電子音がする。それから人の話し声だ。遠くて聞きづらいが、じっと聞いていると馴《な》れてくるのか、段々と言葉の輪郭がはっきりとしてくる。

よかった、生きている、手術、成功――そんな言葉が聞こえる。聞き覚えのある声も混じっている。息子の茂と嫁の俊子だ。

もしかして、ここは病院か？

ようやく俺は気づく。そうだ、このかすかに感じる刺激臭は消毒液の匂いだ。きっと俺は、救助されて病院に運ばれたんだ。手術を受けなければならないほどの怪我《けが》をしていたのだろうか。ただ、成功と言っていた。俺は助かったんだ。

周りにいるらしい家族たちを呼ぼうとしても声が出ない。

「これで意識が戻ってくれれば……」

俊子の声だ。

おーい、俊子さん、戻っているぞ。俺はもう起きているよぉ──どうやっても声が出てくれない。身体は曖昧なまま、どこも動いてくれない。起きているのに、起きていることを伝えることができない。酷くもどかしい。

くそ、なんなんだこれは。まるで身体の中に閉じ込められているみたいだ。

そう言えば……、割と最近、自分の身体がこんなふうになってしまうことを考えたような気がする。そうだ、『海を飛ぶ夢』という映画を観て、安楽死とか終末医療とかが気になり、調べている中で……まさか……。

誰か知らない声がそのまさかを口にした。

「以前は悲観的なことも申し上げましたが、奇跡的に植物状態から回復した例もあります。こうして命をつなぐ措置をしたのですから、希望を棄てずに、見守りましょう」

──植物状態。

誰が？　俺が？

植物状態に陥っても当人には意識があることがあるという。俺がそうなってしまったのか？

みんなの話している内容と、いまの俺の状態からして、他に考えようがない。

なんてことだ！

俺は自分という檻《おり》に閉じ込められたまま、昼も夜もない孤独の暗闇の中で過ごすことになってしまったのか。

やがて俺は家族や医師の話し声から得られた情報をつなぎあわせて、いま自分が人工呼吸器による延命を受けていることを知った。そうか、息が楽になっていたのは、そういうことだったのか。

どうやら、家族は俺が延命を望んでいると推定し、病院側もそれを尊重したようだ。

冗談じゃない！

俺はそんなこと誰にも言ったことがない。それどころか、まったく逆だ。植物状態になってまで、生きていたくない、延命せずに尊厳死させて欲しいと、孫の千鶴に話したことさえある。

憤りとともに「なぜだ？」という疑問が頭を巡ったが、その答えは比較的早い段階でわかった。

あるとき、息子夫婦、茂と俊子の話し声がした。

「なあ、親父は本当にあの映画観て『最後まであきらめずに生きていたい』って言ったのか？」

「いいじゃない。そんなこと。とにかく私たちはお義父さんに死なれちゃ困るんだから」

「そうだよな」

きっと病室で二人きりのつもりだったのだろう。俺が聞いているなどとは、夢にも思わなかったのだろう。

短いやりとりだが、俺が真相を察するには十分だった。

でっち上げやがったんだ！

それで俺の本当の気持ちを知っているはずの千鶴が言いくるめられてしまったんだ。

映画がどうとか言ってるが、もしかしたら、千鶴に教わって観た『潜水服は蝶の夢を見る』だろうか。確かに俺はあの映画をリビングで観ていた。俊子のやつも家事をしながらなんとなく観ていたようだ。感動的な作品でほろりときたりもした。けれど、「最後まであきらめずに生きていたい」なんて、俺は言っていない。むしろ俺は『海を飛ぶ夢』の主人公のように、安楽死を望むだろうと思ったんだ。

そう日記にも書いたはず……そうだ！　日記だ、パソコンでつけていた日記がある。あの日記は、言わば俺のリビング・ウィルだ。

茂と俊子は機械音痴だから、パソコンの中をくわしく調べたりできないはずだ。千鶴あたりが日記を見つけてくれれば、こいつらの嘘が証明されるはずだ。

そんな希望が頭をよぎった直後、打ち砕かれた。

「あ、そうそう、お義父さんのパソコン、やっぱりリサイクルに出すわ」

「それがいいよ。俺たちはイマイチわからないし、親父も勝手に中見られたりしたくないだろうからな」

「何か余計なものが見つかってもよくないしね」

「ああ、親父もきっと喜んでいるよな」

「そうよ」

二人は言い訳するようにそんなことを言っている。

な、何言ってやがる！　ふざけるな！　誰が喜ぶもんか！

俺は、こんなふうに何もできず、釣りにも行けず生きてなんていたくないんだ！

こいつらは俺のことなんてこれっぽっちも考えてない。自分で言ったように、こいつらには俺が死んだら困る事情がある。だから、延命しやがったんだ！　この人でなしどもめ！

それでも、自分が置かれた状況に混乱していたり、怒りを感じていた頃はまだましだったのかもしれない。多少なりとも気が紛れたのだから。

日付や時間の感覚もほとんどないので定かではないが、たぶん数日、一週間もかからずに、俺は自分の置かれた状況を完全に理解した。どう足掻《あが》いても、外界とコンタクトを取ることができないということ。すなわち希望がないということ。

それを理解してしまうと、残るのはこの、ただひたすら「何もできずに生きる」という肉体の檻だけだ。この絶望は俺から徐々に怒る気力さえも奪っていった。

ここには何もない。生きがいも、何も。ただ、命だけがある。

地獄だ。ここが地獄でなければ、どこが地獄だというくらい、地獄だ。

最初のうちは、家族は頻繁に見舞いに来て、俺に「元気？」だの「いつか目を覚ましてくれるって信じているからね」だのと話しかけているようだった。茂と俊子はたぶん毎日来ていた。家が近いというのもあるし、いくらか罪悪感もあるのかもしれない。しかし、それもあっという間に途絶えるようになった。

やがて、たまにでも見舞いに訪れるのは千鶴だけになってしまった。いや、あともう一人。早苗のやつも、来ているようだ。千鶴のように話しかけて来ないが、匂いでわかる。

以前は、あの孫娘のことを心配もしていたが、いまは正直どうでもいい。

千鶴だろうが、早苗だろうが、他の誰だろうが、人の声や気配を感じたときに俺が思うことは一つしかない。

殺してくれ！　頼むから誰か、俺を殺してくれ！

◇

その日、私は久しぶりにお祖父ちゃんが入院している病院を訪ねた。

お祖父ちゃんが植物状態になってから、もう二年以上にもなる。大学四年生になった私は、どうにか就職も決まり、卒論と格闘する日々を過ごしていた。

日当たりのよい半個室の病室で、お祖父ちゃんは前に訪れたときと同じように、ベッドに横たわっている。人工呼吸器の他にも、胃に直接流動食を送るための胃ろう、補助的な栄養補給のための点滴、導尿するためのカテーテルなど、何本ものチューブを繋がれて。

そんなお祖父ちゃんを見守るように、窓辺に花が飾られている。黄色いガーベラをメインにしたフラワーアレンジメントだ。

担当看護師によれば、意識がないことと十分な自発呼吸ができないことを除けば、健康状態にはまったく問題がないという。

確かに顔色はよく、むしろ以前より少し肥《ふと》ったような気さえする。手に触れてみると、温かい。

やっぱり、お祖父ちゃんは生きているんだなと思う。目を開けることも、口を開くこともないけれど、それでもお祖父ちゃんの身体は懸命に生きている。命ってすごい、本当に、すごい。

お見舞いに来るたびに、そう思う。

でも……。

その一方で、引っかかりも覚える。

お祖父ちゃんは本当に意識がないのだろうか？　外からそう見えるだけで、実際にはお祖父ちゃんはもう目覚めているということはないのだろうか？

それは、かつてお祖父ちゃんが恐れていたことだ。もしも、そうだとしたら……。

正直、私だったら、正気ではいられないと思う。

けれどそんなこと、確かめようがない。ただ安らかに眠っていることを祈るばかりだ。そして願わくば、いつか奇跡的に目を覚ましてくれることを。

不意に物音と気配を感じ振り向くと、病室の入り口に金髪の女が立っていた。早苗だ。手には包装紙に包まれた生花を抱えていた。窓辺に飾ってあるのと少しだけ色が違うガーベラのフラワーアレンジメントだ。

早苗はニコリともせず私のことを一瞥《いちべつ》だけして、つかつかと中に入ってくる。無言のまま、ベッドの前を通り過ぎて窓辺へ。そして慣れた手つきで花瓶の花を取り替えた。

本当に、早苗だったんだ。

いつ来ても、窓辺の花は新しくなっていたので、てっきり伯母さんが頻繁にお見舞いに来て替えているのだと思っていた。けれどこの前、看護師に訊いてみたら、伯母さんや伯父さんはもう滅多に来なくなっているという。では誰が花を替えているのかと言えば「金髪のお孫さん」と言っていた。

まさかと思ったけれど、お祖父ちゃんの孫は私の他には早苗しかいないし、親戚縁者に金髪にしそうな人間も早苗しかいない。

「あの、早苗ちゃん」私は早苗に声をかけた。「お花、早苗ちゃんだったんだね」

早苗は、ちらりとこちらを見ただけで、何も答えてくれなかった。表情は硬く、感情が読み取れない。

重苦しい沈黙が流れる。それに耐えられず、私はもう一度、口を開く。

「あ、えっと、美容師になったんだよね。わ、私もね、就職決まったんだ、小さな代理店なんだけど……」

早苗はこの春に専門学校を卒業して、所沢《ところざわ》にある美容室で働くようになったと聞いていた。正直、ちゃんと資格を取って就職したことも私は意外に思っていた。就職したからだろうか、身なりやメイクも以前より落ち着いていて、ヤンキー感は薄れている。金髪もむしろお洒落《しゃれ》な感じだ。花のことといい、早苗なりに何か思う所があるのだろうか。

早苗は私に相づちを打つこともなく、硬い表情のまま口を開いた。

「あのさ、ちょっと時間いい？　話したいことがあるんだ」

私たちは、病院の近くにあるハンバーガーショップに入って、壁際のテーブル席で向かい合った。早苗は勝手に二人分のコーヒーを注文して、私がお金を出そうとしても「いいから」と受け取ってくれなかった。

話ってなんだろう？

席に着いてからしばらく、無言のままコーヒーの入った紙コップをかき回していた早苗が、視線をこちらに向けて切り出した。

「前に、あんたが言っていたこと、本当？」

私にはなんのことかわからなかった。

「え？　えっと、なんだろう……私が言ったこと？」

「ユウジイが、延命したくないって話していたのって」

ああ、その話か。

ユウジイというのは、お祖父ちゃんのことだ。早苗だけがそう呼ぶ。久々に、それこそ十年ぶりくらいに聞いた気がする。

「あ、うん。本当だよ。植物状態になったら延命せずに尊厳死したいって。でも、伯母さんの話じゃ、そのあとで考えが変わったみたいだけど……」

それにしても、どうして今更、こんなことを訊くんだろう？

すると早苗は、ちっ、と小さな舌打ちを漏らした。

「それ、たぶん、嘘だよ」

頭ごなしに否定され、私はむっとした。恐る恐る言い返す。

「……ほ、本当だよ。一緒に、買い物に行ったときに、言っていたもの」

「そっちじゃなくて、うちの母さんが言ってた、考えが変わったって方」

「え？」

「嘘をついたんだよ、たぶん。それに父さんも乗っかったんだ、ユウジイが死ぬと困るから」

死ぬと困る？

「それって、どういう……。自分の親だから死んで欲しくないってこと？」

「そんなんじゃないよ。金だよ」

「お金？」

「そう、年金——」

早苗によれば、かつて大手商社に勤めていたお祖父ちゃんは、国民年金、厚生年金、企業年金のいわゆる「三階建て」の年金すべてを受け取ることができ、しかも企業年金の部分が非常に分厚く、その額は月額、六十万円以上にもなるのだという。

当然、そのお金は植物状態でも、生きている限り支払われ続ける。口座は、伯父さんたちが管理しているのだという。それだけあれば、治療費を払っても、かなりの額が毎月残るだろう。

私はまず、その金額に驚いた。たぶん私がもらう予定の初任給の三倍くらいある。

「——実はうちさ、父さんの仕事が上手《うま》くいかなかった時期に、結構な額の借金をしててさ、ユウジイの年金を返済に充てさせてもらっているんだよ。だから、あの人たちは、ユウジイが死んだら困るんだ」

私はしばし呆然《ぼうぜん》としてしまった。

じゃあその年金をもらい続けるために、伯父さんと伯母さんは、お祖父ちゃんを延命したってこと？　伯母さんなんて、あのとき涙も流していたのに……。

にわかに信じられない。

「ね、ねえ、早苗ちゃん、ちょっと待って。その、証拠はあるの？　伯母さんたちが嘘をついているって？」

早苗はばつが悪そうに、かぶりを振った。

「ユウジイが映画を観たときに居合わせたのは、母さんだけだから。言ったもん勝ちだし」

「じゃあ……」

「でも、おかしいと思う。だってあの人たち、ユウジイのパソコン、中を調べようともしないで処分したんだよ？」

「え、そうなの？」

「そうだよ。回復を信じて延命しているんだったら、そんなことしないでしょ？」

確かにそうだ。当然、そういうものは大切に保管しているのだとばかり思っていた。

「本人たちは『機械音痴でよくわからないから』なんて誤魔化すけどさ、たぶん、余計なものが、たとえばリビング・ウィルだっけ？　そういうユウジイが延命を拒否っているってわかるような証拠が、見つかるのを恐れたんだと思う」

あの日、私がお祖父ちゃんが尊厳死を望んでいるという話をした直後に、伯母さんは思い出したようにそれを否定する話をした。疑いを持って思い返すと、とっさにでっち上げたようにも感じられる。

「ねえ、それ伯母さんたちに確認したの？」

「何度もね。母さんは『確かに聞いた』の一点張り。父さんも『親父ならきっと最後まであきらめない』とか言ってる。まるで自分で自分に言い聞かせるみたいにね……。保険金殺人とかとは逆でさ、生かしてるでしょ。だから、ユウジイのためだって思い込めるのかも」

それは伯父さんが言っていた「間違って生かすのと間違って殺すのでは、前者の方がいくらかまし」という言葉にも通ずるものがある気がする。

私は奇妙な恐ろしさを感じる。殺してお金を奪うのと、生かしてお金を奪うのでは、本当に悪いのはどちらだろう。

早苗は、一度コーヒーに口をつけると、目を伏せて続けた。

「でも、私も共犯みたいなもんなんだ……」

「共犯？」

「延命せずにユウジイが死んでいたら、私、専門《せんもん》学校辞めなきゃならなかったと思う」

あのとき早苗は「殺してあげればいいじゃん」と言い、伯父さんに「おまえだって散々世話になっているだろう！」と怒鳴られて黙った。あのやりとりには、私が思っていたのと全然違った意味があったのかもしれない。

「陸上辞めてから、くさって、ぶらぶらしていた私のこと、ユウジイはずっと心配してくれていた。『なんでもいいからやりたいことを見つけろ、俺が応援してやるから』って。専門《せんもん》学校の学費も、ユウジイの年金から出ていたんだ」

「私が会ったときも、お祖父ちゃん、早苗ちゃんのこと、心配してたよ。その……夜遊びばかりしているんじゃないかって」

「そっか。そう思われても仕方なかったよね。毎日、学校で居残りやってたんだけどね。まあ、そのあと飲んで帰ることも多かったし」

「じゃあ、あの日、連絡を受けてもすぐに来なかったのは？」

「あれは……、怖かったんだ。ユウジイが死んじゃうかもしんないって思うと、病院の近くまでは来ていたんだけど、怖くてなかなか中に入れなかった。近所のコンビニでお酒買って気持ちを紛らわせて、やっと……」

「そうだったんだ……」

誤解だったんだ。

お祖父ちゃんの気持ちは、早苗に届いていた。ちゃんと学校を出て就職を決めたのだって、その証拠だ。きっと早苗はお祖父ちゃんのお陰で頑張れたんだ。

「でも、私は……」早苗の声に涙が混じって揺れた。「ユウジイなら、きっと私のことを応援してくれるだろうって、甘えてもいいだろうって思っちゃった……」

私はかぶりを振った。

「それは、そのとおりだと思うよ。お祖父ちゃんは、自分の年金が早苗ちゃんの学費に使われるのは、なんの文句もないと思うよ。きっと美容師になれたこと、喜んでくれているよ」

早苗は顔を上げた。目が真っ赤に腫れていた。まなじりから涙がこぼれる。

「でも、あんたは聞いたんでしょ？　ユウジイはあんなふうになったら、尊厳死したいって言ってたんでしょ？　本当は延命なんかしたくなかったんでしょ？　ユウジイが私のことを応援してくれていたからって、本人の意志に反して無理矢理生かし続けてお金をむしり取るのは、違うんだよ……。なのに、私は……」

早苗は両手を顔に当てて泣き出した。早苗がこんなふうに泣くのを見るのなんて、もちろん初めてだ。

せめて延命はしないで、尊厳死させて欲しい——少なくとも、事故に遭う二ヶ月前、お祖父ちゃんはそう思っていたはずだ。

私は改めて、ぞっとする。

命ってすごいとか、安らかに眠っていることを祈るとか、そんなふうに私が勝手に考えている横で、お祖父ちゃんは、望みもしないかたちで生かされ続けているのかもしれない。

本人が恐れていた肉体の牢獄《ろうごく》に閉じ込められて苦しんでいるのかもしれない。

そして仮にそうだとしても、お祖父ちゃんは声をあげることも伝えることもできない。

その絶望の深さはいかほどだろう。だったら、いっそ……。

「ねえ、千鶴、私、ユウジイを殺してあげたいんだ」

早苗が洟《はな》をすすり上げて言ったのは、まさに私がうっすら考えかけたことだった。けれど、駄目だ。

「だ、駄目だよ！　それは」

「でも……」

私は首を振る。

「それじゃ、殺人になっちゃうよ。早苗ちゃんが逮捕されたりしたら、それこそお祖父ちゃんが悲しむよ」

「じゃあ、どうすればいいいんだよ！」

早苗は唇を噛《か》んで語気を強めた。罪悪感で押し潰されそうなのかもしれない。

延命措置を始めるときに、病院のソーシャルワーカーから、今後のこととして、措置を停止するケースについても説明された。

一度始めた延命措置を簡単に止《や》めることなどできない。場合によっては担当医が罪に問われてしまうという。

例外的に措置を停止するのは、体調の悪化などでこれ以上の延命が本人のためにならないと判断できる場合、あるいは新たに本人のリビング・ウィルが見つかるなどして延命を望んでいないことが推定できるようになった場合だ。ただしどちらの場合も、家族と担当医でよく話し合って決定することになるという。

伯父さんと伯母さんの振る舞いは疑わしいし、私は早苗の言っていることに説得力を感じている。たぶんお祖父ちゃんは、本人の意志に反して生かされている。それを証明できれば、延命措置を停止することができるのかもしれない。

けれど、手段がない。

お祖父ちゃんに直接訊くことはできない。伯母さんが言っていたことが――お祖父ちゃんが映画を観て考え方を変えたというのが——、嘘だという証拠はない。まさに早苗が言ったように「言ったもん勝ち」だ。

「ねえ、家に何か、お祖父ちゃんが本当は延命を望んでいなかったって、わかるようなもの、ないかな」

早苗はかぶりを振る。

「何度も探したよ……」

そうだ。伯父さんと伯母さんはパソコンまで処分してしまっているんだ。そんなものあるわけ……。

「あ」

不意のひらめきに声が漏れた。

「どうしたの?」

「う、うん、ちょっと待って」

私はバッグからスマートフォンを取りだして、画面をタップした。

これが糸口になるのか、確証なんてないけれど、確かめてみたいことがある。

私はデータを自動でバックアップしてくれるクラウドサービスのサイトにアクセスする。

一緒にパソコンを買いに行ったとき、お祖父ちゃんが使っていると話していたサービスだ。

お祖父ちゃんのアカウントでこのサービスにログインできれば、処分されたパソコンの中身が見られるんじゃないだろうか?

この手のサービスのＩＤはメールアドレスだから、とりあえずこれはわかる。あとはパスワードだ。パソコンに詳しいお祖父ちゃんが、簡単に類推できるパスワードを設定しているわけはない。けれど……。

私はＩＤの欄にお祖父ちゃんのメールアドレスを入力し、パスワードの欄は空白のまま、その下の「パスワードを忘れたら」をタップした。すると画面が切り替わり、「秘密の質問」が表示される。

パスワードを忘れてしまったとき用に、自分で設定するプライベートな質問だ。ノーヒントでパスワードを推測するのは不可能だけど、こっちはもしかしたらわかるかもしれない。

——あなたの一番の宝物は？

お祖父ちゃんが設定していた質問はこれだった。

「釣り竿」とか「パソコン」とか亡くなったお祖母ちゃんの名前とか、思いつくものを順番に入れていって、何度目かに、ログインすることができた。

答えは「早苗と千鶴」だった。

私は胸がいっぱいになった。たぶん、早苗もだ。

果たして、お祖父ちゃんのバックアップデータの中には日記があり、私たちは二人で泣きながらそれを読んだ。

事故に遭う数日前、映画『潜水服は蝶の夢を見る』を観たことが書いてあった。そこまでは伯母さんが言ったとおりだ。けれど、その先は違った。お祖父ちゃんは、はっきりと「俺はあんなふうにはできない」と書いていた。他の日の日記にも「もしものときには延命をせず、尊厳死を選びたい」とか「希望のない闘病生活など送りたくない」という意味のことが書いてあった。

やっぱり伯母さんはとっさに嘘をついていたんだ。お祖父ちゃんは、尊厳死を望んでいたんだ。

これがお祖父ちゃんの、リビング・ウィルだ。

お祖父ちゃんの延命措置を停止することになったのは、それから一ヶ月後のことだった。早苗はプリントアウトした日記を手に、涙ながらに伯父さんと伯母さんを説得した。「ユウジイはあんなふうに生きているのを望んでいないんだよ！　借金なら私も一緒に返すから、もうユウジイを楽にしてあげて！」と。

伯母さんはずっと「私は確かに聞いた！」「お義父さんはあきらめずに生きるって言っていた！」と繰り返していたが、伯父さんがひと言「もうよそう。やっぱり親父が可哀相《かわいそう》だ」と言ったところ、泣き崩れた。

二人とも、お金のためにお祖父ちゃんを生かし続けることが、本当は後ろめたかったのだろう。そこに動かぬ証拠が出てきたことで、自分を騙《だま》し切れなくなったのかもしれない。

◆

たくさんの人の気配を感じる。

茂と俊子、緑とその夫、それから二人の孫娘、早苗と千鶴。

家族が集まっている。それに加えて医者や看護婦もいるらしい。

こんなに賑《にぎ》やかなのは、久しぶり、本当に久しぶりだ。俺がこの暗闇で過ごすようになったばかりの頃以来じゃないか。ああ、あれからどれくらいの時間が経《た》ったのだろう。もう何十年も、何百年もこうしているような気もするが……、きっとそんなには長くないのだろう。

最初のうちは、動かない肉体に閉じ込められ、何もできずに生きるだけの絶望にうちひしがれた。誰かが来るたびに死を、殺してくれることを願ったものだが……。ああ、それすらも、もう懐かしい。

ぼそぼそ声が聞こえる。みんなが何かを喋《しゃべ》っている。なんだろう？　俺は耳を澄ます。

「済まなかった、親父」

茂だ。涙声になっている。何を謝っているんだろう？

「ごめんなさいぃ、お義父さん、本当に……本当に、ごめんなさいぃ……」

俊子。号泣して、やはり謝っている。どうしたんだ？

「兄さん、義姉さん……きっとお父さんは許してくれるよ。ね？」

緑が茂と俊子を慰めている？　俺が許す？

「お義父さん、お疲れさまって、俺に言ってるのか？　どういう意味だ？

緑の夫だ。お疲れさまでした」

「ユウジイ、ありがとうね。私ね、ユウジイのお陰で美容師になれたよ。いまね、所沢の美容室で働いているんだ」

俺をこう呼ぶのは、早苗だ。おまえはよく見舞いに来て、花を替えてくれていたよな。かすかな匂いと気配で気づいていたよ。そうか、ちゃんと就職できたのか。よかった。本当によかったな。そのために俺の金が使われるなら、文句はないさ。

早苗はこう付け足した。

「本当にありがとう。安らかに、眠ってください」

安らかに？　それじゃまるで俺が死ぬみたいじゃないか……え？　まさか……。

そして、千鶴の声がする。

「お祖父ちゃん。ごめんね、私、お祖父ちゃんの日記、見ちゃったよ。クラウドにバックアップしていたやつ。不正アクセスだよね。でもね、秘密の質問、感激しちゃった。お祖父ちゃんは、やっぱり尊厳死を望んでいたんだね。お祖父ちゃんのリビング・ウィル、確かに受け取ったよ」

これで、ようやく謎《なぞ》が解けた。千鶴のやつが、俺の日記を見つけたんだ。そして、俺が尊厳死を望んでいたことがわかったんだ。茂と俊子もでっち上げを認めたのか。だからあんなふうに謝っていたのか。

ああ、そうか。それで延命を中止するつもりなんだ――

「いつかお祖父ちゃんが言っていたみたいに、意識があったりするのかな。これまでつらかったよね？　もうすぐ、楽になれるからね」


――ふざけるな！


おまえら、今更、俺を殺す気なのか？

確かにかつて俺は、尊厳死を望んでいた。茂と俊子のことを恨んでもいた。最初のうちは、地獄だと思っていた。何もできずにただ生きるだけのこの暗闇に絶望しか感じなかった。やがて怒る気力さえ失い、ひたすら死を望むようになった。

でも、それは変わったんだ。

この闇の中で生きるうちに、いつしか俺は心地よい多幸感に包まれるようになった。ぼんやりとした身体感覚と、辛うじて聞こえる音、嗅げる匂い、ただそれだけでも俺はそこに豊かな世界を感じることができるようになっていた。病院を行き交う人々の気配、窓の外から聞こえる風の音や鳥のさえずり、ときどき訪れてくれる早苗や千鶴、窓辺に飾られているのだろう花の香り。世界は刻一刻と微小な変化を繰り返し、驚きと発見に満ちている。そのすべてが愛《いと》おしいと思えるようになった。これがいまの俺の生きがいだ。身体を動かせなくても、釣りに行けなくても、誰かと意思を疎通できなくても、ただ、ここに在るということが生きがいになり得ると気がついたんだ。

いまの俺は、嘘をついてでも延命してくれた茂と俊子に感謝しているくらいなんだよ！

俺は生きている！　確かに生きている。こんなふうになってもまだ、かけがえのない生を生きているんだ！　そして、まだまだ、もっとこのまま生きていたいんだ！

「それでは、ご本人の意志を尊重しまして、人工呼吸器を止めさせていただきます」

医師の声が冷たく響いた。

お、おい、止めろ！　俺はもう死にたくなんかないんだ！　お願いだ、止めてくれ！

くそ！　千鶴、何、余計なことしてくれてんだ！　日記に書いてあることなんて、所詮、昔の俺じゃないか。リビング・ウィル？　なんだよ、それ。

人間だったら、気の迷いで死にたいって思うことくらいあるだろうが！　いくら本人が書いてたからって、そんなもん根拠に、殺すんじゃねえよ！

尊厳死？　死ぬことに尊厳も糞《くそ》もあるもんか！　つらいだろうとか、楽になれるとか、おまえらの貧弱な想像力で勝手に決めるな！

どんな理由をつけたって、おまえらのやっていることは殺人だ！　おまえらは人殺しだ！

物音がしたかと思うと、突然、息苦しくなってきた。

や、止めろ！　止めろ！　止めろ！　止めろ！　お願いだ！　や、止めてくれぇ……。

い、意識が……遠ざか……る。

ち、違う……違うんだ……俺は……死にたくない。

ちくしょう、やめ……ろ……しに……たく……ない。

この……ひ、……と、ご……ろ……し……………………………………………………

◇

「ご臨終です」

医師がお祖父ちゃんの目にライトを当てて、確認した。

「お父さん、こんなにいい顔をして……」

母が涙声で言った。

本当だ。お祖父ちゃんの顔は心なしか、少し笑っているようだった。

――千鶴、ありがとうな。これで楽になれるよ
まるでそんなふうに、喜んでくれているみたいだ。

私の両目には温かい涙が溢《あふ》れた。

# 夜光の唇

連城三紀彦

連城三紀彦（れんじょう・みきひこ）

一九四八年～二〇一三年。早稲田大学卒。一九七八年「変調二人羽織」でデビュー。八一年「戻り川心中」で日本推理作家協会賞、八四年『宵待草夜情』で吉川英治文学新人賞、同年『恋文』で直木賞、九六年『隠れ菊』で柴田錬三郎賞を受賞。他の著書に『私という名の変奏曲』『白光』『人間動物園』『造花の蜜』など。没後の二〇一四年には日本ミステリー文学大賞特別賞を受賞。二一年現在もアンソロジー収録や復刊が相次ぐなど息の長い支持がある。

その日の午後、一時少し前に藤木集介《しゅうすけ》は自分が経営する医院の個室で電話を受けた。

「奥さまからです」

受付の娘がそう言い、電話が切り替わり、

「私ですけど……」

聞き慣れた妻の声に代わった。特徴のある掠《かす》れ声は他人のようによそよそしかったが、そのよそよそしさこそが聞き慣れた華江《はなえ》の声なのである。

「今日が何の日か憶えている？」

「今日？　何日だったかな、今日は……」

藤木は正面の壁へと目を投げてそう呟《つぶや》いた。

壁には普通の医師の部屋なら不釣り合いな写真のパネルが飾られている。

アメリカの若い女優が等身大の裸身で浜辺の波うち際に寝そべり、全世界の男たちを魅了するなまめかしい目で、デスクの前に座り受話器を耳にあてがった四十八歳の医師を見つめた。砂の波のように長くくねったその体が壁をほとんど独占していて、彼が目で探そうとしたカレンダーはその女優の半ば砂に埋もれた足に蹴られたような壁の下方の隅に、小さく引っ掛かっている。十一月だとはわかったが、今日という日は三十の数字の中に紛れこみどこかへ消えてしまっていた。

「十一月十六日じゃないの」

受話器の声にそう教えられても彼には思いだせなかった。彼はぼんやりと女優の目に視線を戻し、もう数年間、日に何度も見ているのに何故《なぜ》この写真の女は俺を飽きさせないのだろうと考えていた。たぶんその目のせいだ……濡《ぬ》れた金色の髪が乱れ落ちて潮風に揺れる中で、二つの目はかすかにうごめいて見える。目がブルーの舌のように、白衣の裏に隠れた彼の肌を嘗《な》めてくる……そう、体と同じように何の衣装もつけていない無防備な裸の目だ……。

「十一月十六日って何かある日か」

彼は上の空でそう訊《き》いた。

「嫌だわ、私たちが一年に一度だけ結婚していることを思いだす日じゃないの。——それも忘れてしまったのなら、私たちもう本当に別れてしまった方がいいみたいね」

ハスキーな声は冗談のように笑ったが、乾いた笑い声のどこかに妻の本音が混ざっているのを十三年間の夫の耳は聞き逃さなかった。

「そうか、結婚記念日だったな。いや、忙しすぎて忘れていただけだ」

「年々、思いだすまでの時間が長くなっていくわね」

「年々忙しくなっているからさ。今夜は早めに帰るよ……君へのプレゼントは例年のように君が自分で買ってくれ。買いにいってる時間がないんだ。午後にカウンセリングが二つと手術が一つ入っている……」

「そうだと思ってもう買ってしまいました――今年はディオールのワンピース」

「いくら？」

「三十七万」

「高いな」彼は思わず苦笑した。

「許してよ。私たちの関係に合わせて年々安くしてるのよ。八年前は百万の着物だったわ。それに今年はあなたのためにもっと贅沢《ぜいたく》な贈り物を用意したもの……あなたには信じられないような素敵な贈り物だけれど私には高くつくわ、きっと……それに比べたら三十七万なんて安いものよ」

「何なんだ、意味ありげだな」

「それは後の楽しみにして」

受話器が謎めいた笑い声でそう答えた時、ドアにノックがあった。

「仕事のようね。じゃあ」

そう言い、彼の返事も待たずに電話は切られていた。受話器をおきながら、ふと、妊娠なのかもしれないと思った。四十二になる今日まで妻には子供ができなかった。いや、実際には過去にも二、三度妊娠してその都度夫には内緒で中絶をしているのではないか……藤木はそう疑っていた。華江は母親が似合う女ではなかったし、その子が夫の子供である保証はなかっただろうから。だが、四十二といえばもう子供を産む最後のチャンスだし、迷った末に今度は産む決心をしたのだとしたら……。

それなら妻だけでなく藤木にとっても高くつく贈り物だ。子供は欲しいと思っていた。だが……今の自由を失いたくないという気もちは妻以上に彼の方が強くもっている。

ドアが開き、受付の娘が「田村さんがいらっしゃいました」と告げた。

「田村って、一時にアポの入ってる？　だったらここへ通してくれ」

先週電話で手術を頼んできた患者である。手術を決定する前にまずカウンセリングをすることにしている。初めての患者は少なくとも二度、院長である彼の個室で徹底的に話しあった後、手術をするかどうかを決めることになる……。

「田村葉子《ようこ》さんですね」

緊張気味に目を伏せて入ってきた女にデスクの上のカルテを見ながら、藤木はそう声をかけ、ドアから入ってすぐのソファを勧めた。

三十八歳。カルテには生年月日とともにその年齢が書き込まれている。あとは空白。その空白にこれから一時間近くをかけて医師は文字を書き込むことになる。

困惑気味に浅く腰をおろした女は、一度あげた目をすぐにまた自分の膝元へと落とした。

藤木は他の患者に向けるのと同じ優しい微笑で、

「あなたのように今でも充分綺麗《きれい》な女性が、なぜ手術を受けたいなどと考えたのですか」

と訊いた。

「ええ……あのう……」

患者は返事の言葉に迷いながら、膝の上においたハンドバッグの紐《ひも》を指にからめている。

患者。そう、彼は自分の医院を訪れてくる女たちの『美しくなりたい』という欲望を潰瘍や炎症と変わりない病気と考え、彼女たちを〝客〟ではなく患者と呼んでいるのだった。彼自身はどんな女性にもそれぞれの自然な美しさがあって彼のメスの助けを借りずとも充分魅力的だと考えていたが、ある種の女たちの体には自分の容姿へのコンプレックスと美しくなりたいという夢とが黒い病菌のように確かに巣くっていて、彼がメスをとりその病菌をとりはらってやらなければ痛みのようにいつまでも悩みは残ってしまう。

正確に言えばそれは『より美しくなりたい』という欲望である。

藤木は大学の医学部を卒業後、渡米して世界最高の腕と言われるロスの美容整形外科医ジョン・ロバーツのもとで十年間働いていたが、そのロバーツ博士はいつもこう言っていた。

「どんな女でもみんな自分を美しいと信じているものだよ。自分が醜いと悲観して私を訪ねてくる女なんて一人もいない。女たちはみんな自分の手にしている宝石も悪くはないが、他人がもっている宝石の方が豪華に見えるので買い換えたいと思っているだけだ。その差額として大金を払うだけのことさ。いいか、美容整形の基本はそこだ。アメリカのトップレディたちに、よりいっそう完璧な美しさを与えてきた私の腕よりも、まずその考え方を学びとってもらいたいね」

世界的な名医は天才的な商人でもあった。藤木は帰国後まず新宿の貧しいビルの一室から始め、少しずつ拡張を重ねた末に、今では青山に近代的なビルを構えるほど成功したが、十四年前の最初の患者から今目の前に座った千数百人目かの患者まで一度として自分の方から手術を勧めたことはなかった。ドクター・ロバーツのやり方を真似《まね》て、むしろ手術に反対したが、逆にそれで患者を摑《つか》んでいた。藤木の勧めどおり手術をやめようとした患者は一人もいなかった。自分を手術の必要がないほど美しいと言ってくれた医師なら必ず自分をもっと美しくしてくれるはずだと、女たちはさらに自分の夢と決意とに磨きをかけるのである。

「あなたはもう充分綺麗で、私の手で作り替える部分などどこにもありませんよ」

千数百回目の営業用の言葉を、だが、これまでとは違う声で語っている自分に藤木は気づいた。

向かいあって座った『田村葉子』というその患者は、目鼻だちも頰の線も整っていてどこにも修正を要するような目につく歪《ゆが》みはない。化粧っ気のまったくない素顔で、髪は無造作に後ろで束ねているだけだが、それが自分の美しさを強調するための演出にしか見えなかった。強《し》いて難点を探せば、伏せた目が頰に与えるかすかな翳《かげ》だろう。それが表情を寂しくみせるが、翳は美しすぎる顔の言い訳のようで、その寂しさまでもが魅力になっていた。

「電話では顔を直したいとおっしゃってましたね」

そう訊きながら、藤木は微笑に包みこんだ目でさらに詳細を観察した。若返りのために皺《しわ》をとってほしいという患者もいる。だが、この患者は三十八歳の年齢より五、六歳は若く見える肌の艶《つや》をもっている。着ている事務員のような地味な灰色のスーツも自信のある体の線を強調するためとしか思えなかった。灰色の生地を豊かに波うたせている胸のふくらみが自然のものであることは仕事がら簡単に見抜けたし、痩せすぎても肥《ふと》りすぎてもいない、すっきりとしながらも柔らかそうな女の理想のプロポーションをしている。

「ええ、顔を全部……目を鼻を唇を、頬を直してもらいたくて……」

長い沈黙の後、女は決心したように顔をあげると医師の顔を真っ正面にとらえてそう答えた。

「困ったなあ。僕の手ではこれ以上あなたを美しくできませんよ。あなたはもう手術後の顔をしている」

そのはずはない。藤木は自分がこれまで作り替えた顔がちょっと見では手術の痕跡がわからないほど自然だという自信はあったが、女の顔にメスが入っているかどうかは一目で見破れる。この女の顔にはその痕跡がなかった。間違いなく美容整形医を訪れるのは初めてだ……。

女はゆっくりと首をふり、

「私、美しくしてほしいとは一度も頼んでいません。むしろ、逆に醜くしてほしいとお願いしているのかもしれません」

そう言った。

唇には口紅とは違う自然な赤みがある。その色をかすかな微笑で女は唇の端へと押し流した。

「今の私とは違う顔にしてほしいんです。こういう顔です」

女はバッグを開くと中からキャビネ判の写真の束をとりだした。五、六十枚はあった。女はそれをトランプ遊びでもするように自分だけが見えるよう扇形に広げると、しばらく迷った末にそのうちの三枚を選びとりテーブルの上においた。切り札でも見せるような得意げな手の動きだった。

藤木は顔をしかめ、その一枚を手にとり、しばらく無言で眺めていた。写真の女の顔は湖を背景にバストアップで正面を見ている。

「冗談……ですか?」

「いいえ、その顔に変えてほしいんです」

女は真面目な目で医師を見つめ直した。

「でも、これはあなたの顔でしょう」

そう言いながら、藤木は首をふった。

「ええ、でも今の私の顔ではありません。八年前の私です」

確かに今よりふっくらとしているし、写真のその顔は薄く化粧をしているが今ほど垢抜《あかぬ》けてはいなかった。藤木は他の二枚も見てみた。一枚顔だけのアップがある。頬の贅肉や瞼《まぶた》の厚みだけでなく、目鼻だちにもどこか余分なものがある……逆だった。この写真の顔を今のように洗練された顔に変えることはできるだろう。余分なものをメスで削除し今のようにすっきりとさせることはできる……いや、逆に余分なものを与えて今の洗練された顔に素朴な線を与え直すことだって自分の腕ならできるかもしれない、だが……。

「無理でしょうか。私、今の私が大嫌いで……昔の私に戻りたいんです。八年のうちに私の性格は別の女のように変わってしまって。昔の顔をとり戻せれば昔の私に戻れそうな気がするんです。昔の本当の私に……今の私は本当の私じゃありません」

藤木はもう一度首をふった。神経がおかしくなっているのかもしれない、一瞬そう感じた自分に首をふったのだった。

「駄目でしょうか」

女の声は真剣だった。何かがある……女にこんなことを言わせる何かがある……。

「いや、私の手術で美しくなって自信を得て性格まで明るくなった人は沢山います。でもあなたの場合は言っていることが逆だから、顔を昔に戻したからといって性格まで昔に戻せるはずはないと思います……それよりも何故そんな気もちになったか、それを話してくださ い。今のところ、僕はまだあなたの名前と顔しか知らない」

そう言いながら写真を返し、改めて今の女の顔を見てみた。女への興味がわいていた。整形外科医の患者への興味というより、それは男が抱きたい女に感じるただの欲望に似た興味だった。

一時間後、次の患者が来たので藤木はその『田村葉子』との話を途中で切りあげ、

「もう少し詳しい話をしたいが、近々また時間をとってもらえませんか」

と言った。

「ええ、でも明日からしばらく仕事で沖縄にいくものですから」

女は医師の言葉に隠れた下心を見抜いたようにためらいを見せたが、すぐに「ただ今夜なら」と言い直した。

「今夜？」

「ええ……先生のご都合は？」

妻との結婚記念日とこの女と過ごす夜との間で二、三秒揺らぎ、すぐに「大丈夫です」と答えた。一時間の会話のうちに藤木は、この女は自分の誘いに簡単に乗るという確信を抱いていた。田村葉子は染色家で、その方面には何の関心もない藤木は名前も知らずにいたが、若手実力派として注目されているという。染色は人が考えているような綺麗なだけの仕事ではなく、男勝りの力がいる重労働でこれまで結婚など考えることなくやってきた。ただし男に関心がなかったわけではなく、八年前からつきあっている男がいる……。

「私、仕事では一度もミスを犯したことがないのに、その男のことだけは……この八年間のうちにその男の手で私、間違った色に自分の肌を染めあげられてしまって。気がつくと私、本当の体の色を失ってたんです」

相手の男には妻がいるから不倫だったし、この八年は不倫の典型的なケースだった。男には家庭を捨てるつもりは毛頭なく、それがわかっていて別れなければと思いながらその決心に踏み切れず、間違った色の泥沼の中でもがいているのだと言った。

「だからといって顔を変えても皮膚の色までは変えられませんよ」

「ええ、わかってるんです、それは……でも……」

女が救いを求めるように見てきた目を、医師の目ではなくかすかに欲望の滴りだした一人の男の目で見返しながら、この女の体は近々自分のものになると感じていたのだった。

女が出ていった後、次の患者を呼びいれる前に家に電話をいれ、適当な口実で「今夜は早く帰れなくなった」と妻に告げた。

華江は、

「そんなことだろうと思っていたわ」

そう一言答えると電話を切った。不機嫌な声だったが、藤木は気にしなかった。どのみち上機嫌の時でさえ、華江の声は不機嫌そうに軋《きし》み、掠れているのだ。藤木は受話器をおきながら、壁のパネルの女優へともう一度視線を投げた。世界中の男に欲望を抱かせるその女の目が、ロバーツ医師の繊細な指が作りだした芸術品だと誰が想像するだろう。碧《あおみどり》色の瞳が宿した自然な媚態《びたい》。それまでが名医のメスが作りあげたものなのである。

藤木はロバーツ医師の銀白色の髪とギリシャの彫像にも似た彫りの深い顔を思いだして笑った。その女たちの目を惹《ひ》きつける美貌を思いだすと、運命の皮肉としか言いようがなかったが、彼はホモセクシャルだった。いや、運命の皮肉ではない。女を欲望の対象ではなく純粋に美の対象として見ることのできる男だからこそ——男の目をどうすれば惹きつけられるか自身が一人の女として知り尽くしている男だからこそ、この女優の隠微に美しい目を作りえたのだろう。だが、あの医師には自分が作りあげたこの完璧にエロチックな女を抱くことはできないのだ。

藤木は医師としてロバーツに勝つ日はないが、その代わりに女を抱ける男の腕をもった自分の方が幸福だと思った。一時間前、写真の女優に感じていた欲望は今はもっと生々しい熱さに変わって別の女に向けられている。この生々しさがロバーツの腕に走ることは永遠にないのだ。

そういえば最後の女と別れて、もう三カ月近く女を抱いていない。夏の終わりに妻とベッドを共にしたし、子供ができたとしたらその夜の結晶だろうが、妻を抱くのは欲望のためではなかった。

アメリカ時代から今日までもう数えきれないほどの女を抱いてきた彼には、女のちょっとした反応でこの女が自分のものになるかどうかを見抜く自信があった。今まで彼のカンは狂ったことがないし、その日患者として現れた一人の女も例外ではなかった。

夜七時、約束した赤坂のホテルのカフェテリアに現れた田村葉子は午後と同じ地味な服装でありながら、首に自分の手で染めたという蠟纈《ろうけつ》のスカーフを巻いていた。浅葱《あさぎ》とピンクが夢の中の模様のように霞《かす》んでいて、その色に藤木は既に自分の誘いへの返答を聞いた気がしたし、事実「ここでは落ちつかないから部屋で食事でもしながら話しませんか。このホテルには知り合いがいるから簡単に部屋がとれるんです」と言うと、短くためらいながらも微笑で頷《うなず》いた。部屋に入ると自分からお腹《なか》は空《す》いていないのでお酒の方がいいと言い、ルームサービスでとったシャンパンをソファに並んで座って飲みながら藤木がさりげなく手を伸ばすと一度体を硬くしたが、立ち上がり自分の手でカーテンを閉めた。

　窓に眩《まぶ》しくきらめいていた東京の灯がなくなると、部屋はダブルベッドだけが不意に大きな意味をもった。自分の体で押すようにしてそのベッドに女の体を倒した。藤木の手が女のスーツのボタンを外そうとした時、女は枕元の灯のスイッチへと手を伸ばした。それが、女が自分の意志でした最後の動作だった。入口の灯だけを隅に残した薄暗い闇の中で目よりも手の方が確かにさぐりあてる女の体は医師のメスを待つ手術台の患者に似て、すべてを藤木に委ねていた。事実今からしようとしていることは手術に似ていると藤木は思った。いつもの得意な女の顔を美しく作り替える手術ではなく、この女の体に巣くった一人の男の影を一晩だけでもとり除いてやる手術だった。闇の中で触れる女の肌は想像どおり透明で柔らかかった。

　指が闇の沼からすくいとる肌の色は女が昼間語ったのとは違って無垢《むく》な純白だった。藤木は自分の体の芯に燃えあがった熱さのせいで何かを口にする余裕はなくなっていたが、それでも女の唇へと自分の唇を落とそうとして、ふと顔をとめ、

「今、口紅をつけている？」

　そう訊いていた。

　闇に沈んだ顔の中で唇だけが鈍い光を放って浮かびあがっている。そう見えた。唇の形

をした銀のブローチを顔に飾っているようにも見えた。
女はかすかに首をふって否定した。
だが、目の錯覚なのか、確かに銀色の染料で染めたかのように闇を薄く剝いで光ってい
る。八年間関係が続いているという男の唇がこの女の唇をこんな暗い銀色に染め替えたの
か……自分の唇を押しあててみると、実際口紅を塗っているような粘りが感じとれた。色
ではなく〝濡れ〟なのかもしれない。夜の闇の中で男に抱かれると、体の中の溜《た》まったも
のが樹液のように唇へとしみだしてくるのかもしれない。
そんなことを考えたのはほんの二、三秒である。その銀の湿りに刺激され、彼の体は欲
望に呑《の》みこまれただ夢中で女の体に挑んでいった。――一時間後、女は「私は先生の何人
目の女なんですか」と訊いてきた。シーツの中で肩が触れあっているのに声は遠かった。
「忘れたね、数えたことはないし」
「結婚してからは？」
「さあ。今年に入ってからは三人目だよ。年々少なくなってくる。年齢よりも抱く女の数
で体が老けていくのがわかる……君は？　俺は何人目の男なんだ」
「一人目」
「八年間の男がいるだろう」
女が首をふったのを肩で感じとった。
「一人目」もう一度そう呟いた。俺の手が手術に成功し、体にしみついていた別の男の色

を全部洗い流したのかもしれない、女はそう言いたいのかもしれない。藤木はシャワーを浴びるためにベッドを離れようとし、その瞬間、枕元近くにおいてあった椅子に足をぶつけた。

椅子の上に載っていた女の衣類とハンドバッグが崩れ落ちた。バッグの留め金がはずれ、中身が――写真の束が絨毯《じゅうたん》の上に散乱した。反射的に女はシーツから跳びだし、裸身をくねらせその写真を拾おうとした。だが、それよりも一瞬早く藤木の手がその二枚を拾いあげていた。入口の灯が絨毯を斜めに切り、その光と闇の境界線上に藤木は立っていた。写真は一枚が昼間見たのと同じ『田村葉子』一人の写真で、もう一枚には葉子が別の女と写っていた。どこかの湖を背にして二人の女性旅行客が記念撮影をしているのだった。藤木はもう一人の女の顔を数秒無言で見つめてから、顔をあげた。

「華江の――妻の知り合いなのか」

そう訊いた。女は壁に背をあて、藤木の視線に袋小路へと追いつめられたように目を震わせている。

「妻を知っているんだな、君は」

女は頷き、思い出したようにシーツをベッドから剝いで体に巻きつけながら「八年前の今日――結婚記念日に奥さんが絞りの着物を買ったでしょう？　あれは私が染めたものだわ。あの時に初めて逢《あ》って、友達づきあいを始めて……今日まで」そう答えた。

「聞いたことないんですか、私のこと」

女友達がいて月に二、三度は逢ったり、時々旅行している話は聞いていた。だが、男とつきあっていることを誤魔化すための嘘《うそ》だと考えて、適当に聞き流してきた。

「今日だって、奥さんの紹介だったんです」

「だったら何故俺にそれを隠していた」

「わかりません、奥さんに聞いて下さい。私はただ華江さんに自分の紹介だということは黙っててくれと言われただけなんです」

藤木は写真の顔に目を戻した。間違いなく妻の華江が派手な渦巻き模様のワンピースを着て華江らしい皮肉な微笑を浮かべてそこにいた。それからもう一度『田村葉子』を見た。闇と怯《おび》えが表情を奪い、ただうっすらと白いその顔は人形のように見えた。

贈り物――。

今日の午後、妻が電話で口にしたその言葉が耳に浮かんだ。

二時間後、世田谷《せたがや》の家に帰ってみると妻は留守だった。晩秋の冷えた空気が藤木を迎えた。どのみち妻が在宅している時でも広すぎる家は冷たく殺風景だった。

居間の灯をつけると同時に電話が鳴った。

藤木はソファに重い体を沈めながら、サイドテーブルの上の電話をとった。

「私です――早かったのね」

掠れ声が聞こえた。テレビなのかラジオなのか、ピアノ音楽が背後にある。

「どこにいるんだ、今」

「男とホテルにいるわ。今部屋を出るところだから一時間もすればそちらに帰れるけれど……どうでした、私の贈り物は？　私がもらったサンローランの服よりは高価だったでしょう」

昼間の電話ではディオールと言ったはずだった。だが、ブランドなど所詮妻には無意味なのだ。妻が服を選ぶ基準は色でもデザインでも自分に似合うかどうかでもない、ただ値段だった。華江は札束を着ているだけで満足している女だった。

「彼女に連絡をつけて聞いたのか。彼女が君の友達だと俺に話してしまったこと」

「いいえ……そう、あれほど注意したのに葉子さん、あなたに話しちゃったの。仕方ない人だわ。私が自分の口で話したかったのに……『今夜、あなたが抱いた女が私の贈り物よ』って。驚かさなければプレゼントの意味がなくなっちゃうでしょ」

背後のピアノの曲は葬送行進曲らしい。重苦しいのに変に単調にきんきんとした音がやたら耳に引っ掛かってくる。華江の声はその音に不協和音のように重なって、いつもより冷たさや不機嫌さが誇張されているかのように聞こえる……。

「どのみち俺には話すつもりだったと言うのか」

「そう、帰ったら話すつもりだったわ……そうね、帰ってから話し合いましょ。ただ一つだけ言っておくけれど、この電話とともに二人の夫婦関係は変わるわ。あなたと今喋《しゃべ》っているのは妻じゃなく、一人の女だわ」

「離婚したいという意味なのか」

藤木が返した声を途中で断ち、電話は切られていた。

ため息をつき、藤木はコート姿のままソファに横たわった。女を抱いている時にはまだ充分若い体が、少し時間がたつと疲労感だけを残すようになっている。五十に近くなった年齢がふっと重く両肩にのしかかってくる。ただ今夜の疲労は年齢だけが原因ではなかった。

あの女田村葉子は、妻が夫の自分に抱かせた女だったのだ。そうとわかった瞬間、なぜか妻との十三年間が年齢以上の重苦しさで体にのしかかってきたのだった。華江は十三年前、やっと医院の経営も軌道に乗りだしたころに同業の友人から紹介された女である。レストランでその女の顔を見た一瞬、藤木は自分が嫌いなタイプだなと思った。

目が大きく、段のある鼻はかすかに曲がり、厚い上唇は傲慢そうに反りあがっていた。そのアンバランスが白い皮膚のカンバスにおさまると不思議に溶けあって一つの華やかな顔になった。魅力的な顔ではあった。女優にでもなれば成功した顔だろう。だが、そのはっきりしすぎた造形に藤木の目は人工的なデフォルメを感じとった。メスの入ったような顔に見えた。整形していないことはわかったが、人工を自然のままもっている顔は整形した顔よりも不自然で薄気味悪くも思えたのだった。その上性格にも顔と同じ人工的なところがあった。目鼻や唇はそれぞれがうるさいほどの自己主張をしながら全体としてみれば無表情だったが、性格もどこか無表情に冷たく乾いている。

口にする言葉や仕種《しぐさ》はわざとらしいほど感情をデフォルメしているのに、奇妙に白々しく、全部が嘘のようにしか感じとれなかった。大嫌いなタイプの女だった。それなのに何故自分は半年後、結婚を申しこんだのか。そう、結婚式の夜にも、妻になった女の唇へと自分の唇を落としながら同じ疑問を胸の中で呟いている。俺は何故こんな女と結婚したのか……。

結婚後二度目の浮気が妻にばれた時、妻は浮気の証拠をつきつけながらも、あくまで冷やかな顔と声で、

「誤解しないでね、私はあなたを咎《とが》めているわけじゃないし、その権利もないの。私だってあなた以外の男と遊んでいるから。むしろいい機会だから決めておきたいのよ。夫婦のままたがいの自由を尊重しあってそれぞれの私生活には絶対踏みこまないって……」

と言ったし、その言葉どおりを実践した十三年になった。もちろんたがいの異性関係をオープンに話し合うまでの割りきった関係ではなかった。藤木は妻以外の女を数えきれないほど抱いたし、特別な関係になった愛人も何人かいた。それは妻も同じだったが、浮気の時には嘘をついたし、時には自分たちも男と女であることを思いだしてベッドにあがり表面上は夫婦関係を保ち続けた。世間にそう見せかけていただけではない、この家の中でも二人は無意識のうちにたがいの目を意識し夫婦を演じていた。

この結婚生活に何かの矛盾や無理があることは十三年間うっすらと感じ続けていたと思う。これまでは気儘《きまま》に自由を楽しんで無視してきたその矛盾が、だが、今夜不意に大きな

亀裂として目の前につきつけられたような気が藤木にはしている。贈り物という言葉とともに——一人の女とともに。

四十分後、帰ってきてコートを脱いだ華江は夫の冷たい目に気づくと、

「せっかくのディオールの服をそんな目で見ないで。あなたのプレゼントなのよ。そんな目で見られたら私のお返しの贈り物まで安っぽくなってしまうわ」

自分も冷たい目で答えた。またディオールに変わっていたが、藤木は無視した。紙幣をつなぎ合わせただけの服は原色をちりばめながらも変に無彩に乾き、妻に似合っていた。

「ルール違反じゃないか。自由を尊重すると言いながら俺の私生活をコントロールした」

「文句があるなら何故抱いたの？　好きで抱いておきながら私の友人だとわかって腹を立てるなんて変よ。——いくらあなただってあれだけの女を抱く機会はそうないはずだし」

確かにいい女だった。一度では終わらせたくなかった。だからこそこの妻の余計な干渉に腹を立てているのだ。

夫の胸中の呟きを聞きとったかのように、

「私が干渉したからこれでお終《しま》いになったと怒っているの。でも違うわ。あなたまた彼女を抱くわ、きっと……」

妻はソファに座り余裕たっぷりの手で煙草《たばこ》に火をつけた。嫌煙家の藤木は立ち上がり、窓辺に近寄った。妻はドイツ製の、匂いの強すぎる煙草を喫《す》っている。

「むしろ腹を立てたいのは私よ。確かに今日彼女をあなたのところに送りこんだのは私だ

し、主人に誘われたら抱かれてもいいと彼女に言ったわ。でも自分でそうしながら、どこかにあなたが彼女のことを気にいらなければいいという気もちもあったのよ。それなのに彼女を見て……あなた一瞬も躊躇《ためら》うことなく私との結婚記念日より彼女を抱く方を選んだのでしょう?」

「——だが、君だって今夜は別の男と……」

「彼に電話したのはあなたの電話を聞いて、今夜にも彼女を抱くとわかってからよ……私だって小さく傷つくものはあったから」

「だったら何故、彼女を送りこんだ」

「彼女から八年間の恋人のことを聞いたでしょう?　その男を誰だと思っていたの?……あなたなのよ、あの人の八年間の恋人って」

「俺が?」藤木は笑って首をふった。「俺たちが逢ったのは今日が初めてだ」

「でも彼女の方ではあなたのことを知っていたの。あなた、自分が日本でも最高の腕をもった美容整形医としてマスコミにも顔を売っていることを忘れたの。テレビや雑誌の写真や、私が語るあなたの話であの人、もう何年も前からあなたと何度も逢ったような錯覚に陥ってあなたのことを愛するようになってたのよ。——大丈夫よ。あなたがプレイボーイでエゴイストの冷たい人だってことはもう承知してるから。むしろそういうあなたに葉子さん、夢中になったのね。自分のものにならない男だから愛してしまう女っているものよ」

「だが、彼女は八年間の男を忘れたいと言っていた。八年前の自分をとり戻したいと」

「そうよ、夢の中でしか抱かれたことのない男を忘れるためにはその男に現実に抱かれるのが一番でしょう？——私だって最初は本気じゃなかったわ。でもあの人本当にあなたのことで苦しんでいたし、あの人が正直に自分の苦しみを打ち明けるのを聞いているうちに友情というか同情というか、可哀想《かわいそう》になってきて。どのみちあなたには自由に私以外の女を抱かせてるのだから、それが私の友達でも構わないじゃないかって……それで今日ともかく客としてあなたを訪れるように勧めたの。私のしたのはそれだけよ。後のことはあなたたちが自由な意志でしたことじゃないの」

「何故そんな友達がいることを隠していた」

「話したわ、何度も。名前だって教えたわ。あなたが私の友達のことにちょっとでも興味を示してくれたら、彼女があなたに狂っていることだって話したはずだわ……そう、干渉といっても私のしたことは本当にそれだけなのよ。実際に逢えばあなたが彼女に興味をもつことはわかってたからそれなりに悩んだけれど、私は〝自由〟を生き方にしてるのだから、自分の愛している夫に友達を抱かせることだって認めなければいけないって思ったの」

「愛？　君は俺を愛しているというのか」

「ええ、愛しているわ、夫として。これまでの男たちや今の男への愛とは違うけれど」

〝愛〟という言葉を妻は煙草の煙と一緒に吐き捨てるように口にした。褐色の濃密な香りが二人の間の空気を焼いた。これまでの話で少なくとも今の一言だけは嘘だ、そう思った。

「嘘だと思うの？　だったら何故私たちまだ夫婦をやってるの。あなたも私を愛してるわ。それに気づいてはいないでしょうけど……」

妻はそう言うと夫の返事など無視して立ち上がり、「いい、これ以上の干渉はしないわ。私はこれからも葉子さんと友達づきあいを続けるけれど、あなたたちも自由にすればいいのよ」そう言い放つと微笑を最後の言葉にして、背を向け部屋を出ていった。人工的な、メスで彫りあげたような微笑……何故俺はまだこんな大嫌いな女と結婚している……。

胸の中でそう呟いた瞬間、それまでの怒りといらだちは予想もしなかった方向へとねじ曲がった。彼はドアに駆け寄り、「いいんだな、本当に。俺が彼女とどうなっても……」浴室へと向かう妻の背に声をぶつけていた。

「そう言うと思ってたわ」

妻はふり返り、そう答えまた唇に微笑を装ってしばらく藤木の顔を見つめていた。唇？　廊下の昏《くら》がりの中で妻の顔から唇だけが浮かびあがって見えた。妻の唇は口紅をつけたような人工的な赤みをもっていて、その色を活《い》かすためにパールの透明な口紅しかつけないことを藤木は思いだしたのだった。

闇を剝ぐ光の唇に、ホテルでの女の唇が重なった。あの女の唇がこの唇からこのパールの光をすくいとったのだとしたら……。

「どうしたの？」

「いや、なんでもない」

藤木は首をふった。『今夜彼女がホテルに来る前に君たちは逢っているのか』胸の中で呟いたその質問に首をふったのだった。


その小さな疑問が無視できなくなったのは三カ月が過ぎ、田村葉子との間に『結婚』という言葉が出るようになったころだった。

結婚記念日から十日後、藤木は葉子と再び逢い、その口からじかに妻の語った言葉が事実であることを確かめた。葉子は涙をまじえながら、改めて自分の夢でしかなかった八年間の愛を告白し「諦めたくても先生は手を伸ばせば届く近くにいたから。私の友人になった女性のご主人として……その近い距離が逆に私をどれだけ苦しめたか。先生は何も知らずに私を別の女に変えていたんです」と言った。

その夜もう一度今度は彼女の部屋でベッドにあがり、年の瀬には関係は定期的なものになっていた。葉子は染色の仕事のために全国各地に旅をしていたが、その旅を削り、藤木と逢う時間を最優先した。

最初の頃は妻への意地があったと思う。あの夜、妻が使った〝愛〟ほど人工的な言葉はなかった。あの瞬間、逆に妻がお金のためだけに今日まで自分から離れなかったのだと藤木にはわかったのだった。華江は夫を縛りつけるために愛人までも自分に与えた。夫を水槽の中で自由に泳がせ、だが結局は水槽の檻《おり》に閉じこめている。それならいっそ本当に田村葉子と深い関係になってしまえば妻も慌てるだろう、その慌てぶりを見てやりたいという気もちが確かに最初のうちはあった。だが、葉子はごく自然にそんな邪心を藤木の気もちからぬぐい去ってくれたのだった。

葉子は妻の華江とはあらゆる点で正反対の女だった。顔も体も自然な美しさであり、口にする愛という言葉には〝実〟があった。自分が表面に出るよりも男の陰になって〝尽くす〟ことを、控えめな主張にする女だった。妻の石膏《せっこう》に似た耳は藤木の語る言葉を冷たく撥《は》ねのけるが、葉子は全身を柔らかい綿にして藤木の声を吸いとった。藤木は葉子のもとに通うようになってそれまでの複数の愛人たちを忘れてしまったが、葉子はそんな過去の女たちの話が出るとかすかな嫉妬を目ににじませながら寂しそうに笑った。その嫉妬の方が妻の言う〝愛〟より自然だった。

葉子の代々木《よよぎ》のマンションは平凡で、部屋は小ざっぱりと片づいている以外取り柄はなかったが、自宅とは違って全部の空間が藤木を受けいれるためにあった。葉子の体にも同じ、男を憩《いこ》わせる優しい部屋がある。藤木は忙しい仕事の合間を縫って足しげくその二種の部屋へと通うようになった。

葉子を知って、だが、藤木にはただ一人だけ忘れることのできない女がいた。

妻の華江である。妻の存在がある限り葉子の部屋もガラスの檻だという気もした。だが、華江はあの夜の言葉どおり、その後いっさい二人の関係に口を出さなかったし、むしろ藤木にこれだけの自由を与えたのだから自分の方もと言わんばかりに男と頻繁に逢い、夫のことなど完全に無視するようになっていた。そう見えた。

妻が『葉子』の名を口にしたのは三カ月のうちで一度だけだった。

年が改まって間もないある夜、零時前に帰宅すると、妻はシャワーを浴び、居間には藤木の年齢からすれば若者と呼んだ方がいい男がソファに寝そべっていて、藤木を見ると慌てて起きあがり、困惑した顔で半端に挨拶をした。バスタオル姿で現れた華江は顔色一つ変えず「早かったのね。ちょうどいいわ。私が葉子さんのことを知っているのにあなたが私の男のことを知らないのは不公平だと思ってたから」と言って若者を藤木に紹介した。

小田陽一。三十一歳。名のある建築家の助手でその道での将来を嘱望されている——。二枚目すぎ、脚が長すぎ、妻に似合ったどこか作りものめいた青年だった。時代の工場で製造された特注の優秀な青年……その印象と妻の濡れた髪からしたたり落ちた雫《しずく》以外、藤木の気もちに引っ掛かるものはなかった。

その一件でもう何も隠す必要はないと完全に開き直ったようである。妻は藤木のいる前で平然と青年に電話をいれ笑い興じたりするようになった。その青年に夢中で、夫と友人の関係など気にしている余裕はないように見えたし、葉子もあれ以来華江からの連絡はなくなったと言っていた。

その意味では妻を気にせずともよくなっていた。だが別の意味で妻の存在は三カ月間、藤木の胸に灰色の翳りを与え続けたのだった。

葉子を四度目に抱いた十二月の半ばである。その部屋でふと藤木の鼻が妻の香りを拾った。

「来たのか、あいつ」

灰皿に吸殻を見つけた藤木の目に気づくと慌ててそれを流し台に棄《す》て、葉子の背は「今弟が来て煙草を切らしたと言うから、奥さんが以前に忘れていったのがあったのを思いだして」そう言った。弁解の声であった。

一月になってからも二度似たことがあった。小田という青年を紹介される数日前、葉子の部屋の浴室の棚に妻のダイヤが入った渦巻き型のイヤリングを見つけた。何度目かの結婚記念日に藤木自身で選んだ最後の贈り物だったから間違いなかった。藤木が問うとこの時も葉子は「前に奥さんからもらったのよ。あなたのプレゼントだと聞いていたから悪いと思って隠してたけれど」目を逸《そ》らして言い訳の声でそう答えたし、一月末に流し台の脇のごみ箱にシャブリの赤ワインの空壜《あきびん》を見つけた時も「昨日仕事関係の人が食事に来て、私はワインの銘柄に詳しくないから、奥さんがよく飲んでたものを買ってきただけだわ」と意味もなく何度も髪をかきあげて言ったのだった。藤木が何も訊かないうちに自分から。

妻は間違いなくこの部屋を訪れている。しかもそれを二人は自分に隠している……。

イヤリングが浴室にあったことはこの部屋で裸でいる妻を想像させた。ホテルでの最初の夜、葉子が答えた「一人目」という言葉を藤木は夢の中の恋人に初めて現実に抱かれたという意味だと考えていたが、実は『男は初めてだ』という意味だったのなら？　八年間の恋人が実は女だったのなら……一人の女がその体の発するどぎつい色彩で葉子の体を染め替えてしまったのだとしたら？　葉子に夫を近づけたのも、あの青年との関係も自分の普通ではない性癖をごまかすための妻らしい人工的な策略だったのだとしたら？

だが、藤木はその疑惑を薄い灰色のまま胸の隅に押しこめ、大概は葉子というこの歳《とし》になって初めて知った自分のすべてを委ねられる女との幸福に溺れていた。藤木は以前面白半分にそういう趣味のある女を二、三度抱いたことがあるが、その時に感じた違和感はベッドの上での葉子の体には微塵《みじん》も感じられなかった。ベッドでの葉子も他のどの女より藤木を愛してくれていたし、結局はつまらない妄想として無視し、三カ月が過ぎるころにはどんな莫大《ばくだい》な慰謝料を支払ってもいいから妻と別れ、この女を妻にしたいと考えるようになった。葉子の愛は藤木の四十八歳の枯れはじめた体をこれまでとは違う憩いと安らぎを求める色に染め替えたのだった。

それとなくその胸の裡《うち》を話すと『でも奥さんが簡単に別れてくれるかしら』とかすかな不安に顔を曇らせながらも嬉《うれ》しそうに頷き、それこそが妻と葉子に関係などあるはずがない証拠だと藤木には思えた。

ところが二月に入り紙屑《かみくず》に似た乾いた雪が舞う午後、手術がキャンセルになって藤木が葉子の部屋へとタクシーを飛ばした時である。

藤木は車をマンションの手前で停《と》めさせた。マンションの玄関へと吸いこまれていく青いコート姿の女を見かけたからである。雪の白い薄化粧をまとった街の一隅に浮かんだ場違いな原色が、後ろ姿でありながら華江の顔をはっきりと車窓越しに藤木の目に伝えてくる。藤木は車を降り、マンションに入り歩いて三階まで上がり、エレベーターの真正面の部屋のドアにそっと近づき耳を寄せた。

妻の声が聞こえた。聞き慣れた不機嫌そうな声はドア越しにくぐもり、いつもより掠れていた。葉子に向けて何を喋っているのかまでは聞きとれなかったが、ただ一言、

「もう本当のことを主人に話さないとね」

笑い声まじりの言葉だけは耳がとらえた。

藤木は代々木駅前に出て喫茶店で一時間をつぶし、葉子の部屋に電話を入れ「急に体が空いたから、今から医院を出る」そう告げた。

葉子は何とか落ちついた声を返したが、十分後に藤木が部屋のドアをノックすると、早すぎる到着に狼狽《ろうばい》したのだろう、ドアから覗《のぞ》かせた顔は青ざめていた。部屋に入り、藤木が隅々まで走らせた視線に震える視線をからみつけてきた。妻はもういなかった。だが、慌てて帰っただろうし、何かの痕跡が残っているはずである。

浴室のドアが開いていた。藤木が跳びこむとまだ湯気がくすぶっている。それだけではなかった。寝室のベッド近くの床に黒いストッキングが脱ぎ捨てられている。間違いなくその黒い薔薇《ばら》のレース模様に記憶がある……。

「華江が来ていたな。華江とこのベッドの上で寝ていたのか……」

そんな言葉を投げつけていた。何かを答えようとして葉子はその言葉を喉へと押し戻すように両手で口を覆い、激しく首をふった。

「八年間の恋人は華江のことだったのか」

「何を考えてるの？」

指の隙間から声が漏れた。

「そんな馬鹿なこと……私と奥さんにはそんな関係はないわ。私はあなたの奥さんになりたいだけよ……私を奥さんにして！」

最後の言葉は叫びになっていた。同時に泣きだすように顔が歪み、同時にまた全身の力で葉子はその体を藤木へとぶつけてきた。

藤木の体はベッドへと倒れ、藤木の声を奪うようにその口を女の唇が塞いだ。その瞬間、妻のドイツ煙草の匂いが藤木の口へと流れこんできた。葉子が初めて自分から見せた激しさに組み敷かれ茫然《ぼうぜん》としながら、藤木の脳裏で今度こそ確かに二人の女の唇が重なった。


「雪はやんだのか」

「いいえ、さっきより激しくなったわ」

だが、部屋は灰色の静寂に包まれている。

藤木はベッドの中からその寝室を見回した。彼のコートを羽織って窓辺に突っ立っている葉子は家具の一つのように見えた。クローゼットのベージュ色の扉が壁を埋めつくして並んでいる。藤木が一度も開いたことのない扉だった。藤木はその部屋でもまだ客として遠慮しているところがあって棚や引出しに隠された女の私生活を覗くのはやめていた。それは結婚してからだと考えていたし、葉子の体の中にある部屋は隅々まで知っているのだからという安心感だけでよかった。だが、今突然の激しさを見せた女の体が、藤木には不意にわからなくなっていた。

　ドイツ煙草の褐色の匂いの中で、妻を抱いたような後味があった。体にあのパールの唇が無数に貼りついて、見知らぬ色で自分が染め替えられたような気がしていた。

　その色を洗い流したくなってシャワーを浴びようと起きあがった時、枕元の電話が鳴った。電話をとった葉子が、

「奥さんよ。秋田の田沢湖《たざわこ》のホテルだって」

　雪に漂白された白い目で受話器を渡してきた。一瞬、田沢湖というのは嘘だと思った。この部屋を訪れていた事実を隠すための下手なアリバイ工作だと。

「こちらから電話を入れ直すから電話番号を聞いておいてくれ」

　そう言い、葉子がメモした電話番号に浴室を出たのち電話を入れた。

　間違いなく田沢湖のホテルのフロントが出て、すぐに妻の声と代わった。

「小田君と来てるの。婚前旅行よ……ずっと前に葉子さんと一度来て、私、次に結婚する相手とは必ずここへ来ようと思ってたの」

「――――」

「家の居間のテーブルに離婚届を残しておいた。私は体一つで家を出たから明日からでも葉子さんとあの家で暮らして。私の物は全部葉子さんにあげる……これまでもいろんなも

のをあげてきたし。〝あなた〟もその一つだけれど……内緒で貯《た》めておいたお金が五千万あるから、それだけをもらっておきます」

そう言い「私、十三年、慰謝料を貯めてただけだったのね」と他人事《ひとごと》のように呟いた。

その電話でもただ一方的な妻の声に、

「今、そっちも雪なのか」

とだけ訊いた。

「ええ、どうして？」

「いや、ちょっと気になったから」

短い沈黙のあと二人は無言で電話を切った。

体がふっと軽くなった。それだけが十三年間に終止符を打った感慨だった。——いや、その軽さはただ肩にのしかかっていた十三年間の重苦しさがとり払われただけでなく、電話を切った瞬間から体のどこかに穴の空いたような虚《むな》しさが生じたためでもあったのだが、その場ではただこれで気楽になったと考えただけだった。三カ月間の馬鹿げた疑惑も胸から消え去っていた。

足もとにまだ妻のストッキングが落ちている。妻はただ自分が買ってすぐに飽きてしまうものをゴミ屑のようにこの女に投げ与えていただけなのだ——さっき見たこのマンションに吸い込まれていく後ろ姿も貰《もら》いものを着た葉子自身だったのだろう。ドア越しに聞いた声も葉子がただ誰かに電話をかけていたのをおかしな疑惑から妻の声と聞き違えただけだったのだ……。

「どうしたの」

バスタオルのまま笑っている藤木の肩にガウンを掛けながら葉子が訊いてきた。

「君は煙草を喫ってるのか。俺に隠れて」

「……ええ。あなたが嫌がると思っていつかは弟のせいにしたけれど……でもほんの時々よ。奥さんがここへ来るたびに忘れていった煙草が何箱も溜まってて。もうやめるわ」

「いや構わないが、あの煙草だけはやめろ」

そう言い、その声の続きのように「結婚するか」と呟いた。ため息をつこうとして、気がつくとそんな声が口からこぼれていた。

その夜一人で帰宅すると、家の闇はいつもより淡く彼を迎えいれた。結婚生活と女たちを漁《あさ》り歩いた放埒《ほうらつ》な生活とに同時にピリオドを打ったせいだろう、そう思った。葉子は彼のため息に似たプロポーズに「一つだけ聞きたいことがあるの。あなたは本当に奥さんを愛していない？」そう訊き返し、彼が今の電話で離婚したことを告げるとそれでもまだ心配そうに彼の目を見守っていたが、やがてその目に本当の答えを聞きとったのだろう、小さく頷いたのだった。

その葉子の声が耳に残っていたのか、居間の灯をつけた瞬間、三カ月前の妻の声がふと耳に蘇《よみがえ》った。

『あなたも私を愛してるわ。それに気づいてはいないでしょうけど……』

苦笑し首をふり、それでもまだ追いかけてくるその声から逃れるように彼は華江が言ったとおりテーブルの上に残されている離婚届の用紙をとると、すぐにペンをとり既に署名してある妻の名に並べて自分の名を書いた。

その日の雪は東京を白く塗りかえ、彼の十三年間を——白紙同然に無意味な結婚生活をもっと意味のない一枚の紙にすりかえた。

二カ月後春になるのを待って、藤木は葉子とロスアンジェルスで結婚式をあげた。

華江もまた、ミラノで初の大きな仕事を見つけた小田とともに日本を離れていた。あれ以来華江とは逢っていないが、ミラノに出発する直前、成田空港から葉子に電話があってそう言ったという。

ロスの教会での結婚式にはロバーツ医師も参列し、両手いっぱいのユリを花嫁に贈ってくれた。ロバーツが自分に気があると考えていた藤木は、二度目の妻に医師が見せた優しさに驚いた。十年前来日した際に紹介した華江には終始冷やかだった医師が葉子のことは笑顔で包みこんだ。

「君は年齢の他にもう一つ、他の女たちを忘れる理由を見つけたね」

そう言う医師に、式後のパーティの席で藤木は「葉子に美容整形の手術をした痕跡が感じられないか」とこっそり訊いてみた。

他でもない、日本を発《た》つ前から葉子の顔が本当に自然かどうか心配し始めていたのだ。ロスに向かう前日、週刊誌が電話取材を申しこんできた。名のある美容整形外科医の離婚結婚騒動を聞きつけて記事にするつもりなのかと思いながら電話に出ると、記者はある人気歌手の婚約破棄事件の話を始めた。

「破棄の理由が女性が顔を整形していたとわかったからなんです。そのあたりを整形医の立場としてどう考えられるか……」

「今は科学や医学の恩恵を享受している時代なのに人の顔だけがそれを享受できないというのは古すぎます。その歌手は狭量です」

医師としてそう答えた。あくまで医師としてである。男としては違う。

葉子にその話をし、

「もっとも俺は整形した女は抱けないんだ。痣《あざ》や傷を消すような手術ならいいんだが、人工で作った美には欲望が萎えるんだ。欲望というのは自然なものだからな」

と本音を吐いた。例外はロバーツが作りだす顔だけである。あれはすべての優れた芸術品と同じく自然で性的だ……だが藤木自身は自分の患者を一度も抱いたことはなかった。

この時、葉子は青ざめた唇を震わせ、困惑を隠すように顔をそむけた。それだけではない、葉子は華江がイタリアに旅立ったという翌日から世田谷の家に移り住んでいたが、この家で抱く葉子の顔にも体にもこれまでにない不自然さを感じとるようになっていた。これまで葉子に溺れていて見落としていた何か……人工的な華江と対比して見ていたために気づかずにいた何か。それが華江が消えると同時に葉子の容姿や性格に浮かびあがってきた気がする。はっきりとはつかめない何か。藤木のメスが作りだす一見自然だがどこかにまだ作りもののわざとらしさが残ってしまう顔のような……何か。だが、本当に手術を受けた顔なら、これまで抱くたびに自分がその痕跡を見逃したはずはない。

「絶対にノーだ。彼女が手術を受けたのなら、あの自然さを作りだせるのは私しかいない」

ロバーツの確約に安心しながらも、疑問は胸に薄膜となって粘っていた。

ロスの空は青い磨《す》りガラスに似ていた。眩しすぎる太陽は空に青い影を与え、溢《あふ》れ落ちる春の光に染まって、それでも二人は新婚らしい楽しい数日を過ごしたが、その裏に潜んでいたものが一気に吐きだされたように、成田に着くと春とは思えない鉛色の雨が重く降っていた。楽しんだぶんのツケを支払わされたように、成田空港で藤木の顔は鉛色に曇っていた。葉子の顔もまた――。

藤木はその足で医院に向かい、その夜、雨がやむころに家に戻った。

ドアのチャイムに誰も答えないので、自分の鍵で中に入り、暗い居間の電気をつけようとして藤木はその手をとめた。ドイツ煙草の匂いを、雨の余韻をくすぶらせた湿った闇に鼻が拾った。同時に門灯の明かりに濡れた女の背を窓に見つけた。

「いつ帰国したんだ」

煙草を喫っている後ろ姿は間違いなく妻の――かつての妻の華江だった。服の赤や黄色の原色は闇の肌に彫りつけた刺青《いれずみ》に似ていた。

女はふり返った。藤木は近寄るまでそれを華江だと思いこんでいた。だからその顔が誰かわかった時、一瞬寒けを背筋に走らせた。

華江の髪型と耳飾りとパールの口紅に包まれ、顔が——顔だけが別の女だった。それは一瞬、整形に失敗した壊れた顔のように見えた。

「その煙草はやめろと言ったはずだ。それからその服も。華江の残していったものは全部棄てて、自分の物を買えと言っただろう」

「どうして？　これは私の物だわ」

葉子はそう答えた。その瞬間、体の芯を揺さぶるほどの本当の悪寒《おかん》が襲った。葉子ではない。顔だけが葉子の別の女——華江だった。

「私は奥さんになりたかったし、なったもの」

外からの灯を吸って光る唇から流れだした声は不機嫌そうに掠れ、華江がその女の唇を借りて喋っていた。それから唇の端に色を流す人工的な薄笑い……一人の女の目鼻を、皮膚を借りて華江が微笑している……。

「驚いた？　去年の結婚記念日の晩、ここへ電話したのは私だわ。八年間真似し続けて、声はあのころもう完璧に奥さんになっていたの。あの時言ったでしょう、私は妻じゃなく一人の女だって」

完璧じゃない、藤木は首をふった。あの時この女はデザイナーの名を間違えた……。

「まだ逢ってもいないあなたを愛した時から八年間、私、ただ奥さんになりたくて、やっとなった。私は奥さんから全部奪いとったし、奥さんも協力して全部をくれたわ。私たち妻と愛人として戦ってはいたけれど、あなたに関する利害は一致していたから友達として手も繋《つな》いでいたの。特に奥さんがあの青年と出会って離婚を決心してからは……そう、八年間のうちに少しずつ……服も下着も装身具も、今はこの家も、結婚生活も、あなたの体も……籍までも全部」

人工的な言葉も、表情も、今闇に漂っているこの匂いまでも——藤木はもう一度激しく首をふり「何故」と呟いた。

「だからあなたを愛したからよ。奥さんもあなたを愛してたから協力してくれたの。奥さん、あなたを愛していて結婚した最初の頃から苦しんでたのよ。苦しんでたけれど愛しているから別れられなかった……でもそれも限界に来て離婚を決心してあの青年と一緒になって。それでもまだあなたを愛しているから離婚後も自分をあなたに残したかったのね」

一人の女の眼を借りて華江がまだ夫である男を見ていた。メスで彫ったような視線で。

「でも、それでもまだ一つだけ私が奥さんから奪いとれなかったものがあるわ」

そう言い、

「あなたはまだ奥さんを愛してるわ」

とつづけた。結婚記念日の夜と同じ声で。『一つだけ』というのは俺の気もちのことだ、俺の気もちまではまだ奪えないと言いたいのだ——だが、すぐにまた『違う』と首をふった。この女は俺のことなど愛していない。逢ったこともない男への八年間の愛など妄想だし、逢って結婚した今もまだ俺ではない妄想の中の男を愛しているだけだ。この女は愛したのだと思いこみ、妻になりたがり、妻を演じ始めた……そうして役になりきった俳優のように今では演技にすぎないことも忘れ始めている。だがどんなに役になりきっても一つだけ演技を裏切るものが残っている。体は似ている。華江の服がぴったりなのだし、確かに体は似ている。だが一つだけ……。

「初めて患者として訪ねた時、私は本当は奥さんの写真を見せるつもりだったの。すべてを打ち明け手術を頼むつもりだったの。奥さんはまだ早すぎるとは言ったけれど最終的には私の好きにすればいいって……でも土壇場で自信がなくなって、あなたを完全に手に入れるまで待とうと思い直して。それにあの時の言葉は嘘ではなくて、あの時にはまだ昔の私に戻りたいという気もちが残っていたわ」

藤木は何かを言おうとして何も口にできなかった。たとえ口にしてもその言葉を、この女の耳を借りた華江の耳は聞こうとしないだろう。妻なのだ。妻は離婚後も自分が妻であろうとした……愛人に夫を譲るつもりなどなかった。愚かな一人の女を利用して離婚後も妻としてこの家を夫を摑み続けようとした……。

「あなたが断るのなら明日にでもロスへ戻ってロバーツさんに頼むわ。もう承諾はとってあるから……でもできればあなたの手でしてもらいたいし、明日仕事場の方で細かい打合せをしましょう」

そう言い「今度は写真は要らないわね。あなたは奥さんを愛しているし、奥さんの顔を一生忘れないように胸に焼きつけているはずだもの」最後にもう一度女は……妻は妻らしい乾いた人工的な微笑を見せた。

背を向け、混乱した夫を窓の薄い灯の中に残し、その顔を闇に消した。

# 解説

関根　亨

――ようこそ当『ドクターM《ミステリー》』ホスピタルへ。

本書の第一弾にあたる『ドクターM』の解説は以上のような第一行目で始まる。海堂尊、久坂部羊、近藤史恵、篠田節子、知念実希人、長岡弘樹、新津きよみ、山田風太郎の中短編を収録し、二〇二〇年七月に刊行された。本企画自体はその前年あたりから始まったのだが、二〇年に入り、『ドクターM』ゲラ進行途上、まさに大きな医学的災厄が全世界を襲った。

COVID－19（新型コロナウイルスではなく、医療小説という観点から医学用語を以下用いる）の感染拡大である。

二〇年夏時点で解説者は、今後は感染が多少減少傾向になるだろうとの安直な見立てであった。だから右記のような「ようこそ」などと気取った挨拶で解説を始めたのだが、COVID－19の様相で、医療に対する読者の観点は一変した。

いかに医療従事者が困難に立ち向かってきたか。増加する患者に対応しているか。同感染症やワクチンについての雑多なフェイクを排し、真実を伝えてきたか。

世間の医療分野への関心も一変したからこそ、今般の第二弾『医療ミステリーアンソロジードクターＭポイズン』について、広く読まれる意義が出てきたのは疑いない。

本アンソロジーは医療ミステリーの中から現代物を中心に、レジェンド的な短編も選んでみた。結果、臨床医、獣医学、癌《がん》抑制、薬学、終末医療、整形など硬軟取りそろえての作品群となった。

＊

「片翼の折鶴」浅ノ宮遼

「それにしても、僕たちの話を聞いただけで事件の真相を看破するなんて、西丸先生はまるで小説に出てくる探偵のようでしたね」

「さあ、どうでしょうか」

和田に対し、西丸は穏やかな表情で答えた。

「私は、彼らのように事件の犯人を特定したわけではありません。与えられた情報を基に筋道を立てて考えただけです。（略）私は医者として診断をしただけのことなのです」


以上は、「片翼の折鶴」と同じ『臨床探偵と消えた脳病変』（創元推理文庫）に収められた第二話「幻覚パズル」終盤からの引用である。真相には触れていないので安心されたい。柳都医科大学病院の救命救急センターに籍を置く西丸豊医師は診断の専門家だ。他の医師には見抜けなかった病を鋭い洞察で正確に射止め、臨床探偵とも称されている。だが右に掲げたように西丸は、自らが探偵まがいの推理を発揮するとは断言しない。

著者の出身である「ミステリーズ！新人賞」（東京創元社）は本格推理の短編小説が対象となる賞で、むろん既受賞作には、才気煥発《かんぱつ》な探偵が推理を発揮し真相に迫る作品も多い。

表面上は探偵役の西丸は、事件の背後に隠れた医師や患者の心情までをも読者に提示する。しかしながら探偵であることは明確に否定するという、奥ゆかしい職業倫理を持ち合わせたドクターでありディテクティブなのである。

収録作「片翼の折鶴」は同短編集の最終話に位置づけられるにふさわしく、ミステリーにおける明敏な要素がつまっている。第一は、犯人を当初から明確化する倒叙形式だ。

獣医の達也は勤務する動物病院の休憩時間、隣にある自宅へ戻るが、和室で妻の響子が横たわる光景を見る。末期がんの響子は達也が用意した睡眠薬を飲み、意識を失っていたのだ。卓袱台《ちゃぶだい》には、響子が作っていたいくつかの折鶴がある。それらを手に取った達也は冷静な計画を持って、響子を病院へ搬送しようとする。

達也には、彼女を何としても殺さなければならないとの決意があったからだ。柳都医科大学病院の救命救急センターへは、妻が自殺を図ったように達也は説明。後日精神科病棟へ入院した響子のもとを訪れる。

以降は響子のこれまでの病状を中心に達也と響子の会話や、達也視点で殺害計画の内面が語られていく。どの段階で西丸は診断（推理）をするのか、読者の焦燥はつのる。そして達也の動機とは何か、第二の要素であるホワイダニットもいずれ明確になる。

西丸が見抜く真相は第三の要素にあたり、残念ながら解説では伏せざるを得ない。しかし読み手の〝予後〟は感涙と安寧を迎えることは保証できるだろう。

第三話、受賞デビュー作となった「消えた脳病変」も要注目だ。医学部脳外科臨床講義の場が舞台で、講師から出題された患者の病変そのものが謎となる。『臨床探偵と消えた脳病変』読了後、全話の視点人物が誰だったかを思い返してみてほしい。浅ノ宮が施した叙述上の療法を、読者の所見で明らかにしていただきたい。

「老人と犬」五十嵐貴久

五十嵐はデビュー当時から、医療サスペンスを世に問うていた。ホラーサスペンス大賞受賞デビューを皮切りに、その後シリーズ六作を数え、テレビドラマに映画化と、ホラー界の代表作ともいえる〈リカ〉シリーズ（幻冬舎文庫）。主人公である雨宮リカは看護師である。

ことにシリーズ第四弾にあたる『リハーサル』（同）では、個人病院の新任看護師となり、男性副院長の手術ミスを隠蔽したのを機に、彼にまとわりつくようになる。同作の大半は院内場面であり、緊迫した雰囲気にリカが存在感を増していく。

またデビュー後第二作にあたる『交渉人』（同）で、主人公の犯罪交渉人が臨場する立てこもり事件現場もまた総合病院である。医療現場の深奥が後半から関係してくるのだが、読む者は、善意の陰に隠れた驚愕《きょうがく》の闇を見るだろう。

著者作風の幅広さは、62ページの略歴をご覧いただければ一目瞭然。以上の長編で医療の神髄をサスペンスフルに描出していた作風から一転、『土井徹先生の診療事件簿』（同）はハートフルなヒューマン路線であることを明記しておきたい。

こちらのドクターは獣医の土井徹（ドリトル先生のもじりであることは疑いない）先生。その卓抜な推理能力を、南武蔵野署立花令子警部補の一人称視点から語っていくという連作方式だ。

収録作「老人と犬」ではまず、令子が同署に着任したいきさつが語られる。彼女はただの警部補ではない。国家公務員I種試験合格者であるキャリアなので、警察大学校での研修後、警部補として副署長の肩書を与えられたのだ。令子の父親はノンキャリの優秀な警部であったが捜査中に殉職し警視正に特進。父親の背景もあり、令子が好むと好まざるとにかかわらず、試験合格後に警察庁入庁が決まっていたのだった。

南武蔵野署副署長といっても退屈な毎日。暇をもてあます令子に佐久間署長から、警察OBの小山田の話を聞いてほしいという依頼がある。小山田は元暴力団担当で第八方面本部長だったが、退職後七十歳近くなった今は短気かつ臆病になり、自分が暴力団に狙われていると言いだした。老人介護のボランティアの経験もあり、孫世代にあたる令子なら話し相手にうってつけだろうとの配慮（？）で小山田の自宅へ向かう。

小山田は聞きしにまさるヒステリックさに加え被害妄想気味で、しきりに自分が危ないと訴えだす。話に飽きた令子は、小山田の自宅で飼っているダックスフントに話しかけるのだが……。

むろんその後の展開は、単なる警察ＯＢ老人妄想で終わらない事件へと至る。土井先生の登場はいつか、どんな解決を読ませてくれるのか。土井先生の獣医ならではの特別な才能が解決に寄与するのだ。ドクターのみならず動物ものミステリーとしても必読の作品となっている。

二〇年に刊行された五十嵐のゾンビ系サスペンス『バイター』（光文社）には未知のウイルス感染症が前面に登場。連載時期を考えると、現状パンデミック前に同作は発想されていたことになるのが、戦慄感をより高めている。

**「是枝哲の敗北」大倉崇裕**

倒叙推理といえば『刑事コロンボ』ではないか。このアメリカンドラマシリーズの魅力は、一九七二年の日本初放送から数十年の時を経てなお語り継がれている。同シリーズのノベライゼーションを手がけてきた大倉が二〇〇五年以来、満を持して取り組んでいるのが、〈福家警部補〉シリーズ。犯人視点でまずは犯行態様を明らかにし、福家が犯人を追い込んでいくプロセスの連作短編形式だ。

福家は警視庁捜査一課の女性警部補で、フルネームはあえて書かれない。小柄で、縁なしの眼鏡にショートカット、警察バッジをバッグからいつも探すので、現場に入るのを制止されることが多いほど、刑事には見えない風貌なのである。

　第一弾『福家警部補の挨拶』（創元推理文庫）を皮切りに『福家警部補の再訪』（同）『福家警部補の報告』（同）『福家警部補の追及』（同）と続き、二一年秋時点で最近刊にあたる第五弾『福家警部補の考察』（東京創元社）に収録されているのが「是枝哲の敗北」であることは、392ページ〈底本〉を参照されたい。

　いずれの作品でも一見、自殺や事故死、あるいは他殺でも犯人が未知の人物である事件に福家が臨場し、読者がすでに犯人と知る人物と心理戦を繰り広げた挙句、逃れられない決め手を示すことになる。

　聖南総合病院皮膚科部長の是枝は、論文校正のため部長室へこもると称し、同時に製薬会社MRを呼びつけ、不要書類の段ボール処分を要請した。MRが箱を積み込んだバンに密かに乗り込んだ是枝は、駐車場へ着いた車から抜け出し、論文校正のアリバイを作りながら〝待ち合わせ〟の相手である郁美を待った。彼女は是枝の担当MRだったが担当が変わり、その後の再会を機に是枝との関係を深めていくようになった。

　駐車場の階段で郁美を撲殺し、トラップを仕掛け警備員詰所を空にした是枝は脱出に成功。病院へ戻り、郁美〝事故死〟の報に接するのは想定通り。

　是枝の前に福家が現れ、事故死に疑問を呈するが、彼女自身の視点は一切存在しない。読者からすれば探偵役よりも犯人側心理から読むことになり、いつどんな方法でこの冴《さ》えない警部補が是枝を犯人と突き止めるかの興味はつきない。また捜査情報としては、機動鑑識班員である二岡視点から福家に明示されていく。読者は事件の手がかりを得つつ、主役たる福家自身の内面はやはり一切見えないことになるので、大倉の工夫はより徹底している。

むろん本作を収録したのは、単にドクターが犯人というだけの趣向ではない。福家が真相に到達した時、医療ミステリーならではの決め手が顕出されるからだ。

著者の〈警視庁いきもの係〉シリーズ（講談社文庫）にも要注目だ。警視庁総務部総務課動植物管理係、須藤警部補の相棒である薄圭子《うすき》巡査は獣医師の資格を持つ捜査官。動植物の話がいつも止まらない天然型の彼女が、脱線しながらも須藤ら強面の面々へ解決への道筋を呈してくれる。シリーズ中のおすすめは『蜂に魅かれた容疑者』（同）。捜査の都合上、彼らが幾度も警察病院内部へと乗り込んでいくからだ。犯罪被害者など、病室に名札もないほど秘匿扱い患者がいる実態も必読。

**「ガンコロリン」海堂尊**

すでにCOVID－19そのものを扱った医療小説やミステリー、また物語の背景にウィズコロナを採り入れた一般文芸作品は二〇年から二一年にわたって何作刊行されたのか、その数は知れない。同傾向の先駆けとなったのは、解説者が知る限り海堂尊『コロナ黙示録』（宝島社）ではあるまいか。

二〇年七月刊行の同書は、東城大学医学部付属病院、不定愁訴外来の田口公平医師と、北海道雪見市救命救急センター長の速水晃一の登場で始まる。前者は著者の代表作〈バチスタ〉シリーズ（宝島社文庫）の主役である。

後者、速水の過去の活躍は『ジェネラル・ルージュの凱旋』（宝島社文庫）、『極北ラプソディ』（朝日文庫）に詳しいのでこの二冊を参照されたい。

『コロナ黙示録』ではまさに、二〇年二月の札幌雪まつりと同時期に中国で感染拡大していたCOVID－19の状況が、速水らの視点で客観的につづられている。二一年秋時点で読むと、著者が『コロナ黙示録』執筆を着想した動機に先見の明を感じることだろう。「ガンコロリン」を収録した『ランクA病院の愉悦』（新潮文庫）もまた、海堂尊の先見の明が近未来へと向かった快（怪）作と言っていいだろう。

本書の親本刊行は二〇一三年。同短編集の中には、みちのく大震災時に医療チームとして駆けつけた、やはり速水らの活躍する「被災地の空へ」という時事社会派的な短編もあるのだが、他話は医療が迎えた近未来の日本を活写している。

癌抑制は日本のみならず全人類の待望と言うべきだが、ついに収録作内では極北大学薬学部の倉田教授により、飲むだけで癌が予防でき、かかった人へも効くという特効薬が開発された。その名も「ガンコロリン」——なぜこのネーミングになったかは、倉田教授の日常的言語感覚にあるのだが、そのいきさつはぜひ、本編を参照されたい。

さてこの奇跡の新薬を扱うことになったのは、サンザシ薬品という二線級の会社。同社は、他社の独創的な新薬の真似をした製品を営業力で売り伸ばすのを得意としていた。亡き前社長を継いだ二代目社長は、二番煎じではない画期的新薬を開発せよと一大方針転換。創薬開発部長のとある極私的理由で選ばれた極北大が「ガンコロリン」を創薬してしまったのである。

医学を根本から変えるこの新薬に、日本医師会がどのような反応を見せたか、いつもの海堂流アイロニカル表現が光る。医学界と今日の日本状況がまさに二重写しとなった崇高な予言作になったのだ。予言と言えば、『ランクA病院の愉悦』あとがきで海堂はこのように書いている。

〈私は愛国者なので日本にワクチンを打っておきたいと考えている。この短編集もそんなワクチンの一冊である〉――。

この一節から五年後の二一年九月、『コロナ黙示録』の続編にあたる『コロナ狂騒録』(宝島社)の全盤でも彼は、強烈なワクチンをわが国の為政者へ打っている。COVID－19はワクチンによる効果が現れているが、わが国の失政が続く限り、海堂尊のワクチンは次々と新薬が必要とされている。

「笑わない薬剤師の健康診断」塔山郁

医療に携わるのは医師ばかりではない。調剤薬局の薬剤師もまた患者を見守るアンカーとして大事な役割を果たしている。また医師といっても千差万別。必ずしも患者にとって最良の治療をする人物ばかりではない。見立て違いの診断をしても、自らの誤りを疑わない者すら存在する。『ポイズン』では、スーパーでないドクターの一面も読んでいただこうと考え、塔山の本作を選んでみた。

毒島花織——。あえて良薬とは対極にあるセンスで名づけられた薬剤師の観点から、患者と医師を見すえたのが連作短編『薬も過ぎれば毒となる　薬剤師・毒島花織の名推理』（宝島社文庫）である。収録作は第一話にあたる。

長い黒髪をゴムでまとめ、スクエアな黒縁眼鏡に意志の強そうな太い眉。地味で愛想がない感じの毒島だが、薬剤にかけての責任感と真面目さは人一倍。喫茶店に居合わせた女性客が、妊婦にそぐわないハーブティーを知らずにプレゼントしようとの計画を聞いてしまう。毒島は初対面の彼女たちに、その危険性を説く正義感を持ち合わせているほどだ。

この驚くべき場面を目撃していたのが本作の語り手、水尾爽太だ。彼は神楽坂のホテル・ミネルヴァの若手フロントマンだが、業務中に水虫で足の痒《かゆ》さをこらえる日常だった。シフトから一時的に解放されて薬を塗るが、いっこうに治らない。

処方された二本目のチューブを紛失したことで、改めてホテルから近い是沢クリニックで診察を受ける。同院は皮膚科のみならず内科、心療内科、小児科とあらゆる診療科目を掲げているので便利だった。しかし是沢院長の態度は悪く、薬を塗っても治らないという爽太の訴えにも、薬剤師に塗り方を教わるようにと突き放す。待合室に人が少ないのも、院長の性格に問題があるからだろう。

処方箋を持った爽太はどうめき薬局へ向かう。毒島と顔を合わせ、彼女が喫茶店の忠告女性であることに気づく。一か月近くも症状が改善しないという爽太に対し毒島は、是沢が皮膚や爪の一部を採取する顕微鏡検査をしたのかを確認。爽太から行っていないことを聞き出すと、水虫（足白癬《あしはくせん》）とは違う可能性を指摘するばかりか、別の皮膚科へ変えることもすすめてきたのだ。

第二話「お節介な薬剤師の受診勧奨」ではホテル・ミネルヴァの客や従業員の間で起きた、やはり薬にまつわる謎を解き明かし、彼らの人間関係までもスムーズにしてしまう。毒島は、解決のための推理を披露する専門家まがいとは違う。薬の話になると止まらないほどの、愛着を持っているがゆえなのだ。

同作シリーズは好評となり現在三作を数えている。第三弾『毒をもって毒を制す　薬剤師・毒島花織の名推理』（同）では、爽太の先輩フロントマン他従業員に発熱患者が続くという事態が発生。作中時期が二〇年三月ということもあり、新型コロナウイルス感染が疑われる。犯人や犯行動機などではなく〝感染源〟という最大の謎を突き止めることで、本作のミステリー熱を大いに高めている。

前述通り、COVID－19を背景にしたミステリーも数えきれないほど刊行されているが、感染源を構成に採り入れた才覚を大いに評価すべきだろう。

「リビング・ウィル」葉真中顕

デビュー作『ロスト・ケア』（光文社文庫）で介護や死刑などを前面に押し出した葉真

中は、以降も積極的に社会的題材を採り入れている。『絶叫』（同）は貧困女性やブラック企業問題、『凍てつく太陽』（幻冬舎文庫）はアイヌ民族、『そして、海の泡になる』（朝日新聞出版）では史上最高の個人巨額負債を発生させた、バブル期の生き証人女性を追い、『W県警の悲劇』（徳間文庫）で表されたのは、ガラスの天井が存在する警察体質。

葉真中はシリアスな題材を追いかけつつ、読者に対してはきわめて冷静沈着かつ客観的に、時には逆説的に語っているようである。その語りに、さらにユーモラスなまなざしを交えたのが収録作を含む短編集『政治的に正しい警察小説』（小学館文庫）である。

同短編集第一話「秘密の海」は、虐待という児童が置かれる社会情勢に末期のスキルス性胃癌という、シリアスな雰囲気を一見まとっているようだ。さりながら著者が得意とする、あるストーリーテリング手法を生かすことにより、エンディングの印象は一変される。

第四話に当たるのが「リビング・ウィル」である。緩和医療の末、不治の状態に陥った場合、延命措置を断るという日本尊厳死協会の事前指示書（リビング・ウイル）が最初のページに来ることで、タイトルの意味を読者に告知する効果は絶大だ。

江古田の大学生である千鶴は、祖父の雄三が渓流釣り中に川へ転落し、飯能の病院に入院したという知らせを母親から受ける。趣味に興じる雄三はまだ七十歳で、千鶴の眼から見ても年寄り臭さは感じられない。

病院に集まったのは、雄三の息子夫婦である千鶴の伯父伯母と千鶴の両親。遅れてやって来たのは伯父夫婦の娘、早苗であった。早苗は千鶴にとって三歳上の従姉にあたるのだが、祖父の急を聞いてやって来たにしては外見がヤンキー風で、酒の臭いさえ漂わせ、待合室で親に怒られるほどであった。

医師の説明によれば、雄三は危機を脱したものの、遷延性意識障害、つまりは植物状態になる可能性が高いとのことだ。医師の後を受けたソーシャルワーカーは、延命措置を行うか尊厳死を選択するか、雄三の生前意思（リビング・ウィル）を確かめたいと告げる。

千鶴は二か月前に雄三と交わした会話を思い出し、尊厳死を望んでいたのではないかと一同に話す。だがその後、伯母の証言から事態は混沌《こんとん》へ。意識がない人物の（まだ死んではいない）生前意思はどうだったのかで騒然。がぜん謎めいた領域へ引き込まれる。

本作は千鶴という若い女性の一人称文体で進むため、尊厳死という重いテーマ性を緩和するよう筆致が工夫されている。さらに後半からは別人物の一人称に変化するのだが、真の〈リビング・ウィル〉とは何か。その別人物の〝絶叫〟が、われわれ〈こちら側〉の矛盾を皮肉に衝《つ》いてくるのだ。

医療方面の社会的矛盾を調べ上げているであろう葉真中は『コクーン』（光文社文庫）で「行路病院」の存在を物語に絡ませている。登場人物の五十代女性が、好条件で介護の仕事につくことになったのが都内の宗像病院。同医院はホームレスや自己破産者を入院させ診療報酬を取るべく、制度のひずみをシステム化している。白亜の黒い裏面を、葉真中は今後も容赦なく解剖し続けるであろう。

**「夜光の唇」連城三紀彦**

本短編収録の『美女』（集英社文庫）刊行は二〇〇〇年だが、親本である単行本は一九九七年。作中時制が九〇年代後半だと考えると、美容整形に対する意識が二〇二一年でも似合いそうなことに驚かされる。主人公の整形医、藤木と師匠筋に当たるロバーツ博士の〈女は常に自分が美しいと思い、さらに美を与えてもらいたい〉という洞察は、地位ある男医師側の勝手な論理であることを前提とし、いつの時代でも通用するのではないか。

医院の個室で妻の華江からの電話を受けた藤木は、結婚記念日のプレゼントとして高価なブランド物ワンピースを、彼女自身が購入すると告げられる。華江から藤木への贈り物もあるとのことだが内容は謎めき、何かは明かされない。

電話を切った藤木が対応した患者、田村葉子の依頼は不思議なものだった。明らかに整形が初めてに見え、洗練された美貌の葉子は、自分の顔を以前と同じ状態に戻してほしいと願っていた。三十歳であった八年前の写真を見ると、むしろ現時点よりも垢《あか》抜けない、余分で素朴な線が彼女にあったからだ。

問診の後、さらに詳しい話を聞きたくなった藤木は近く時間を取ってくれるよう持ちかける。染色家の仕事で翌日から沖縄へ行く葉子は、当夜なら都合がつくとのことで、藤木は早速ホテルで会うことにした。もちろん妻との結婚記念日はそっちのけで、葉子をものにするためである。

葉子にまだ隠された心理がある点が気になるものの、恋愛ミステリーに不倫要素が加わ

った だけの導入と思われるだろう。その先の展開は、華江側のある企みが明らかになり、医療ミステリーを一旦離れるように読めるかもしれない。

だがこれまで幾多の短編長編で、読者の眼前にある物語の姿を推理術式で一変させてきた著者のことだ。謎を隠していた包帯がラストで取り払われる時、必ずや藤木ドクターと読者は目もくらむ真実の貌《かお》に接するだろう。

情緒的な作風と謎解きを融合した連城三紀彦だが、その意匠を生かした医療ミステリーは予想以上に多い。刊行順に紹介していくので、より病膏肓《やまいこうこう》に入っていただきたい。

初の長編作品である『暗色《あんしょく》コメディ』（双葉文庫）は、都内屈指の精神科病院に関わる患者たちの奇妙な接点と、副院長と助手、婦長の三人が巻き込まれる四つの事件が一見、迷宮化の様相を呈してしまう。

短編では『夜よ鼠たちのために』（宝島社文庫）から表題作。『少女』（光文社文庫）からは、女に不自由しない内科医の官能冒険的要素で始まる逆転劇「盗まれた情事」。『蛍草』（文春文庫）所収「カイン」は、病院を抜け出した二重人格症患者を探す若手医師の内面心理描写中心に進んでいく。

『顔のない肖像画』（実業之日本社文庫）からは「瀆《けが》された目」と「美しい針」の二編。病室内で起きたとされる強姦《ごうかん》事件の前者。現実の事件か被害者の狂言か、複数人物視点で語られる連城流手法が冴える。後者は、〈先生と患者〉のカウンセリング男女対話なのだが、予想もし得ない診療終了を迎える。

（解説者注：本稿執筆にあたり、浅木原忍氏著『ミステリ読者のための連城三紀彦全作品ガイド』〈Ｒｈｙｔｈｍ　Ｆｉｖｅ〉を参考にさせていただいた）

＊

ＣＯＶＩＤ－19の終息はいつになるのか。ワクチンや治療薬次第ではあるが、おそらく当面、ウィズコロナ、アフターコロナ状況との両にらみになるだろう。同時にますます、ミステリーのみならず医療小説への期待が高まることは必定だ。

病床逼迫《ひっぱく》ながら、ＣＯＶＩＤ－19や他の重症患者治療にも挑むドクターそして、ワクチン接種にもあたる医療従事者に感謝の意を捧《ささ》げたい。収録全七編は、必ずや彼らが生きる世界観理解への処方箋になるだろう。

（せきね　とおる／文芸評論家・編集者）

〈底本〉

浅ノ宮遼「片翼の折鶴」（『臨床探偵と消えた脳病変』創元推理文庫・二〇二〇年）
五十嵐貴久「老人と犬」（『土井徹先生の診療事件簿』幻冬舎文庫・二〇一一年）
大倉崇裕「是枝哲の敗北」（『福家警部補の考察』東京創元社・二〇一八年）
海堂尊「ガンコロリン」（『ランクA病院の愉悦』新潮文庫・二〇一六年）
塔山郁「笑わない薬剤師の健康診断」（『薬も過ぎれば毒となる　薬剤師・毒島花織の名推理』宝島社文庫・二〇一九年）
葉真中顕「リビング・ウィル」『政治的に正しい警察小説』小学館文庫・二〇一七年）
連城三紀彦「夜光の唇」（『美女』集英社文庫・二〇〇〇年）

医療《いりょう》ミステリーアンソロジー
ドクターM《ミステリー》　ポイズン

朝日文庫

2021年11月30日　第1刷発行

著　　者　浅ノ宮遼《あさのみやりょう》　五十嵐貴久《いがらしたかひさ》
　　　　　大倉崇裕《おおくらたかひろ》　海堂《かいどう》 尊《たける》　塔山《とうやま》 郁《かおる》
　　　　　葉真中顕《はまなかあき》　連城三紀彦《れんじょうみきひこ》
編　　者　関根《せきね》 亨《とおる》

発 行 者　三 宮 博 信
発 行 所　朝日新聞出版
　　　　　〒104-8011　東京都中央区築地5-3-2
　　　　　電話　03-5541-8832(編集)
　　　　　　　　03-5540-7793(販売)
印刷製本　大日本印刷株式会社


Published in Japan by Asahi Shimbun Publications Inc.
定価はカバーに表示してあります

ISBN978-4-02-265019-1

落丁・乱丁の場合は弊社業務部(電話 03-5540-7800)へご連絡ください。

送料弊社負担にてお取り替えいたします。

浅田 次郎
**椿山課長の七日間**
突然死した椿山和昭は家族に別れを告げるため、美女の肉体を借りて七日間だけ〝現世〟に舞い戻った！ 涙と笑いの感動巨編。《解説・北上次郎》

伊坂 幸太郎
**ガソリン生活**
望月兄弟の前に現れた女優と強面の芸能記者⁉ 次々に謎が降りかかる、仲良し一家の冒険譚！ 愛すべき長編ミステリー。《解説・津村記久子》

伊東 潤
**江戸を造った男**
海運航路整備、治水、灌漑、鉱山採掘……江戸の都市計画・日本大改造の総指揮者、河村瑞賢の波瀾万丈の生涯を描く長編時代小説。《解説・飯田泰之》

今村 夏子
**星の子**
《野間文芸新人賞受賞作》
病弱だったちひろを救いたい一心で、両親は「あやしい宗教」にのめり込み、少しずつ家族のかたちを歪めていく……。《巻末対談・小川洋子》

宇江佐 真理
**うめ婆《ばあ》行状記**
北町奉行同心の夫を亡くしたうめ。念願の独り暮らしを始めるが、隠し子騒動に巻き込まれてひと肌脱ぐことにするが。《解説・諸田玲子、末國善己》

江國 香織
**いつか記憶からこぼれおちるとしても**
私たちは、いつまでも「あのころ」のままだ――。少女と大人のあわいで揺れる一七歳の孤独と幸福を鮮やかに描く。《解説・石井睦美》

朝日文庫

恩田 陸
**錆びた太陽**

立入制限区域を巡回する人型ロボットたちの前に国税庁から派遣されたという謎の女が現れた！その目的とは？ 《解説・宮内悠介》

小川 洋子
**ことり**
《芸術選奨文部科学大臣賞受賞作》

人間の言葉は話せないが小鳥のさえずりを理解する兄と、兄の言葉を唯一わかる弟。慎み深い兄弟の一生を描く、著者の会心作。《解説・小野正嗣》

角田 光代
**坂の途中の家**

娘を殺した母親は、私かもしれない。社会を震撼させた乳幼児の虐待死事件と〈家族〉であることの光と闇に迫る心理サスペンス。《解説・河合香織》

久坂部 羊
**老乱**

老い衰える不安を抱える老人と、介護の負担に悩む家族。在宅医療を知る医師がリアルに描いた新たな認知症小説。 《解説・最相葉月》

今野 敏
**TOKAGE**《トカゲ》
特殊遊撃捜査隊

大手銀行の行員が誘拐され、身代金一〇億円が要求された。警視庁捜査一課の覆面バイク部隊「トカゲ」が事件に挑む。 《解説・香山二三郎》

重松 清
**ニワトリは一度だけ飛べる**

左遷部署に異動となった酒井のもとに「ニワトリは一度だけ飛べる」という題名の謎のメールが届くようになり……。名手が贈る珠玉の長編小説。

中山 七里

## 闘う君の唄を

新任幼稚園教諭の喜多嶋凜は自らの理想を貫き、周囲から認められていくのだが……。どんでん返しの帝王が贈る驚愕のミステリ。《解説・大矢博子》

葉室 麟

## 柚子《ゆず》の花咲く

少年時代の恩師が殺された事実を知った筒井恭平は、真相を突き止めるため命懸けで敵藩に潜入する——。感動の長編時代小説。《解説・江上 剛》

畠中 恵

## 明治・妖《あやかし》モダン

巡査の滝と原田は一瞬で成長する少女や妖出現の噂など不思議な事件に奔走する。ドキドキ時々ヒヤリの痛快妖怪ファンタジー。《解説・杉江松恋》

細谷正充・編／宇江佐真理／北原亞以子／杉本苑子／半村良／平岩弓枝／山本一力／山本周五郎・著

## 情に泣く

朝日文庫時代小説アンソロジー 人情・市井編

失踪した若君を探すため物乞いに堕ちた老藩士、家族に虐げられ娼家で金を毟られる旗本の四男坊など、名手による珠玉の物語。《解説・細谷正充》

村田 沙耶香

## しろいろの街の、その骨の体温の

《三島由紀夫賞受賞作》

クラスでは目立たない存在の、小学四年と中学二年の結佳を通して、女の子が少女へと変化する時間を丹念に描く、静かな衝撃作。《解説・西加奈子》

湊 かなえ

## 物語のおわり

悩みを抱えた者たちが北海道へひとり旅をする。道中に手渡されたのは結末の書かれていない小説だった。本当の結末とは——。《解説・藤村忠寿》

山本　一力
## たすけ鍼《ばり》
深川に住む染谷《せんこく》は〝ツボ師〟の異名をとる名鍼灸師。病を癒やし、心を救い、人助けや世直しに奔走する日々を描く長編時代小説。《解説・重金敦之》

森見　登美彦
## 聖なる怠け者の冒険
《京都本大賞受賞作》
宵山で賑やかな京都を舞台に、全く動かない主人公・小和田君の果てしなく長い冒険が始まる。著者による文庫版あとがき付き。

横山　秀夫
## 震度0《ゼロ》
阪神大震災の朝、県警幹部の一人が姿を消した。失踪を巡り人々の思惑が複雑に交錯する。組織の本質を鋭くえぐる長編警察小説。

柚木　麻子
## 嘆きの美女
見た目も性格も「ブス」、ネットに悪口ばかり書き連ねる耶居子は、あるきっかけで美人たちと同居するハメに……。《解説・黒沢かずこ（森三中）》

綿矢　りさ
## 私をくいとめて
黒田みつ子、もうすぐ三三歳。「おひとりさま」生活を満喫していたが、あの人が現れ、なぜか気持ちが揺らいでしまう。《解説・金原ひとみ》

宇佐美　まこと
## 夜の声を聴く
引きこもりの隆太が誘われたのは、一一年前の一家殺人事件に端を発する悲哀渦巻く世界だった！平穏な日常が揺らぐ衝撃の書き下ろしミステリー。

# 朝日文庫

池谷 裕二
## 脳はなにげに不公平
パテカトルの万脳薬

人気の脳研究者が〃もっとも気合を入れて書き続けている〃週刊朝日の連載が待望の文庫化。読めば誰かに話したくなる！　《対談・寄藤文平》

内田 洋子
## イタリア発イタリア着

留学先ナポリ、通信社の仕事を始めたミラノ、船上の暮らしまで、町と街、今と昔を行き来して綴る。静謐で端正な紀行随筆集。《解説・宮田珠己》

上野 千鶴子
## おひとりさまの最期

在宅ひとり死は可能か。取材を始めて二〇年、著者が医療・看護・介護の現場を当事者目線で歩き続けた成果を大公開。　《解説・山中 修》

加谷 珪一
## お金は「歴史」で儲けなさい

日米英の金融・経済一三〇年のデータをひも解き、波高くなる世界経済で生き残るためのヒントをわかりやすく解説した画期的な一冊。

川上 未映子
## おめかしの引力

「おめかし」をめぐる失敗や憧れにまつわる魅力満載のエッセイ集。単行本時より一〇〇ページ増量！　《特別インタビュー・江南亜美子》

ディーン・R・クーンツ著／大出 健訳
## ベストセラー小説の書き方

どんな本が売れるのか？　世界に知られる超ベストセラー作家が、さまざまな例をひきながら、成功の秘密を明かす好読み物。

ドナルド・キーン著／金関　寿夫訳
**このひとすじにつながりて**
私の日本研究の道

京での生活に雅を感じ、三島由紀夫ら文豪と交流した若き日の記憶。米軍通訳士官から日本研究者に至るまでの自叙伝決定版。《解説・キーン誠己》

佐野　洋子
**役にたたない日々**

料理、麻雀、韓流ドラマ。老い、病、余命告知——。淡々かつ豪快な日々を綴った超痛快エッセイ。人生を巡る名言づくし！《解説・酒井順子》

深代　惇郎
**深代惇郎の天声人語**

七〇年代に朝日新聞一面のコラム「天声人語」を担当、読む者を魅了しながら急逝した名記者の天声人語ベスト版が新装で復活。《解説・辰濃和男》

本多　勝一
**〈新版〉日本語の作文技術**

世代を超えて売れ続けている作文技術の金字塔が、三三年ぶりに文字を大きくした〈新版〉に。わかりやすい日本語を書くために必携の書。

群　ようこ
**ゆるい生活**

ある日突然めまいに襲われ、訪れた漢方薬局。お菓子禁止、体を冷やさない、趣味は一日ひとつなど、約六年にわたる漢方生活を綴った実録エッセイ。

山里　亮太
**天才はあきらめた**

「自分は天才じゃない」。そう悟った日から地獄のような努力がはじまった。どんな負の感情もガソリンにする、芸人の魂の記録。《解説・若林正恭》